CHILDREN
OF THE
RUNE
BLOODED

6

전민희
장편
판타지

6

룬의 아이들

블러디드

CHILDREN
OF THE
RUNE
BLOODED

엘릭시르

11

장

FLARE

12

장

EDGE

언젠가 누구든 마침내
내 가슴을 찌를 때,
나는 오늘의 너를 기억하리라.
나의 어린 적이여,
새로 태어난 나의 첫번째 적이여.

그리고 그날, 만일 내 안에 심장이 들어 있다면
그중 검은 불을 품은
가장 단단한 조각은
너의 것이리라.

네게 가장 좋은 것을 예비하였음을 의심치 말라.

11
장

FLARE

방적소

켈티카 외곽구, 레온 거리 40번지.

한때 레온 방적소가 있었다던 야트막한 단층 건물의 앞마당에는 폐방적기 몇 대뿐이었다. 먼지인지 섬유인지 알아보기 힘든 거무스름한 솜뭉치가 남은 골조에 휘감겨 펄럭거렸다. 포석은 흔적만 남았고, 맨흙이 드러난 앞뜰은 바람이 불어올 때마다 흙먼지가 날렸다. 푸르스름한 안개에서는 씁쓰레한 물냄새가 났다. 섬유를 세척할 강이 멀지 않으니 방적소의 위치로도 적절했으리라.

안개를 헤치고 걸어온 네 사람이 앞뜰로 내려와 나란히 섰다. 세 명은 검을 찼고 한 명은 로브 차림이다. 각각 다른 자세였지만 바라보는 곳은 같았다. 방적소 문은 굳게 닫힌 채 쇠사슬이 걸려 있었다.

"사람 눈 피하자고 늦게 올 필요까진 없었네. 동네 자체가 텅 비었잖아."

한 손만 검띠에 얹어 최대한 느슨해 보이는 방어 자세를 한 조안느가 중얼거리자 마리 루이가 말을 받았다.

"그러네요. 아무도 안 사는 것 같은데."

지붕 쪽을 노려보던 나제리온이 앞을 가리켰다. 버려진 우물 주위로 검은 새 십여 마리가 앉아 있었다. 마리 루이가 고개를 갸웃거렸다.

"어, 새들은 사네요."

"저들이 뭘 먹겠어."

"벌레?"

나제리온은 그제야 마리 루이를 흘끔 보았는데 '이런 녀석이 어쩌다가 에투알이 됐지?' 하는 눈빛이었기에 마리 루이가 얼른 변명했다.

"너무 걱정 마세요. 글쎄 제가 최종심을 통과 못했지 뭡니까. 에투알의 기준은 여전히 엄정합니다."

그때 샤를로트가 새들을 향해 걸어갔다. 새들은 사람을 겁내지 않고 조금씩 옮겨 앉을 뿐이었다. 새들이 있던 곳을 굽어보자 흙바닥에 얼룩 몇 개가 흐릿하게 남아 있었다.

뒤따라온 마리 루이가 같은 것을 내려다보더니 얼른 말을 바뀌었다.

"사람도 사네요."

완전히 버려진 건물이라면 새들을 불러모을 만한 먹을거리가 떨어져 있을 일은 없을 것이다. 방적소가 닫은 건 이 년 전. 그렇다면 쇠사슬은 위장일 뿐, 저 안에는 여전히 누군가가 살고 있는 것이다. 적어도 드나드는 사람은 있다. 네 사람은 다시 쇠사슬 걸린 문을 쏘아봤다. 한때 누오보 공방이 있었다던 그곳을.

조안느가 말했다.

"다른 출입구가 있는지 살펴보고 오겠습니다."

샤를로트가 고개를 끄덕이자 조안느는 빠른 걸음으로 건물 뒤쪽으로 사라졌다. 나제리온이 조안느가 간 쪽을 보며 뇌까렸다.

"없겠지만."

나제리온을 흘끔 본 마리 루이가 고개를 돌리며 입술을 비죽였다. 이자는 묘하게 불편한 데가 있다. 대선배님이라니 알아서 모시긴 해야겠지만 뭐랄까, 입만 열면 분위기 싸해지는 게 본능적으로 만사에 초 치는 부류?

사람이 오랫동안 지나치게 노련하게 살다보면 예지력이 발생한다는 얘기를 어디서 들었더라. 아마 수련병끼리 모였던 술자리였을 것이다. 에투알은 평균적 은퇴 나이인 삼십대 중

후반을 넘길 무렵이면 '베테랑'이라고 불리기 시작하는데 동시에 묘하게 기분 나쁜 존재가 된다고 알려져 있었다. 예전에는 성격 좋던 사람일지라도 예외는 없다.

그들이 툭 던진 말은 왠지 곧 실현된다. 그게 날씨 예측 정도면 괜찮겠지만 갑자기 들이닥치는 사열이나 긴급 훈련에서부터 뜻밖의 기물 파손, 부상, 친선 대결의 승패, 승급 시험의 결과를 넘어 내일 밤 다섯 명이 몰래 외출해서 술을 마시다가 세 명이 걸릴 거라는 소리까지 맞아떨어지면 더이상 신기하지가 않고 기분이 나빠지기 시작한다.

특히나 이들은 망하는 냄새를 기가 막히게 잘 맡는데 저들은 나름대로 표현을 자제한다고 주장하지만 수련병 입장에서는 전혀 느껴지지 않아서 누군가는 이들을 위해 '알고도 모른척하기' 훈련 코스를 개발해야 한다고 역설했을 정도다. 마리루이는 수련병으로 에투알 과정을 끝낸 터라 베테랑과 가까이 지내본 적이 없다가 이번에 처음 겪으면서 아까부터 이런 생각을 하고 있었다. 이래서 옛날 사람들이 예언자를 핍박하다 곧잘 죽이곤 했나보다.

나제리온은 사십대 중반이었고 에투알에서 은퇴한 지도 벌써 십 년이라 했다. 은퇴하면 오전 열시까지 실컷 자고, 술도 원 없이 마시고, 화장실 급할 때 말고는 뛰지도 않을 거라고 다짐하는 수련병들의 생각과 달리 나제리온은 바짝 깎은 희끗한 머리에 딱딱하고 까다로워 보이는 얼굴, 기민한 움직임까지 웬만한 현역도 능가할 인간 병기로 보였다. 물론 짜증나는 예언력도 똑같았다. 부상으로 영구적 장애를 입어 은퇴했다고 들었는데 지금 봐선 어디에 장애가 있는지도 모를 정도다. 그렇다고 어디가 아프냐고 물어보기도 그렇고. 하여튼 저런 상태가 은퇴의 미래라면 은퇴는 대체 왜 하는 것인지 모르겠네.

곧 돌아온 조안느가 보고했다.

"없어 보입니다. 그럼 저기로 들어갈까요?"

샤를로트가 고개를 끄덕여 진입을 허가하자 마리 루이가 먼저 문으로 다가갔다. 말랑말랑한 고체 연료를 가늘게 펴서 쇠사슬 위의 한 지점을 감고, 그 위에 점화식을 그린 손바닥만한 양피지를 붙였다. 한 발짝 물러나 기다리자 양피지가 녹아 사그라지더니 쇠사슬이 발갛게 달아오르기 시작했다. 잠깐 만에 쇠사슬은 뚝 끊어지고 불티 몇 점이 날렸다.

옆에서 기다리던 조안느가 장갑 낀 손을 뻗자 마리 루이가 급히 말했다.

"뜨거워요."

"알아."

끄트머리부터 당겨 쇠사슬을 걷어치우고 손잡이를 잡았다. 곧 요란하게 삐걱대는 소리가 나면서 녹슨 먼지가 우수수 떨어졌다. 안쪽은 불빛 하나 없는 어둠이었다.

샤를로트가 가까이 오기 전에 마리 루이가 얼른 마법으로 불빛을 만들어 띄웠다. 조안느가 먼저, 샤를로트가 다음으로 들어갔다. 마리 루이가 뒤를 따르고 나제리온이 마지막으로 발을 들여놓았다.

"어딘가 다른 출입구가 있긴 한 모양이지."

"그렇죠? 이쪽은 적어도 일 년은 아무도 안 지나간 것 같은데요."

마리 루이는 아까부터 작은 불빛 몇 개를 만들어 발밑에 띄워놓았는데 먼지 쌓인 바닥에는 그들이 남긴 발자국뿐 다른 자취는 전혀 없었다. 실내인데 왜 이리 먼지가 많은가 싶지만 방적소였다고 했으니 섬유 먼지가 아닐까.

긴 통로는 좌우로 갈림길도 없이 앞으로만 이어졌다. 조안느가 먼저 살피고 나제리온이 마지막에 살피며 샅샅이 조사하고 있지만 버려진 방적소에 있을 법한 것밖에 발견되지 않았다. 실감개, 양털 세탁통, 굳은 기름 덩어리, 섬유를 때리는 버드나무 막대와 망치……

이 안에 사람이 산다면 생필품을 조달하지 않을 수 없을 테니 당연히 통로도 있을 것이다. 정문으로 드나들지 않은 건 확실해 보이니 어딘가 먼 곳과 연결된 통로가 있는 모양이다.

그렇다면 안쪽은 생각보다 넓을 것이 확실하다. 그렇게 생각하며 나아가던 조안느는 곧 당혹감을 느끼며 멈춰 섰다. 막다른 길이잖아?

조안느가 뒤를 돌아보며 나직이 물었다.

"제가 놓친 것이 있습니까?"

나제리온의 대답은 바로 들려오지 않았다. 조안느는 마리루이와 달리 나제리온의 태도에는 불만이 없었으나 그가 자신의 일거수일투족을 주시하는 것만 같아 평소보다 긴장한 상태였다.

단장이 은퇴한 에투알을 굳이 동행시켰을 때는 틀림없이 중대한 이유가 있을 텐데 자신은 아직 모른다. 공동 작전을 펴야 하는 당사자들에게 아무 언질이 없는 걸 보면 외부자로서 현역들을 평가하러 왔을 가능성은 충분하지 않을까? 게다가 나제리온은 한때 브릴랑테였다는 소문도 돌던 인물인데 어쩌면…… 장차 브릴랑테가 될 후보들을 평가하러 온 건 아닐까?

그전까지는 자신이 브릴랑테 후보일 수도 있다는 생각을 한 번도 해본 적이 없었으면서 상황이 이렇게 되자 별의별 상상을 다 하다니, 스스로 생각해도 이만저만 웃긴 것이 아니었다. 하지만 망상이란 것이 흔히 그렇듯 한번 머리에 달라붙자 진정되기는커녕 점점 뻗어가기만 했다. 동시에 조안느는 생각해보았다. 진짜로 브릴랑테를 충원해야 한다면 누가 적당할까? 바로 네 명이 떠오르지만 수준이 다른 그들의 실력을 생각해보면 이미 브릴랑테인데 자신이 모를 뿐일지도 모르잖아? 브릴랑테는 총 일곱 명이니까 그다음은……

"조안느, 마리 루이, 잠시 이쪽으로 와보겠나."

조안느는 즉시 망상을 떨치고 나제리온이 부른 쪽으로 달려갔다. 마리 루이도 슬슬 뒤따라갔다.

주위를 조사해보니 그들이 도달한 곳은 널찍한 홀이었다. 하지만 버려진 방적기 두 대가 구석에 서 있을 뿐 내부는 텅 비었다. 마리 루이가 마법 불빛의 밝기를 증폭시켜 높이 띄웠지만 거기 당연히 있을 만한 것, 그러니까 묵은 먼지가 기름때와 엉켜 주렁주렁 매달린 천장을 발견했을 뿐이다. 이제 어떻게 할 것인가?

세 사람이 의견을 주고받는 동안 샤를로트는 어슴푸레한 벽을 바라보고 있었다. 이곳으로 온다는 결정을 내린 자신에게 집중하려 애쓰면서.

'카나리아'를 손에 넣은 후로 자신에게 시간이 없음을 알고 있었다. 아이언페이스는 부하들을 통해 곧 '카나리아'의 행방을 알아내리라. 그렇다면 그자가 샤를로트를 찾아오는 것 또한 시간문제다. 선제공격을 피하는 방법은 이쪽에서 먼저 그자를 찾아내는 것뿐이다.

하지만 경매 이후로 눈에 띄는 움직임은 없었다. 아니, 실은 그자가 켈티카를 떠난 건 아닌가 의심쩍었다. 최근 몇 달 동안 아이언페이스의 부하들은 헬레나 같은 기술자를 납치해 수리를 미끼로 오토마톤 소유주들에게 접근하려 했던 모양인데 그런 시시한 전략이 아이언페이스가 시킨 일이 맞긴 할까? 심지어 헬레나의 말대로라면 부하들도 '그분'의 소식이 없어 초조해하고 있다는데, 부하들조차 행방을 모르는 자를 어떻게 찾아야 하지?

이럴 땐 남의 답안을 참고해보는 것도 방법일지 모른다. 샤를로트만큼이나 아이언페이스의 면상을 보고 싶어하는 자들이 있으니까. 경매에 권총 두 정을 내걸었던 그자들이다. 수하는 행방을 모를지라도 적은 오히려 뭔가 알고 있을지도 모를 일이 아니겠는가.

물론 그 적을 찾는 것도 만만한 일이 아니었다. 그자들로 말할 것 같으면 경매에 의뢰한 오토마톤을 도둑맞았다고 항의하기는커녕 나머지 한 정조차 되찾으러 왔다는 얘기가 없었다. 그렇다고 낙찰자인 루시안이 적극적으로 인수하려 들지도 않았기에 '여름의 피'는 소유권이 애매한 상태로 여전히 아카데미에 보관되어 있었다.

샤를로트는 문득, 정체를 추적당하느니 그까짓 것쯤이야 포기하겠다는 그들의 태도에 의문을 품었다. 골동품으로서의 값어치는 둘째 치고 그자들이 아이언페이스를 노린다면 어떻게 오토마톤을 포기할 수가 있겠는가? 그렇다면 답은 하나뿐이다. 그게 진품이 아니라는 것.

의혹을 확인하기 위해 샤를로트는 조슈아의 중재로 루시안 대신 낙찰 대금을 지불하기로 합의하고는 아카데미에서 '여름의 피'를 건네받았다. 그리고 예상대로 그게 진품이 아님을 확인했다. 아카데미의 감정을 속일 만큼 정교했지만 그 안에는 왕국의 쇠도, 혈관도 없었다. 그러자 의문이 들었다. 이런 걸 누가 만들 수가 있단 말인가? 왕국의 쇠도 쓰지 않고서 완벽히 작동하는 오토마톤이라니. 오토마톤 자체가 골동품이 되어 가격이 치솟을 정도로 기술자가 사라진 오늘날에.

답은 하나뿐이다. 누오보 공방.

어딘가에 숨어 있는 그들이 아이언페이스의 적대자 그 자체인지, 아니면 적대자는 따로 있고 단순 협력자들인지 모르겠지만 어쨌든 베르나르에게 오토마톤을 공급한 자들도 정황상 그들이 분명했다. 지하에 숨은 그들을 어떻게 찾아내어야 할까?

그들이 남긴 힌트는 하나뿐이었다. 매들로 소자작과 경매장에서 만나자고 한 정체불명의 기술자 '톱니'다. '톱니'는 누오보의 기술자일 가능성이 컸다. 샤를로트는 콜레트가 확보한 강연 참석자 명단을 면밀히 검토한 끝에 '톱니'의 후보로 몇 명을 골랐는데 그중 하나가 이 방적소 주인의 상속인임을 알아냈다. 그자의 이름은 알베르토 과르디. 헬레나는 '과르디'라는 성을 가진 기술자를 기억한다고 했다.

누오보 공방은 아이언페이스를 피하려고 공방을 닫고 눈속임용 방적소를 운영했던 건 아닐까? 그렇다면 폐쇄된 방적소 안에 공방과 관련된 흔적이 남아 있을 것이다. 그걸 추적해 누오보 공방을 찾아내고, 그들을 통해 베르나르에게 무슨 일이 일어났는지 알아내고, 나아가 아이언페이스도……

그런 생각을 하고 있는데 예전만큼 피가 들끓지 않는 것이 이상했다. 이만한 추론과 접근을 해냈는데, 막연히 오토마톤만 추적하던 때에 비하면 큰 발전인데, 어쩌면 오빠의 행방을 찾아낼지도 모르는데, 왜 모두 부질없다는 기분이 드는 걸까. 제일 기다리던 손님이 생일 파티에 안 온다는 것을 알고 선물도 축하의 말도 귀찮아진 아이처럼.

누구에게도 말할 수 없지만 동시에 누구보다도 믿을 수 없는 건 자신이었다. 틀림없이 일시적인 기분일 거야. 그저 허전한 것뿐이지. 열다섯 살의 절망한 샤를로트라면 그럴 리가 없으니까. 여기까지 얼마나 열심히 달려왔던가. 얼마나 많은 걸 희생했던가. 이제 와서 고작 기분 때문에 의욕이 떨어지다니 말도 안 되는 일이다.

혼자서도 이 정도는 해낼 수 있었어. 앞으로도 그럴 텐데,

왜 그런 말을 누군가에게 해야만 할 것 같은지 모르겠다. 왜 누군가에게 칭찬인지 핀잔인지 모를 대꾸를 들어야 할 것 같은지 모르겠다.

가신들이 혹시 모를 위험을 생각하며 만류했지만 방적소에 직접 온 것도 그래서였다. 자신에게 증명하고 싶었기 때문에. 그까짓 기분 때문에 목표가 흐려지는 자신이 아님을.

"연하, 잠시 와보셔야 할 것 같습니다."

조안느가 부르는 소리에 샤를로트는 상념에서 벗어났다. 한쪽 벽으로 다가가 보니 마리 루이가 벽 아래 쪼그려앉아 뭔가를 손으로 긁어내고 있었다. 그가 일어나며 샤를로트에게 꾸벅, 고개를 숙였다.

"연하, 송구하오나 이곳에 프시키가 있는지 확인을 부탁드리겠습니다."

"없어."

너무 빠른 대답에 마리 루이가 멈칫하자 조안느가 대신 물었다.

"너무 어두워서 눈에 잘 띄지 않는 건 아닐까요?"

"눈으로 보는 게 아니야."

처음 들어올 때부터 주의깊게 확인하며 왔다. 있다면 할 수 있는 일이 많기 때문에. 조안느는 샤를로트와 함께 그랑도프 호텔에서 맞서 싸웠던 존재가 일종의 프시키라는 말을 들었기에 미심쩍어했다. 그때 그건 눈에 보였는데?

나제리온이 물었다.

"그렇다면 프시키의 존재를 어떤 식으로 느끼십니까?"

"현기증하고 비슷해."

프시키가 있는 공간이 부분적으로 이지러지는 느낌, 그 느낌을 전혀 모를 사람에게 가장 가깝게 설명하자면 현기증이 적당하다. 하지만 나제리온은 물론이고 나머지 둘도 여전히 이해하지 못한 표정이었다. 조안느가 물었다.

"몸은 괜찮으세요?"

"내가 어지럽다는 게 아니야. 하여간 여긴 없어."

"그렇다면 저기, 이건 뭘까요?"

마리 루이가 손에 쥔 것을 샤를로트에게 내밀었다. 파란 비단 천에 싸인 부스러기, 아니 가루가 보였다. 오래전 샤를로트가 블러디드의 힘을 얻었던 날 사과의 섬에서 로랑이 주워왔던 구슬이 꼭 이렇게 부서졌었다. 마리 루이는 구슬을 받아들었던 당사자로서 그때의 기억이 생생할 것이다. 그가 말을 이었다.

"에너지를 뿜는 잔해입니다. 그때 프시키가 소멸되며 남긴 것들과 아주 비슷해요."

샤를로트가 잔해를 물끄러미 보더니 벽에 손을 갖다댔다. 잠시 기다리자 멀리서 희미한 떨림이 전해져왔다. 공간이 이지러지는 느낌과는 다르지만 물방울이 수면에 떨어지듯 지속적으로 떨림이 퍼지고 있었다. 이건 뭐지? 벽 너머에 뭔가가 있나?

"이 벽을 찔러봐. 마력이 있는 걸로."

조안느가 즉시 자신의 검을 뽑아 벽을 찔렀지만 검 끝이 벽돌 틈새를 조금 파고드는 데 그쳤다. 로랑과 함께 갇혔던 동굴에서처럼 벽이 반응을 보이는 기색은 없었다. 샤를로트는 벽 이곳저곳을 더듬다가 문득 어느 지점이 무르다는 것을 느끼고 힘주어 밀어보았다. 그러자 손이 쑥 들어가는 게 아닌가?

곁에서 보고 있던 조안느가 놀라 팔을 붙들자 샤를로트가 고개를 저었다.

"잠깐 기다려봐."

팔꿈치 언저리까지 집어넣었는데도 벽을 통과한 느낌은 없었다. 식은 수프를 팔로 휘젓는 것처럼 뻑뻑한 느낌일 뿐 빈 공간이 느껴지지 않았다. 이 너머는 뭘까?

나제리온이 샤를로트가 팔을 넣은 지점과 주변을 더듬어보며 미간을 찌푸렸다. 그곳이 무르게 느껴지는 건 샤를로트뿐, 다른 사람에게는 그저 단단한 벽이었다. 조안느는 샤를로트의 손이 들어간 곳 주변의 벽돌을 더듬어 떼어내려 했지만 역시 불가능했다.

마리 루이가 물었다.

"그때처럼 프시키로 만들어진 벽인 겁니까?"

그럴지도 모르지만 이번에는 마력이 깃든 무기로도 끄떡하지 않는 것이 달랐다. 그만 손을 빼려던 샤를로트는 손끝에 뭔가가 닿는 것을 느끼고 좀더 더듬어보았다. 모종의 윤곽 같은 것이 느껴졌는데 뭐랄까, 인간의 얼굴과 비슷한 듯했다. 아니, 정말로 얼굴이었다. 그것도 한두 개가 아니다. 옆도, 그 옆에도, 눈을 감은 얼굴들이……

샤를로트가 점점 더 팔을 밀어넣자 조안느가 어깨를 붙들며 고개를 저었다.

"그만하세요. 위험합니다."

"이 안에 얼굴 같은 것들이 있어. 이건 대체……"

"얼굴이라고요?"

조안느의 눈이 커졌다. 샤를로트의 뺨에도 소름이 번졌다. 이게 인간일 리는 없는데, 프시키라면 왜 인간의 얼굴을 하고 있는 거지? 또는 죽은 사람들인가? 대체 왜 이 안에?

마리 루이가 말했다.

"팔을 빼시면 제가 마법 주문으로 공격해보겠습니다."

"그래."

샤를로트가 팔을 빼내자 모두 몇 발짝씩 물러섰다. 샤를로트와 나제리온은 에투알 기본자세 1번, 조안느는 방어 자세인 3번을 취했다. 마리 루이는 좁은 위치에 마력을 집중시킬 작정으로 샤를로트가 팔을 넣었던 위치를 향해 손을 뻗은 채 천천히 주문을 외웠다.

가느다란 빛이 벽을 뚫고 들어간 직후 샤를로트는 한 차례 큰 진동을 느꼈다. 쇠북을 울린 것처럼 둔중하게, 소리 대신 공간이 일렁이며 파문이 퍼진다. 프시키가 근처에 있을 때 공간이 희미하게 이지러지던 느낌이 수천 배로 증폭된 것 같다. 동시에 현기증이 확 몰려와 중심을 잡기가 힘들었다. 발이 휘청거리고 구토감이 올라왔다. 지금껏 이런 경험은 한 번도……

"물러나십시오!"

나제리온의 목소리가 이상하게 멀리서 들리는 듯했다. 시야도 뒤엉켰다. 수백 개는 될 회색 얼굴이 한꺼번에 벽에서 튀어나오는 광경을 눈앞에서 보고 있는데 기묘하게 이지러져 현실감이 없었다. 나제리온이 앞으로 뛰쳐나가자 조안느는 뒤로 물러나며 샤를로트의 앞을 제 몸으로 가로막았다. 그러나 어느 쪽도 소용없었다. 사방 벽이 반죽처럼 휘어지더니 주머니를 거꾸로 뒤집는 것처럼 그들 모두를 정체 모를 공간으로 밀어넣었다.

"이건…… 뭐야?"

흐릿한 불빛 몇 개가 함께 말려들어온 덕택에 사방 열 걸음 남짓한 밀폐된 공간에 갇혔음을 파악한 그들은 긴장했다. 머뭇거릴 틈도 없이 정면뿐 아니라 위와 아래, 옆에서도 얼굴들이 솟아올라 달려들었다.

나제리온이 소리쳤다.

"삼각 대형으로!"

샤를로트를 중심에 두고 삼각으로 선 셋이 각자 바깥쪽을 방어했다. 얼굴들은 흡사 인간의 머리가 달린 뱀처럼 뻗어왔다. 벽과 분리되지 않았기에 수백 개의 촉수 같기도 했다. 비록 윤곽뿐이지만 비명을 지르거나 괴로움으로 찌푸린, 악몽에서나 볼 법한 기괴한 표정을 하고서.

하지만 겁을 집어먹은 사람은 없었다. 상대가 무엇이든, 전투 상황에 돌입했다는 판단을 내리자 자리를 지키며 거침없이 싸웠다. 나제리온의 검은 한 번에 일고여덟 개씩 베어냈는데 그럴 때마다 불티가 튀며 검은 살얼음 같은 것이 단면에 번졌다. 강철도 버터처럼 자르거니와 특히 초자연적 존재의 마법적 재생을 차단하는 마력이 깃든 트랑샹 검이 틀림없다. 제작 완성도가 들쭉날쭉해서 최상급 트랑샹 검은 대공국 전체에 십수 자루밖에 없다고 알려졌는데 저 반응이 바로 최상급의 표지였다.

조안느의 검도 정확한 박자로 셋, 다시 넷을 베었다. 조안느의 검은 트랑샹이 아니어서 그 이상의 속도는 낼 수 없다. 방어 태세로 돌아온 조안느가 소리쳤다.

"방어막!"

그러지 않아도 준비중이던 마리 루이가 손을 내뻗는 것과 함께 유리처럼 매끄러운 막이 샤를로트를 둘러쌌다. 뒤이어 얼굴들이 마구잡이로 막에 부딪치며 불안정한 울림이 퍼졌다. 마리 루이의 표정이 좋지 않았다.

"금방 깨지겠네……"

마리 루이는 방어 마법의 수준이 높지 않았는데 그건 에투알 특기 가운데 방어형이 많기 때문이었다. 에투알이 단거리 공격을 맡으니 에투알 소속 마법사는 주로 시전 범위가 넓은 마법을 공부하는 편이고 마리 루이는 그중에서도 광역 교란 마법에 능했다.

그러나 지금은 적이 인간이 아니니 정신계 교란은 통하지 않을 테고, 범위가 넓은 공격 주문을 시전할 수도 있겠지만 달리 공녀를 보호할 마법사가 없어 그런 고난도 마법에 정신을 집중할 겨를이 없었다. 조안느의 특기는 전멸 상황에서나 쓸 법한 것이고, 나제리온은 은퇴했으니 특기가 없지 않겠는가?

공방 사람들이 남긴 흔적을 찾으러 왔으니 뭐가 튀어나와 봤자 숨어 있던 기술자 정도라고 생각하고 왔는데 이런 사태가 벌어질 줄은 상상도 못했다. 은퇴한 나제리온이 뜻밖에도 트랑샤 검을 가진 덕택에 공격 속도만은 적을 압도했지만 시간을 벌었을 뿐이다. 그들은 적의 정체를 모르고, 벤다고 죽일 수 있는지도 불분명하며, 규모 또한 전혀 모른다.

끊임없이 덤벼드는 것들을 베고 또 베었다. 마리 루이가 방어막을 하나 더 치려고 하는데 간신히 현기증에서 정신을 차린 샤를로트가 말했다.

"그만해. 나도 싸워야지."

"무슨 소리세요!"

"검이 하나 더 있는데 왜 낭비해."

샤를로트가 검을 뽑더니 방어막을 우회해 들어오려는 머리를 내리쳤다. 샤를로트의 검은 최상급 트랑샹은 아니었다. 마법은 깃들어 있지만 절삭력에 모든 걸 투자하는 대신 내구력을 높여 균형감을 추구한 검이다. 그사이 방어막이 깨어지자 싸우고 있던 조안느가 상황을 눈치채고 말했다.

"이러시면 제가 특기를 써야 합니다."

"왜, 에투알이 넷인데 이까짓 걸 해결 못해서?"

샤를로트가 마리 루이를 밀어내며 앞으로 나서자 마법사가 중심에 서는 안정적 대형이 되었다. 하지만 마리 루이는 기겁했다.

"공녀님!"

마침 달려드는 얼굴 둘을 빠르게 베어내며 샤를로트가 대꾸했다.

"그러지 말고 정신 집중해서 큰 걸로 한번 때려봐. 저것들 반응 좀 보자."

나제리온이 물었다.

"이것들은 프시키입니까?"

"모르겠어. 처음 나타났을 때는 프시키인 것 같았는데, 명령이 안 통하네."

샤를로트라고 현기증으로 비틀대기만 하고 있었던 것은 아니었다. 마법으로 건드렸을 때 일어났던 진동과 파문, 현기증을 볼 때 아주 많은 수의 프시키일 거라고 생각하고 몇 번이나 다루려 해봤다. 그러나 아무 명령도 통하지 않았다. 그렇다고 프시키가 아니라고 단언하기도 어려웠다. 부를 때마다 무어라 대답하는 느낌인데…… 오히려 도와달라는 호소 같지 않은가?

그리고 그 느낌은 아무리 얼굴들을 베어도 변하지 않았다. 다시 말해 이 행동으로 그들을 죽이고 있다는 확신이 들지 않았다. 그저 프시키가 함유된 반죽을 베고 있을 뿐인 것 같다. 그게 사실이라면 이 프시키들은 왜 반죽에 들어 있으며, 왜 도망치지 못하는가? 왜 샤를로트의 명령에 따르지도 못하는가?

그런 생각을 하는 와중에도 검이 셋이 되자 효과는 확실했다. 나제리온, 조안느, 샤를로트가 가까이 온 얼굴들을 너무 빨리, 거의 모조리 베어서 각자 호흡을 가다듬을 시간이 날 정도였다. 주위에 공간이 났다 싶은 순간 마리 루이가 손을 높이 올렸다가 뿌리자 사방으로 차가운 기운이 번져갔다. 벽에서 막 튀어나오려던 얼굴들을 포함해 벽 전체가 얼어붙으며 공격은 멈췄다.

"휴……"

마리 루이가 한숨을 내쉬었다. 공녀의 기대에 부응해보려 너무 무리했는지 힘을 많이 써서 시야가 깜빡깜빡했다. 나제리온이 부축해 바닥에 앉히자 마리 루이가 중얼거렸다.

"잘 모르겠어요…… 아무래도 끝난 것 같지 않아요."

"그렇겠지."

이번엔 마리 루이가 먼저 예언을 한 셈이 되었지만 나제리온이 특유의 말투로 동의한 이상 사실일 확률은 몇 배로 커졌다. 조안느는 반쯤 튀어나온 채 얼어붙은 얼굴들을 하나하나 검으로 후려쳐 부순 다음 나제리온을 돌아봤다.

"아무래도 공녀님을 탈출시켜드리는 것이 좋겠습니다."

"그렇긴 한데 밖이 그리 가깝지 않을지도 모르겠군."

나제리온은 조안느의 말뜻도, 그리고 조안느의 특기가 범위가 좁다는 것도 잘 알고 있었다. 조안느가 에투알이 됐을 때 나제리온은 은퇴한 뒤였는데 어째서 특기까지 알고 있을까? 의아하기도 했지만 어쨌든 조안느는 반박했다.

"지형이 아무리 바뀌었다 한들 밖에서 봤을 때 방적소의 폭은 서른 걸음 이내였고, 저희가 있던 지점에서 외벽 너머까지는 열 걸음도 안 되었습니다. 그 정도면 충분합니다."

"자네가 함께 가지 않는다는 것을 간과하지 말게. 연하께서 정체 모를 곳에 혼자 떨어지시게 만들어서는 곤란하니까."

"하지만 이대로 있다가 다시 전투가 시작되면……"

그때 샤를로트가 칼을 꽂으며 조안느를 쏘아봤다.

"무슨 소릴 하는 거야. 난 이런 전투를 이미 겪어봤어, 사과의 섬에서. 여기가 어딘지는 아무도 단언 못해. 땅 밑 깊숙이 들어왔을지도 몰라. 프시키는 저들의 힘만으로 이까짓 방적소의 몇 배나 되는 미궁을 건설할 수도 있어. 날 대체 어디로 보내게 될 줄 알고."

조금은 과장이었다. 하지만 조안느가 자기를 탈출시키다가 잘못되는 건 상상하기도 싫었다. 그런데 입술을 깨물던 조안느가 다시 고개를 쳐들며 물었다.

"그런데 연하, 그렇다면 그랑도프 호텔에서 연하와 저를 공격했던 것들과 비슷한 존재는 아닐까요? 그때도 벽이 움직여서 공격해왔잖아요?"

"그렇다 한들 그것들에 대해서도 아는 것이 없잖아. 그때는 그냥 호텔 밖으로 탈출하면 되었지만 지금은 그런 탈출로도 없고."

"네, 그렇죠. 하지만 제 말씀은, 그곳과 비슷하다면 역시 바깥이 그리 멀지 않을 거고……"

샤를로트가 조안느의 고집을 어찌 꺾을까 난감한 표정을 짓는데 나제리온이 샤를로트를 불렀다.

"연하, 저길 보십시오."

그가 가리킨 곳을 보니 둥그런 형태의 뭔가가 벽에 박힌 채 반쯤 드러나 있었다. 처음에는 보지 못했던 것이다. 마리 루이가 고개를 갸웃했다.

"마차 바퀴처럼 생겼는데요?"

나제리온이 방어 태세로 몇 걸음 가까이 가자 샤를로트도 뒤따라 다가갔다. 그건 정말로 바퀴가 맞았다. 대체 이런 곳에 왜 바퀴가 있는 걸까?

바퀴살에는 회백색 흙더미 같은 것이 잔뜩 엉켜 있었다. 회반죽에 빠뜨렸다가 건져내어 다시 벽에 박아두면 저렇게 될 것 같긴 한데 그런 짓을 왜 해야 하는지는 누구의 머릿속에도 떠오르지 않았다. 바퀴의 크기는 어린이 키 정도 되었다. 또 다른 생각을 해낸 마리 루이가 얼굴을 찌푸렸다.

"저런 바퀴가 예전에 어디선가 고문 기구로 쓰였다고 읽은 기억이 있는데……"

"그런 게 왜 여기 있어?"

대꾸하며 주위를 둘러보던 조안느가 새로운 것을 발견하고 가리켰다. 벽 속에 반쯤 묻힌 쇠사슬이었다. 한 가닥도 아니었다. 여기저기에 불규칙하게 파묻혀 있었다. 이것들은 대체 뭘까?

느낌이 좋지 않았다. 샤를로트가 어깨를 움츠리며 중얼거렸다.

"여기가 무슨 지하 감옥도 아니고."

"파내어볼까요?"

"아니, 마담. 잠시만요."

당장 가려는 기세인 조안느의 팔을 붙들면서 마리 루이가 새로 동그란 빛 몇 개를 만들어 띄웠다. 사슬이 어디로 연결되는지 살피려는 생각이었지만 벽을 타고 떠오르는 빛을 따라 고개를 들던 네 사람의 표정이 변했다.

"이게…… 대체……"

너무 높았다. 올라가고 또 올라가도 끝이 보이지 않는다. 모르는 사이에 그들이 산 밑으로 들어오기라도 했단 말인가? 또는 깊은 땅 밑에 파묻혔단 말인가?

빛이 잘 보이지 않을 정도로 멀어지자 마리 루이가 손짓으로 도로 불러들였다. 빠르게 미끄러져 떨어지는 빛이 벽을 짧게 밝혔다가 그림자에 파묻기를 반복하는 사이, 기괴한 얼굴들의 윤곽이 녹아내리기 시작했다. 모두 긴장하며 전투태세를 갖췄지만 그것들은 그대로 회백색 반죽처럼 흘러 사라져버렸다.

"……어떻게 된 거야?"

얼굴들이 사라지자 주변은 그저 평범한 동굴이었다. 나갈 길이 없다는 것만 빼면. 아무리 둘러봐도 왔던 길이 어느 쪽이었는지도 알 수가 없었다. 인공적인 흔적이 전혀 없어서 더욱 어처구니없었다.

나제리온이 샤를로트를 돌아보았다.

"연하께서 사과의 섬에서 갇히셨던 동굴도 이러했습니까?"

"맞아. 그렇다면 이건 진짜 벽이 아니야. 칼로 찔러봐야겠어."

"제가 하겠습니다."

나제리온이 검을 뽑아 찌르자 절반도 들어가기 전에 뭔가 딱딱한 것이 걸렸다. 근방 몇 군데를 찔러보며 조사해본 결과 벽 안쪽에는 크고 윤곽이 울퉁불퉁한 뭔가가 있었다. 검만으로 정체를 파악하기 어렵다 싶자 샤를로트는 다시 손끝을 살짝 밀어넣어보았다. 아까보다 더 쉽게, 마치 밀가루 반죽처럼 파고든다. 조안느가 소리쳤다.

"연하, 위험합니다!"

샤를로트도 오래 그러고 있을 생각은 없었다. 뭔지 짐작이 가면 바로 뺄 생각이었다. 그런데 손끝에 뭔가가 닿는가 싶더니 자신의 손을 휘어잡는 것이 아닌가?

"아!"

순간 놀라 소리를 지르긴 했지만 샤를로트는 즉시 힘을 주어 손을 밖으로 빼냈다. 그러자 손을 붙잡은 뭔가도 같이 끌려나왔다. 모두 놀라 눈을 크게 뜨고 그것을 내려다봤다.

"이, 이건…… 사람 손 아니에요?"

조금 전까지 그들을 공격하던 얼굴들처럼 회백색이 아니었다. 사람의 살갗과 똑같은 빛깔과 촉감인데다 여자의 손이라는 확신마저 들었다. 매듭 형태로 세공된 반지도 끼워져 있다. 그런 것이 벽을 뚫고 나와 샤를로트와 손을 맞잡고 있었다. 벽 속에 사람이라도 있는 것처럼.

비명을 질러도 이상하지 않았겠지만 샤를로트는 입술만 약간 떨며 제 손을 내려다봤다. 이 손도 마찬가지다. 뭔가를 호소하고 있다. 그리고……

"맥이 뛰고 있어."

"손을 놓으십시오."

"내가 잡고 있는 게 아니야. 이 손이……"

샤를로트의 말을 들은 나제리온은 즉시 검을 뽑아들었다. 놀란 마리 루이가 허둥거리며 물었다.

"자, 자르시게요?"

"다른 방법이 있나?"

"어, 저, 그게……"

마리 루이가 손끝에서 차가운 기운을 불러내 팔뚝에 갖다 댔지만 손은 까딱도 않고 샤를로트에게만 달라붙었다. 나제리온이 검을 겨누자 샤를로트가 한 손으로 기다리라는 손짓을 했다.

"잠깐만."

샤를로트는 그 손을 꽉 움켜쥐고 힘껏 잡아당기며 반대로 몸을 틀었다. 안에 뭐가 있든 끌어낼 작정이었다. 그러나 나온 것은 사람이 아니었다. 팔꿈치도 어깨도 없는 기다란 팔이 쭉 늘어나는 것을 본 마리 루이가 소름 끼친다는 표정으로 고개를 움츠리는데 조안느가 외쳤다.

"방어막!"

그제야 고개를 쳐들자 뒤이어 벽에서 튀어나오고 있는 거대한 흙…… 아니, 파도가 보였다. 물도 없는 곳에 파도라니, 이상한 설명이지만 그렇게밖에 말할 도리가 없었다. 길게 늘어난 하얀 팔뚝 뒤로 암녹색으로 물결치는 흙더미, 아니 늪 밑에서 퍼올린 해초 더미 같은 반죽이 끌려왔다. 심지어 점차 커진다. 두 배, 세 배…… 사람 키의 다섯 배쯤 되니 산사태라고 불러도 틀린 말은 아니었다. 거칠게 쏟아지는 대신 느리게 부풀며 밀려오고 있다는 점을 제외하면.

흙더미는 샤를로트를 거대한 이불처럼 뒤덮었고, 직후 나타난 방어막은 샤를로트가 아닌 마리 루이와 조안느를 보호한 셈이 되었다.

"연하!"

"공녀님!"

샤를로트는 그들의 다급한 외침을 듣지 못했다. 흙도 파도도 보지 못했다. 단지 낯선 공간에 던져졌다는 느낌뿐이었다. 사방 네 걸음도 안 되는 좁다란 공간에서 다시 진흙 가면 같은 얼굴들이 튀어나왔다. 수많은 손이 뻗어왔다. 온 사방이 그것들로 가득 찼다.

그들이 인상을 찌푸리고 외친다. 호소하고 있다. 항의하고 비난한다. 너는 무엇인가를 해야 했지만 하지 않았다, 그래서 우리가 이곳에 갇혔다, 모든 것은 너 때문이다, 너를 저주한다, 도와줘, 도와줘, 도와줘……

조안느는 방어막을 뚫고 흙더미 속으로 뛰어들었지만 아무것도 분간할 수가 없었다. 잠시 후, 흙더미는 삽시간에 무너져내렸다. 바닥에 흩어진 흙 위에서 일어선 조안느가 다급히 얼굴을 털어내며 주위를 보더니 표정이 일그러졌다. 샤를로트가 없었다. 그런데 나제리온도 마찬가지로 보이지 않았다.

"이게 대체……"

마리 루이도 당혹스럽게 주변을 둘러봤다. 어찌된 셈인지 그들은 처음의 장소, 방적소의 홀에 서 있었다. 먼지투성이 천장과 버려진 방적기 두 대가 서 있는 그곳이다. 조금 전에 흙더미가 밀려나왔다고 생각했던 벽은 벽돌 한 겹을 쌓아올린 얄팍한 벽이었고, 뚫린 구멍 너머는 텅 빈 창고였다. 벽돌 틈새로 새어든 석양빛만이 뽀얀 먼지를 비췄다.

마리 루이가 감지 마법을 발동시켰지만 아무것도 잡히지 않았다. 두 사람은 바닥을 기어다녀가며 흙을 샅샅이 더듬어 봤지만 한 뼘도 안 되는 높이의 흙에서 사람이 나올 리 만무했다.

참다못한 조안느가 소리쳤다.

"연하! 공녀님! 어디 계세요! 무슈 아르노!"

대답은 없었다. 흙속에 녹아버리기라도 한 것처럼.

에타 달레르트

난 너희가 뭘 원하는지 몰라.

난 내가 뭘 했어야 하는지도 모르고, 너희가 왜 갇혔는지도 몰라. 너희가 누구인지도 몰라.

그러자 얼굴들이 일제히 비웃는다. 모른다고? 그럴 리가 있나. 너는 우리를 이 꼴로 만든 장본인인데.

난 아무것도 안 했어.

넌 우리를 사슬에 옭아맸어. 그 대가로 우리에게 목소리를 주기로 했지만 약속은 지켜지지 않았지. 그래서 우리한테 여전히 입이 없는 거야.

마침내 샤를로트는 포기하고 묻는다. 그래, 다 내가 했다 쳐. 난 대체 왜 그랬는데? 너희를 괴롭혀서 내가 얻는 건 뭔데?

우리를 짓이겨 기름져진 땅에 생명의 나무를 가꾸었잖아. 우리는 영원히 짓밟히는데 너희는 빨갛고 반짝이는 것들을 수확하리라. 풍요로운 세계를 누려보니 좋았어? 그 땅에서 난 선물은 맛이 있었어? 혀를 불태우는 그 새빨간 독……

"……연하!"

샤를로트는 눈을 번쩍 떴다. 주위에는 아무것도 없었다. 아니, 적어도 얼굴 같은 건 없었다. 누워 있는 자신 곁에 누군가가 있었다. 상체를 일으키고 보니 희미한 빛 너머로 짧은 머리카락이 착 붙은 윤곽이 보였다. 나제리온이다.

"여긴 어디지?"

"모릅니다."

"조안느는? 마리 루이는?"

"연하를 애타게 찾고 있겠죠. 못 찾겠지만."

샤를로트는 일어나 주변을 둘러봤다. 두 사람은 임시로 파낸 토굴처럼 생긴 통로 중간에 떨어져 있었다. 양팔을 벌리면 조금 남을 정도의 폭, 키에 맞춘 듯한 높이, 경사진 바닥. 통로는 굽어 있어서 어느 쪽이든 가보기 전에는 보이는 것이 없었다.

"어째서 우리 둘만 이런 데로 오게 된 거지?"

"모르겠습니다만, 정체 모를 힘이 연하만 따로 모셔오고 싫어했다고 추측됩니다. 저들은 공간을 나누고 합치는 힘을 갖고 있는 것 같습니다. 저까지 오게 된 건 아마도 이것 때문 같군요."

나제리온이 펴 보인 손바닥에 반지가 놓여 있었다. 고개를 갸웃하던 샤를로트도 금방 알아봤다. 벽에서 나왔던 손에 끼워져 있던 그 반지다. 샤를로트가 눈을 동그랗게 뜨며 물었다.

"그걸 어떻게 빼낸 거야?"

"빼내지는 않았습니다. 팔이 길게 늘어나는 것을 보고 칼을 내리쳐 잘랐는데 피가 한 방울도 나지 않더군요. 그래서 남은 것을 움켜잡고 연하의 손에서 잡아 떼어냈는데 그 흙더미가 쏟아지는 가운데 손은 어디론가 사라지고 반지만 남은 겁니다."

샤를로트는 그 손이 언제 어쩌다가 제 손에서 떨어지게 됐는지 기억하지 못했다. 어렴풋이 누가 손목을 낚아채고 비틀었던 것 같은 기억만 있었다. 그게 나제리온이라면 공녀의 손을 잡아 비튼 최초의 인물인 셈이다. 샤를로트는 제 손목을 한 번 보더니 가볍게 말했다.

"신기하네. 그랬더니 같이 오게 됐다니."

"소중한 반지라서 잃어버리기가 싫었나보죠."

나제리온은 주머니 속에서 짧은 가죽끈을 꺼냈다. 반지를 두 줄로 꿰어 한 바퀴 돌려 고정하고 매듭을 지은 뒤 팔뚝에 단단히 끼웠다. 샤를로트가 쳐다보자 그가 말했다.

"앞으로도 연하께서 혼자 떨어지실 일은 없도록 해야겠지요."

"반지를 소중히 여기는 존재라면 상대는 사람일까?"

"모르죠. 용일지도."

힐끔 봤지만 나제리온의 말투는 늘 똑같이 침착해서 농담과 진담을 분간하기 어려웠다. 샤를로트는 받아치기를 포기하고 화제를 바꾸었다.

"그나저나 여기로 오는 동안 계속 정신을 차리고 있었다면 뭐 본 건 없었어? 여기가 어디쯤일지 알아야 할 텐데."

"이렇다 할 것은 없었습니다. 그리고 그런 추측은 불가능할 것 같습니다. 이곳을 만든 정체 모를 존재는 지형을 마음대로 변화시키고 있습니다. 그러므로 바깥까지 물리적 거리가 얼마나 되든 저들이 길을 터주지 않는 한 빠져나갈 방법은 없다고 봐야 합니다. 같은 이유로 저들이 연하와 저를 파묻어 죽이고자 했다면 얼마든지 가능했을 텐데 그러지 않는 것을 보면 나름대로 용건이 있는 것 같습니다. 그 상대는 연하일 테고, 그러니 대화 가능한 존재를 만날 때까지 저들이 만들어 준 통로를 따라 이동해보는 것도 좋을 듯합니다."

당황한 기색조차 없는 나제리온의 설명을 듣다보니 놀랐던 마음도 점차 진정되었다. 어딘지 모를 토굴에 떨어졌지만 그리 온갖 상상을 할 필요는 없고, 합리적인 가능성만 생각하면 된다는 태도가 마음에 들었다. 샤를로트는 고개를 끄덕이다가 문득 빛을 의식했다. 이런 토굴에서 광원은 어디서 온 걸까?

잘 보니 나제리온이 허리에 두른 주머니에 빛나는 막대가 꽂혀 있었다. 마력을 일시적으로 봉인해넣어 주변을 밝히는 빛 막대는 에투알 장비 가운데 하나지만 고작 삼십 분 정도 쓸 수 있는 물건이라 무게 대비 효율이 떨어지는 편이었다. 마리 루이가 함께 오는데 왜 저런 걸 준비했을까? 샤를로트가 쳐다보자 나제리온이 대꾸했다.

"다섯 개 더 있습니다."

"이런 게 필요하게 될 줄 알았어?"

"마법사들은 예고 없이 지치죠."

제 체력이나 운용 가능한 마력을 잘 가늠해서 배분하는 마법사도 있지만 계산보다 마력 소모가 빠르거나 예고 없이 맥을 못 추는 자들도 드물지는 않은 편이었다. 온갖 마법사를 겪다보면 준비성이 좋아지는지도 몰랐다. 하지만 오늘은 기껏해야 한두 시간 동안 방적소를 조사할 계획뿐이지 않았던가? 샤를로트는 혹시나 하고 떠보듯 물어보았다.

"그럼 다른 건?"

"표준 야영 장비 1종 외에 비상식량과 식수가 2인 최소 기준으로 하루치, 폭발 주문이 든 두루마리 3장, 방어막 주문이든 두루마리 1장, 그리고 조립식 곡괭이가 있습니다."

"진짜로 이런 데로 떨어지게 될 줄 알았어?"

샤를로트가 눈을 둥그렇게 뜨며 물었지만 나제리온은 덤덤히 대꾸했다.

"어디로 가든 장소는 무관합니다. 대공 가문 호위의 최소 인원이 6인이고 각자 1.5인분을 준비하는 규율을 감안할 때 조안느와 제게는 각자 4.5인분의 하루치 식량 및 식수가 있어야 마땅합니다. 오를리에서 물자를 충분히 가져오지 못해 송구합니다."

그렇게 된 이유는 물론 타국에서 실종된 샤를로트 때문이니 은근히 비꼬는 건가 싶기도 했지만 수련병 시절에 장비를 꾸려본 샤를로트는 현실적인 점이 더 와닿았다. 그러려면 짐이 대체 얼마야…… 그리고 저건 최신 규율도 아니었다. 십 년 전에는 에투알 노릇도 더 팍팍했던 모양이다.

"두루마리는 언제든지 쓸 수 있나?"

"직사형 폭발 주문이긴 합니다만 그렇더라도 여기처럼 좁은 공간은 위험 부담이 있으니 좀더 넓은 장소를 찾아야 합니다."

"그렇겠네. 그럼 아까 말했듯 이동을 해보자. 어느 방향이 좋겠어?"

"저라면 올라가는 쪽입니다."

"좋아. 가보자."

둘은 올라가는 통로를 따라갔다. 얼마간 앞서 걷던 나제리온의 걸음이 느려지더니 멈추며 주위를 살폈다. 왜지? 샤를로트가 있는 쪽은 상대적으로 어두워서 나제리온이 뭘 봤는지 분명치 않았다.

"뭐가 있어?"

"아직은 습관적인 경계라고만 해두겠습니다."

나제리온에 대해 아직 잘 몰랐지만 관찰력은 확실히 좋았다. 유능한 사람 같긴 한데. 그러자 떠오르는 질문이 있었다.

"무슈 아르노는 어쩌다가 여길 오게 됐어?"

"단장님의 명령이었습니다."

"은퇴했잖아?"

나제리온은 잠시 사이를 두었다가 답했다.

"겉으로 보이는 게 전부는 아니죠."

"그럼 은퇴한 게 아닌데 은퇴한 척했다는 거야? 왜?"

"……잠깐."

나제리온이 다시 멈춰 섰다. 어두컴컴한 통로 앞쪽을 쏘아보던 그가 갑자기 빛 막대를 뽑아 샤를로트에게 건네며 간단한 손짓을 보냈다. 샤를로트는 손짓을 알아듣고 막대를 재빨리 옷깃 안쪽에 감춘 뒤 방어 태세로 바꾸며 올라오던 쪽을 경계했다. 무심코 행동하고 나서 한 박자 늦게 미소가 떠올랐다. 에투알 수련병 시절로 돌아간 듯한 기분이 상쾌했다. 그리 많은 생각을 하지 않아도 좋았던, 선배들을 열심히 보고 배우기만 하면 되었던 그때를 그리워한다는 걸 평소에는 실감하지 못했는데.

나제리온은 샤를로트가 함께 움직여본 어떤 에투알보다 나이가 많았다. 현역으로 그보다 나이든 에투알은 곧 쉰이 되는 니콜라 펠티에 부단장밖에 없다. 하지만 부단장은 사람을 보는 안목이 좋아서 인재 관리차 예외적으로 남았을 뿐이고 보통은 마흔 넘은 에투알도 드물었다. 이런 베테랑을 뒤따라가는 수련병이라면 아무 걱정도 할 필요가 없으리라. 어디에 떨어졌든 탈출하게 될 테고, 만일 탈출하지 못하더라도 그게 자신의 잘못 때문은 아니라고 믿어도 될 테니까.

나제리온이 다시 따라오라는 손짓을 보냈다. 빛 막대의 밝기를 절반으로 줄였다. 길은 구불구불 이어지며 높이조차 오르락내리락했다. 용도도 없으면서 똑바로라도 만들 것이지, 내심 불평하며 진행 방향을 가늠해보려 애쓰고 있을 때 나제리온이 말했다.

"에투알에는 대공국의 공녀 연하이신 분께조차 밝히지 못할 비밀이 있기도 하다는 것을 아실 것입니다. 에투알에 계셨던 분이니 더더욱."

아까 한 질문에 대한 대답이었다. 그런 말을 하는 주제에 공녀의 기색을 살피기는커녕 앞만 바라봤기에 샤를로트에게는 귀밑이 희끗한 옆얼굴만 보였다. 안전을 위해서라 하지만 에투알을 싫어했던 왕이나 대공들은 아마 이런 태도에 적응하지 못했던 거겠지. 에투알 수련병이었을 때는 당연하다고 여겼던 것 같은데 지금은 양쪽의 입장을 다 알 것 같다. 에투알에는 언제부터 비밀이 당연해진 것일까.

샤를로트는 쓴웃음을 머금었다. 장차 에투알을 거느리고 다뤄야 하는 자신은 이런 말을 듣고 그저 '옳습니다'라고만 할 순 없었다. 실은 베테랑을 뒤따라가는 수련병 노릇을 좀더 하고 싶었지만 자격도 갖추기 전에 닭장 밖으로 내던져진 병아리 꼴이지. 그런 생각을 하면서도 입에서는 냉담한 말이 흘러나왔다.

"알기 때문에 더 의아하기도 하군. 날 호위하라고 하필이면 은퇴한 사람을 골라 보냈지만 왜냐고 물어도 알레망 단장한테는 대답할 의무가 없다는 점이 말이야."

"단장님의 결정은 연하께서 마법사 조직에 지명수배된 가운데 타국 땅에서 실종 상태라는 정보를 접했기 때문일 뿐입니다."

"그 정보가 뜻하는 건?"

"에타 달레르트."

느릿하고 또렷한 옛 오를란느어 발음이었다. 공용어가 일반화된 뒤 보통 사람들 사이에서 잊힌 지 오래된 그 말의 뜻은 '비상사태'. 하지만 이미 에투알에서도 쓰이지 않은 지 오래됐다. 지금은 긴급한 상황을 세 단계로 나누어 코드1, 코드2, 코드3이라 부르는데 '에타 달레르트'는 코드3에 해당했다.

예로부터 에투알은 세상이 변하든 말든 내부의 질서를 중시했으니 공녀일지라도 받아들여야 한다, 그런 의미인가? 샤를로트가 미간을 찌푸렸다.

"코드3이기 때문에 무슈를 보냈단 말인가? 은퇴한 그대가 최선의 선택이어서?"

겸양의 망설임조차 없는 대답이 튀어나왔다.

"그렇습니다."

"그 말은 은퇴란 정말로 은퇴가 아니었다는 뜻이군. 단장이 그런 비밀스러운 구조를 노출한다는 선택까지 하게 된 이유가 코드3이었기 때문이다 그건가?"

"정확합니다."

"그러니 나는 그걸 캐묻지 않는 배려를 해야 마땅한 것이고?"

"이해해주셔서 다행스럽습니다."

"이해한다는 말은 안 했어."

잠시 불편한 침묵이 흐른 뒤 나제리온이 말했다.

"비밀을 유지하는 데는 이유가 있기 마련입니다. 그리고 에투알의 모든 비밀은……"

"대공국과 대공 가문을 위한 것이고 말이지? 나도 알아. 다만 내게는 선택권이 없다는 것이 놀랍지 않은가. 비밀을 못 지킬 존재로 보인다는 것도 마찬가지고."

대답 대신 뜻밖에 희미한 웃음소리가 났다.

"그렇습니까? 그건 에투알 쪽에서도 그렇습니다만."

"무슨 뜻이지?"

"에투알 역시 비밀을 못 지킬 존재로 간주되고 있다는 말씀입니다. 그리고 연하께서 감추고 계신 비밀 쪽이 훨씬 거대하고, 또 엄중하죠. 그렇지 않습니까?"

샤를로트는 바로 대꾸하지 못하고 눈을 몇 번 깜빡이며 생각했다. 에투알 단장 등 고위 간부들에게 공유된 정보는 공녀가 베르나르를 해친 자를 찾고 있고, 오 년 전의 사건 이후로 프시키를 다루는 힘을 갖게 됐다는 정도까지였다. 샤를로트가 사과가 준 꿈을 통해 수백 년 된 일들을 보았고, 그걸 추적해 아이언페이스라는 자를 찾아냈고, 그자의 심장 조각을 오토마톤에 넣어 전 대륙으로 보낸 장본인이 베르나르 대공자라는, 그런 이야기를 아는 사람은 로랑과 네이와 콜레트…… 아니, 그들도 다 모른다. 모든 걸 아는 건 한 명뿐이다. 다시는 이 일에 관여할 일이 없는 한 명. 그런데 어째서 나제리온의 입에서 '거대하고 엄중한 비밀'이라는 말이 나오는 것일까?

그때 나제리온이 다시 걸음을 멈추더니 말했다.

"저길 보십시오."

샤를로트가 빛 막대를 뽑아들고 다가갔다. 나제리온이 너무 가까이 가지 않도록 한 팔로 가로막으며 빛 막대만 건네받아 벽 쪽을 비춰주었다. 막다른 길이었는데 흙 몇 조각이 흘러 떨어질 뿐 특별한 것은 보이지 않았다.

"방금 막힌 것입니다."

"아무 소리도 못 들었는데?"

"흙이 움직였습니다. 초반부터 의심쩍어서 주시하며 왔는데 조금 전에는 확실히 봤습니다."

"그래. 그럴 법하지."

뒤를 돌아보니 왼쪽 아래로 비스듬하게 난 또다른 통로가 보였다. 올라오는 동안에는 본 적이 없는 길이라는 생각이 들었다. 꺾여 있어서 놓쳤을까? 샤를로트는 그렇다 쳐도 나제리온이 저런 걸 놓쳤을 것 같진 않다.

이쪽으로 가라고?

정체 모를 존재가 시키는 대로 움직여야 하다니 마음에 들지 않았다. 샤를로트는 나제리온의 팔을 밀어내고 막힌 벽으로 다가갔다. 벽에 손을 대자 또다시 희미한 떨림이 느껴졌다. 망설임 없이 손을 벽 속으로 밀어넣고 휘저었다. 흙이라기보다 물속을 휘젓는 느낌이다. 나제리온은 굳이 말리지 않고 자신도 손끝을 대보더니 말했다.

"역시 연하께만 가능한 일이군요. 이 공간 모두가 연하를 위해 만들어진 일종의 게임판 같습니다."

"왜 그런 걸 만들까? 할말이 있으면 빨리 나타나는 편이 낫지 않아?"

"뭔가 시험하고 싶은 것이 있을지도 모르지요."

"그래? 반지를 하나쯤 더 빼앗아야 하나?"

그렇게 말하자마자 손끝에 뭔가가 닿았다. 샤를로트는 대뜸 그것을 잡아 밖으로 빼냈다. 이건 뭐지? 쇠사슬?

나제리온이 사슬을 보더니 아예 두 손으로 움켜쥐고 쭉쭉 당기기 시작했다. 샤를로트가 뭘 하든 말리기보다 같이 하는 쪽으로 마음을 정한 듯했다. 사슬이 뭔가에 턱 걸리자 한 손에 감아쥐고 검을 뽑아 내리쳤다. 트랑샹 검답게 쇠사슬은 깨끗이 잘렸지만 동시에 남은 부분이 살아 있는 뱀처럼 뒤틀리며 나제리온의 팔을 휘감더니 벽 속으로 파묻는 것이 아닌가.

순식간에 어깨까지 쑥 들어가는 것을 본 샤를로트가 나제리온의 다른 손을 낚아챘지만 소용없었다. 둘은 물에 빠지는 사람처럼 벽 속으로 빨려들어갔다.

"흡……"

본능적으로 눈을 감으며 숨을 멈추었다. 캄캄한 가운데 가느다란 손가락 같은 것들이 여기저기에서 몸을 움켜잡고 당기는 것 같다. 소리는 아닌, 뒤죽박죽된 감각 때문에 정보인지 의지인지 모를 것들이 밀려들어온다. 살려줘, 죽여줘, 살고 싶지 않아, 죽고 싶지 않아…… 비명이나 다름없는 호소에 피부가 저릿저릿하고 따끔거렸다. 팔다리를 내저었지만 늪에서 헤엄치는 것처럼 힘겨웠다. 방향도 모른 채 허우적대며 수면을 찾는 내내 목소리가 휘감기며 달라붙었다. 잘못했어요, 제발 그만하세요, 아파요, 아파요……

그리 길지는 않았다. 두꺼운 벽인 것 같던 흙더미는 요동치며 금세 둘을 맞은편 어딘가로 뱉어냈다. 그사이 빛 막대가 꺼져버려 새카만 어둠 속으로 던져진 샤를로트는 잠시 정신을 다잡기 어려웠다. 자신이 숨을 쉬고 있는지, 눈을 뜨고 있는지, 뭔가를 딛고 있긴 한 건지…… 그때 눈앞에서 새로운 빛 막대가 불쑥 떠올랐다. 나제리온이 다급하게 샤를로트의 손을 잡고 양 어깨를 쓸어보더니 한숨을 내쉬었다.

"무사하시군요."

빛 너머로 보이는 나제리온의 표정도 당혹감으로 굳어져 있었다. 그를 만난 이래 가장 인간 같은 표정을 짓고 있어 그제야 사람이긴 했구나 하는 황당한 생각까지 났다.

"그 소리 들었어?"

"살려달라던가…… 그 애기 말씀이시지요. 들었습니다."

"나한테만 들린 게 아니라니 다행이네."

잠시 사이를 두고 나제리온이 물었다.

"왜 그럴 거라고 생각하신 건가요?"

"그건……"

물론 프시키의 호소일 거라고 생각해서다. 하지만 사실 프시키는 지금껏 샤를로트에게 말을 건 적이 없었다. 늘 다른 사람에게만 들렸다. 사과의 섬에서 로랑과 크루파드에게, 또 바이올린의 주인한테……

하지만 프시키가 아니라면 누구란 말인가? 그들이 들은 이야기도 대부분 살려달라든가, 그런 이야기였다고 하지 않았나? 이야기를 어떻게, 어디부터 해야 할까 머뭇거리는데 나제리온이 먼저 말했다.

"오 년 전에 얀 크루파드와 로랑 카스티유가 보고한 바로 프시키의 목소리를 들은 건 그들 둘뿐이고 정작 연하께서는 듣지 못하신 것으로 압니다. 그후 변화가 있었다는 보고는 없었는데 혹시 프시키와 소통할 방법을 찾아내셨던 겁니까?"

오 년 전의 일이 보고된 줄은 알았지만 듣다보니 의아해졌다. 그 이상도 알고 있다는 말투가 아닌가?

"보고를 어디까지 받고 있었던 거지?"

3분견대의 크루파드와 로랑, 그중에서도 특히 로랑에게는 많은 비밀을 공유했었다. 베르나르와 오토마톤과 아이언페이스, 그리고 사과의 꿈까지. 프시키를 다루는 법을 차츰 익혀

갈 때 곁에서 지켜봐준 두 명 중 하나이기도 했으니 샤를로트가 프시키를 어떻게 다루는지도 잘 알 것이다. 아이언페이스와 장차 직접 대결하리라는 결심만은 숨겼지만 그것도 로랑을 믿지 못해서가 아니라 로랑이 자신 대신 목숨을 던지려 할까봐 그랬을 정도다.

그런데 그런 모든 정보가 단장을 비롯한 윗선에 공유되고 있었단 말인가? 은퇴한 에투알인 나제리온이 다른 가신들과 접촉했을 일도 없을 테니 추측되는 사람은 하나밖에 없다. 다른 누구도 아닌…… 자신만의 기사라고 믿었던 로랑이?

“연하께서 프시키를 감지하고, 명령을 내리고, 죽일 수 있는 힘을 갖고 계시고, 베르나르 대공자께서 남긴 사과들에서 꿈을 전달받아 대공자의 실종에 관여했다고 추측되는 자를 찾아내셨고, 그자가 노리는 오토마톤을 추적하기 위해 켈티카에 와 계시다는 것까지는 압니다. 최근 호텔에서 벌어진 사건으로 한 개를 손에 넣으셨다는 소식도 들었습니다.”

짐작이 맞아떨어지자 샤를로트의 입술이 떨렸다. 저도 모르게 날카로워진 목소리가 튀어나왔다.

“그런 정보를 누구한테 받았지?”

“그건 밝힐 수 없습니다.”

“밝혀야 해. 이건 명령이야.”

“말씀드렸다시피 에투알은 대공가를 위해 비밀을 지켜야

할 때가 있습니다."

흐릿한 빛 막대 너머로 하얗게 질린 샤를로트의 시선이 상대를 꿰뚫을 듯 쏟아졌지만 나제리온은 대답하지 않고 한 발짝 물러났다. 빛 막대를 한 개 더 꺼내 켜며 빛을 증폭하자 주변의 벽, 그리고 천장에 매달린 뭔가가 흐릿하게 드러났다. 하얀빛이 흘러내릴 듯 타는 가운데 나제리온은 지금까지와 다를 것 없는 어조로 말했다.

"이 장소라면 충분히 넓은 것 같습니다."

샤를로트는 무슨 대답을 할 상황이 아니었다. 로랑에게 당장이라도 달려가서 묻고 싶은데 그러지 못해 호흡조차 갑갑했다. 완벽히 믿었던 만큼 당신이 어떻게 그럴 수가 있느냐고, 꼭 그래야 한다고 판단했다면 왜 자신에게 미리 말해주지 않았느냐고, 왜 자신을 속였느냐고, 들리든 말든 소리치고 싶었다…… 아니, 실은 아니라는 말을 한시바삐 듣고 싶어서 견딜 수가 없었다. 로랑이라면 틀림없이 그건 오해이며, 자신은 한 번도 공녀를 배신한 적이 없다고 대답할 테니까.

그때 이상한 것이 눈에 띄었다.

나제리온의 등뒤로 천장에서 내려온 갈고리 같은 것이 드리워져 있었는데 그게 서서히 움직이는 느낌이었다. 빛 막대가 움직이기 때문에 든 착시인가?

아니었다. 다가오던 갈고리가 갑자기 절그럭 소리조차 없이 허공에서 휘어지는 것을 본 샤를로트는 반사적으로 검을 뽑으며 달려들었다. 공녀의 모습을 본 나제리온은 저도 모르게 검에 손을 대려다가 멈칫하며 그 자리에 한쪽 무릎을 꿇었다. 직후 샤를로트의 검이 간발의 차이로 갈고리를 후려치며 날카로운 소리가 울렸다.

츠릉!

불티가 튀며 갈고리가 날아갔지만 쇳덩이를 정면으로 내리친 충격으로 손은 물론이고 팔까지 울렸다. 뒤이어 벌떡 일어난 나제리온이 자신의 검을 뽑으며 샤를로트의 앞을 막았다. 어둠 속에서 또다른 사슬 두 가닥이 날아든다. 이번에는 나제리온이 처리할 차례였다. 순식간에 두 가닥 모두가 끊어지고 사슬이 벽에 부딪치는 소리가 요란했다. 다시 오는 걸까?

나제리온이 소리쳤다.

"포복하십시오! 바닥까지는 닿지 않습니다!"

하지만 샤를로트는 그럴 생각이 없었다. 공격이 사방에서 올 때 사람이 둘뿐이라면 자신이 절반을 맡아야 한다. 나제리온과 등을 맞대고 서서 어둠 속을 주시했다. 빛 막대가 바닥에 나뒹굴고 있었지만 주워들 틈이 없어 엉뚱한 곳만 비췄기에 사슬은 매번 어둠을 뚫고 튀어나오는 꼴이었다. 심지어 소리도 없어서 눈앞에 오기 전까지는 포착하기 어렵다. 나제리온이 강하더라도 혼자서는 힘들 것이다.

날아드는 사슬을 연속해서 처리하는 동안 이번에는 바닥이 흔들리기 시작했다. 단단하던 바닥이 모래밭이 된 듯 이리저리 무너져 중심을 잡기가 힘들었다. 방 전체가 잠에서 깨어난 것처럼 일렁이고 있었다.

이 방의 끝은 어디일까? 간발의 틈을 이용해 나제리온이 빛 막대를 주워 멀찍이 던졌지만 여전히 끝이 보이지 않았다. 그가 말했다.

“저쪽으로 달려가며 두루마리를 써서 맞은편으로 활로를 뚫어보겠습니다. 저를 따라 뛰십시오. 셋, 둘, 하나.”

나제리온이 달리기 시작하고 샤를로트도 뒤따라 뛰었다. 금세 아까 던진 빛 막대를 지나쳤다. 여전히 끝이 나타나지 않아 의아해질 무렵 나제리온이 두루마리를 뽑아들어 붉은 봉인을 뜯고 내던졌다. 잠시 후 쿠쿵 하는 굉음이 공간을 울리며 압축된 공기가 먼 곳까지 뻗어가는 감각이 전해져왔다.

둘은 멈춰 섰다. 앞쪽이 충격으로 무너질까봐 멈춘 것인데 그러기는커녕 무엇 하나 변하는 기색이 없었다. 잔돌 떨어지는 소리조차 없었다. 귀를 기울이던 나제리온이 말했다.

“백 걸음 이상 직선으로 뚫린 통로가 아니라면 불가능한 일입니다.”

잠시 후, 아주 먼 곳에서 희미한 소리가 들려왔다. 지하 통로를 파괴했을 때 날 법한 소리는 아니고 수백 명이 일제히

지르는 비명의 잔향 같달까. 그리고 조용해졌다. 앞도 뒤도 캄캄할 뿐. 보이는 거라고는 아까 달려오며 지나친, 이젠 반딧불만해진 빛 막대뿐이었다.

"혹시 주변을 밝힐 만한 마법은 없을까?"

"빛 막대 두 개를 합쳐서 일시에 태우면 잠시 전체적으로 밝아지긴 할 겁니다."

"두 개 남았는데 그렇게 소모해버려도 될지 확신이 안 서네. 주변을 보긴 해야겠는데."

나제리온은 바로 대답하지 않았다. 고요해지자 조금 전, 사슬이 공격해오기 전에 품었던 감정의 잔해가 밀려올라오며 샤를로트는 가슴이 답답해졌다. 로랑이 자신을 배신했는지 확인할 방법은 질문뿐인 상황에서 나제리온은 명령에 불복했다. 자신은 이 중대한 의문을 오랫동안 자신 안에 묻어두어야 한다. 로랑은 멀리 있고, 확인되지 않은 의심을 다른 가신들에게 퍼뜨릴 수는 없기 때문에. 그런 원망과 분노를 나제리온에게 표현할 수도 없었다. 지금은 협력해서 살아나가야 하는 관계니까.

나제리온의 목소리가 들렸다.

"꼭 필요한 일입니까?"

"글쎄. 그렇게 물으니 너무 부담스럽네."

"다른 방법이 하나 더 있긴 합니다만."

나제리온이 주위를 둘러봤다. 어차피 보이는 것도 없을 텐데 무슨 생각을 하는지 모를 일이었지만 신중하게 살피더니 다시 말했다.

"명령하시면 한번 해보겠습니다."

"내 명령 같은 거 신경 안 쓰는 줄 알았는데?"

"그럴 리가 있겠습니까."

문득 아까 샤를로트가 검을 뽑자 한쪽 무릎을 꿇던 모습이 떠올랐다. 순간 기가 막혀서 목소리가 높아졌다.

"설마 아까 내가 화가 나서 검을 뽑았다고 생각하고, 그 검을 그대로 받으려 했단 말이야?"

"치죄하신다면 받는 수밖에 없습니다."

"이런 상황에서 그게 말이 되는 소리야? 내가 그렇게까지 어리석어 보여?"

그러자 잠시 사이를 두고 엉뚱한 대답이 들려왔다.

"실은 연하께서 정말로 베실 거라고 생각한 건 아닙니다."

"……"

저 말은 일단 사죄하는 태도를 보이면 대충 달랠 수 있다고 판단했다는 얘기가 되는데, 멍청이로 평가하지 않아 고맙다고 해야 할지 우습게 봤다고 화를 내야 할지 헷갈려 샤를로트는 말을 멈췄다. 나제리온이 말했다.

"명령 불복종에 대한 처벌은 연하를 안전히 밖으로 모신 뒤에 받겠습니다. 지금은 명령을 내려주십시오."

은근히 뻔뻔하기까지 한 태도에 약이 올랐지만 지금은 그런 걸로 다툴 때가 아니었다. 샤를로트는 입술을 꾹 다물었다가 말했다.

"난 이 통로 전체가 프시키로 이뤄졌는지 확인하고 싶어. 사과의 섬에서 벌어진 일을 안다 했으니 내가 무슨 얘기를 하는 건지도 알겠지. 주변이 밝아야 저들이 내 명령에 복종하는지 아닌지 확인할 수가 있으니까."

"공격이 되어도 관계없겠습니까?"

"그런 게 가능해? 된다면 나부터 하겠는데."

그걸 대답으로 받아들인 나제리온이 샤를로트가 있는 자리에서 몇 걸음 떨어졌다. 유성 같은 빛이 허공을 휙 가로질렀다. 동시에 열기가 끼쳐왔다. 흠칫하며 몸을 젖히는데 빛의 끝이 높다란 벽에 부딪치더니 불티가 튀면서 지나간 궤적 전체가 불길로 변했다. 벽에 불이 붙은 것도 놀랍지만 심지어 계속해서 타고 있지 않은가?

불길 때문에 나제리온의 모습도 보였다. 그는 허공에 휘둘렀던 한 손을 거두는 중이었다. 그제야 상황을 깨달은 샤를로트가 중얼거렸다.

"그거 특기인가?"

에투알이 은퇴하면 특기도 거두는 것으로 아는데, 역시 겉보기와 똑같은 규칙 같은 건 이 세상에 없었다. 돌을 태우거나 녹일 정도의 고온으로 전방 열 걸음 넓이를 전체적으로 지져버리는, 저 정도로 강력한 특기는 지금껏 한 번도 본 적이 없다. 에투알의 특기는 방어가 대부분이고 드물게 공격 마법을 받더라도 광역 공격은 너무 위험해서 아무에게나 주지도 않는다.

그러자 깨달음이 왔다.

"무슈 아르노, 그대는…… 브릴랑테인가?"

대답이 없어도 알고도 남았다. 지금껏 누가 브릴랑테인지 짐작하기 힘들던 이유도 알았다. 은퇴한 자들 중에 브릴랑테가 있으니 계산이 맞을 리가 있겠는가?

나제리온이 대답하려 하는데 갑자기 절규에 가까운 비명이 터져나와 공기를 뒤흔들었다. 어디서? 벽이다.

불타는 벽에서 수많은 머리와 손발이 튀어나왔다. 회반죽을 덮어쓴 듯한 그것들이 일제히 샤를로트를 향해 뻗어오려 했다. 온 사방의 벽이 비명을 지른다. 고통으로 일그러진 채로, 화살에 꽂힌 짐승들처럼 몸부림치면서.

악몽에서나 볼 법한 풍경 앞에서도 나제리온은 당황하지 않고 한번 더 특기를 쓸 태세로 샤를로트 앞을 막아섰다. 연달아 특기를 쓰기란 어렵기에 저것들이 일정 범위로 가까워지기를 기다리는데 등뒤에서 샤를로트의 목소리가 들렸다.

"잠깐만……"

부상이라도 당한 듯 쥐어짜낸 목소리에 흠칫한 나제리온이 뒤를 돌아보았다. 샤를로트는 두 손으로 관자놀이를 감싸쥔 채 얼굴을 찡그리고 있었다.

"연하!"

나제리온은 샤를로트를 공격한 것이 있나 찾았으나 그런 것은 없었다. 샤를로트가 얼굴에서 손을 떼더니 허공을 향해 뻗었다. 그러자 파도처럼 물결치던 얼굴들과 손들이 일제히 움직임을 멈췄다. 비명도 멎었다.

"너희한테 무슨 일이 있었던 거지?"

알아듣지 못할 속삭임이 밀려들었다. 내용은 이해 못해도 저들의 감정에 동화되어 머리부터 발끝까지 저렸다. 왜 이런 일이 벌어지는 걸까? 지금까지 수없이 프시키를 만나고 다뤄도 감정이 전이된 적은 없었는데.

어느새 속삭임은 이해할 수 있는 언어로 변했다. 나제리온에게는 들리지 않는 호소가 샤를로트의 머릿속에 가득찼다. 다투어 울부짖으며 뇌리를 후려쳤다. 알아들으려 애썼지만 문장은 뒤죽박죽이고 감정마저 폭풍처럼 몰아쳐 정신을 차리기 어려웠다. 비바람 속에서 비틀대느라 몸도 생각도 가눌 수 없는 느낌이었다.

무서웠어, 아팠어, 왜 도와주지 않았어, 차라리 죽여주었으면 했는데, 우리는 죽지도 못하기에……

자르고 또 자르고, 짓이기고 짓이기고, 찌르고 찌르고……

우릴 구하러 온 거야? 늦었어, 이미 늦었어, 우리는 영원히 벗어나지 못해.

그래서 미쳤지, 미쳐서 무슨 짓을 할지 몰라, 여기서 나가, 너도 거름으로 만들기 전에.

복수를 원해, 우리 대신 그자를 죽여줘, 그럴 수 있잖아, 할 수 있잖아.

왜 왔어? 이젠 네가 필요 없는데. 이제 와서 뭘 하려고? 온 김에 그냥 모조리 죽여주면 좋겠다.

시끄러워, 무슨 말이 그렇게 많아? 모조리 혀를 잘랐어야 해. 조용히 해, 조용히 해……

소리가 잦아들면서 벽에서 튀어나왔던 윤곽들도 허물어졌다. 일부는 흙 반죽처럼 흘러내렸다. 귀에 들리는 비명은 사라졌지만 샤를로트에게는 이들 모두가 여전히 흐느끼는 듯했다. 대체 무슨 일이 벌어진 것인가? 얼마나 갇혀서 고통받았단 말인가? 이들이 정말 모두 프시키인가?

긴장이 풀린 샤를로트가 비틀거리자 나제리온이 부축해 바닥에 앉혔다. 샤를로트의 몸은 뜨거웠고 이마와 목덜미에 땀이 흥건했다. 얼굴을 얼마나 찡그렸던지 눈을 제대로 뜨기가 힘들었다.

"괜찮으십니까? 제 말 들리십니까?"

"응……"

샤를로트가 눈을 흐릿하게 뜨자 나제리온이 물었다.

"저들이 연하의 명을 들은 것입니까?"

"그런 것 같기도 한데…… 사실 잘 모르겠어."

나제리온은 주위를 둘러봤다. 더이상 움직이는 것이 없음을 확인하자 다시 말했다.

"송구하오나 일어나실 수 있겠습니까? 어려우시면 제가 업고 가겠습니다. 당장 여길 빠져나가는 것이 좋겠습니다."

샤를로트는 고개를 젓고 스스로 일어났다. 한쪽 벽을 향해 걸음을 떼자 나제리온이 앞을 막아섰다.

"위험합니다."

"괜찮아."

샤를로트는 오히려 나제리온의 손을 잡아끌더니 함께 벽을 향해 다가갔다. 다른 손으로 허공을 더듬자 조금 전 그들을 공격했던 사슬이 맥없이 늘어진 채 손에 잡혔다. 당기자 요란한 소리를 내며 떨어졌다. 나제리온은 위를 올려다봤지만 천장이 워낙 높아 무엇과 연결되어 있었는지 알아볼 수 없었다. 그게 더이상 공격하지 않을 걸 공녀는 어찌 알았단 말인가? 벽이든 쇠사슬이든 아무것도 정체를 확신 못할 그런 곳에서 공녀는 긴장하기보다 본능처럼 무얼 해야 할지 아는 듯했다.

마치 절반쯤은 저들의 일부인 것처럼.

"여길 봐."

벽 앞에 선 샤를로트가 벽을 가리켰다. 불길을 받아 흐릿한 윤곽만 드러난 벽은 고르지 않고 울퉁불퉁했다. 자세히 보니 그건 거대한 부조였다. 온 벽을 가득 메워가며 수많은 사람이 고통스러워하는 모습을 새긴…… 아니, 이게 진짜 부조일까?

나제리온이 미간을 찡그리며 물었다.

"이게 뭡니까?"

"프시키인 것 같아. 그런데 왜 사람 모습을 취한 건지는 모르겠어. 그런 적은 한 번도 없었는데. 설마 내 이해를 도우려고? 그것도 이상하지."

"왜 이런 모습이죠?"

"아마도 고문을 당한 것 같아. 아주 오랫동안. 그래서 이들은 제정신이 아니야. 뒤죽박죽된 말을 하고 있어. 누가 이런 짓을 했을까? 그자겠지? 대체 언제부터였을까? 누오보 공방을 만나게 될 줄 알았는데, 왜 여기에 이런 곳이 있을까?"

그때 멀찍이서 여자의 목소리가 들려왔다.

―베르나르의 동생이 그대인가요?

샤를로트는 놀라 주변을 둘러봤지만 어디에도 사람은 보이지 않았다. 대신 나제리온이 대꾸했다.

"그대가 누구든 대공자 연하를 가볍게 부르지 마시오."

샤를로트가 나제리온을 돌아봤다.

"들렸어?"

나제리온은 고개를 끄덕여 보이고 경계 태세로 주위를 살폈다. 새롭게 나타난 것은 없었다. 다가오는 것도 없었다. 그러나 다음 목소리는 한결 가까워져 있었다.

—뒤늦다, 뒤늦었어…… 다 끝나버린 지금에야 만나다니.

"누구죠? 어디 있어요?"

어느 방향으로든 인기척조차 없자 나제리온이 남은 빛 막대 하나를 꺼내 밝혀 들었다. 그러자 다른 방향에서 누군가가 말했다.

빛을 원해?

벽에서 광채가 솟아올랐다. 빛으로 된 커튼처럼 너울거리며 뻗어오더니 통로 전체가 밝아졌다. 어디서 빛이 나온다고 하기도 어려울 정도로, 방 전체가 광원인 것처럼 휘황하게 빛났다.

나제리온은 본능적으로 눈가를 찡그리긴 했지만 즉시 방어 태세로 사방을 살폈다. 천장은 성인 다섯 명의 키를 넘어 보였고, 의심했던 그대로 통로는 앞뒤 어느 쪽으로든 끝없이 뻗어 있었다. 이런 엄청난 규모의 지하 시설이 켈티카 근교에 있다는 걸 켈티카 사람들은 알까? 아니, 여기가 여전히 켈티카 근교이긴 한 걸까?

철제 보 몇 개가 천장 언저리를 불규칙하게 가로질렀다. 쇠사슬은 거기에 매달려 있었다. 쇠사슬 외에 낡아빠진 밧줄 몇 가닥도 함께였다. 벽 쪽에는 더욱 수상한 물건들이 눈에 띄었다. 쇠로 된 받침대와 대형 솥, 무기인지 농기구인지 모를 날붙이들과 불을 때는 가마 같은 것들이다. 그러나 하나같이 버려진 채 낡고 녹슬어 있었다.

벽의 형태도 드디어 잘 보였다. 예술품이라면 실로 역사에 남을 규모로 온 벽을 채운 그것은…… 부조가 아니었다. 벽 전체가 수많은 머리와 손발을 삼킨 회색 강처럼 흐르고 있었다. 처절한 전투 끝에 전멸한 군대처럼, 모조리 일그러진 얼굴로 절규하면서.

"이게…… 도대체……"

샤를로트는 충격으로 할말을 잃고 벽을 바라보았다. 빠르게 벽을 훑어보던 나제리온이 위쪽을 가리켰다.

"저자 같군요."

그쪽을 보자 한 얼굴이 그들을 굽어보고 있었다. 일그러지지 않고 무표정한 얼굴은 그것뿐이었다. 긴 머리를 양쪽으로 묶어 말아올린 여자의 얼굴이다. 입술이 움직였다.

—아아, 귀여운 아이. 그이가 얼마나 사랑했던가. 그래, 잊고 있었네. 그랬지. 공녀님께 예를 표합니다.

이어 희미한 미소가 나타나고, 더 놀랍게도 눈에 색이 나타났다. 파란색이었다. 고작 그뿐인데도 회색 얼굴에 산 사람 같은 생동감이 피어났다. 나이도, 성품까지도 알 것만 같다. 스물에서 서른 언저리, 다정하고 심약한 사람.

"어째서 나를 알죠? 정말로 베르나르 오빠를 알아요? 당신은 누구죠?"

벽에서 손 하나가 스르르 나왔다. 잡아달라는 것처럼. 샤를로트가 가까이 가려 하자 나제리온이 제지했다.

"아직 확인되지 않은 존재입니다."

샤를로트도 고개를 끄덕이며 걸음을 멈췄다. 이어 여자가 말하는데 이제 완연히 산 사람 같은 목소리였다.

"베르나르…… 대공자님을 잘 알았죠. 난 그분을 도왔어요. 그이가 동생 얘기를 해줬어요. 얼마나 사랑스러운 아이인지, 얼마나 강인한 아이인지. 동생 말만 나오면 웃음이 그칠 줄 몰랐죠. 하지만 정말로 볼 날이 올 줄은 몰랐어요. 더할 수 없는 영광입니다. 저는 미친한 장인의 딸……"

그 말을 듣는데 샤를로트의 머릿속에 두려운 상상이 솟아올랐다. 자신은 여기 들어와 본래 누구를 찾으려 했던가?

"설마 당신이……"

엉뚱한 곳에서 튀어나온 손이 절을 하듯 허공을 저었다. 고개도 조금 움직였다. 목소리가 잘못 긁은 하프 현처럼 떨렸다.

"한때는 로잘린다 누오보라는 이름으로 불렸으나 더이상

그 무엇도 아닌 존재입니다."

불타는 약속

로잘린다라면, 샤를로트가 추적하던 아름다운 오토마톤들을 만들었다던 장인의 이름이 아니던가.

왕국의 쇠를 아낌없이 썼기에 베르나르가 혈관을 넣는 데 사용했던 로잘린다의 오토마톤 다섯 점, 그중 하나인 '카나리아'는 샤를로트의 손에 있었다. 비록 아름다워서 손에 넣었던 건 아니지만 검은 보석이 박힌 노란 오토마톤 권총은 지저귀는 작은 새를 꼭 닮아 있었다.

그런 로잘린다가 베르나르를 잘 알고 있다고 했다. 자주 이야기를 나눴을 정도로. 베르나르가 누오보 공방의 도움을 받아 오토마톤을 구했으리라는 추측은 사실이었고, 또 방적소 지하에 누오보 공방과 관련된 사람이 있으리라는 예상도 맞아떨어졌다. 그러나 이것만은 이해할 수가 없었다. 인간이 어떻게 이렇게 될 수 있단 말인가?

샤를로트는 지금껏 벽의 정체가 프시키라고만 생각했다. 사과의 섬에서 그랬듯 그들은 무엇으로든 변할 수 있는 존재니까. 그런데 어떻게 사람이 그 안에…… 아니, 한 명뿐일까?

"당신에게 무슨 일이 벌어진 거죠?"

로잘린다는 바로 대답하지 않고 시선을 어디론가 돌렸다. 그러자 멀찍이서 남자의 목소리가 들려왔다.

"이봐, 지금은 몇 년인가?"

나제리온이 대답했다.

"994년이오."

헛웃음소리가 났다.

"994년이라…… 참 많은 세월이 흘렀군. 이 꼴이 아니었다면 예전에 죽었겠어. 그러니 감사해야 하나? 그자한테?"

다른 곳에서 날카로운 웃음소리가 났다.

"감사라고? 네가 미친 건 아니겠지? 아니지, 우린 다 미쳤지. 말을 하는 것조차 얼마 만인가."

이어 여기저기에서 수런대는 소리가 들렸지만 세 명처럼 또렷하게 말하는 자는 없었다. 그저 소리가 나자 반사적으로 웅성거릴 뿐, 내용이랄 것이 없었거니와 대부분은 언어조차 아니었다.

로잘린다가 말했다.

"우리는 이제 사람이 아닙니다. 백 년일지 천 년일지 모를 세월 동안 차곡차곡 쌓인 지층…… 아니 거름더미입니다. 좋은 점은 영영 죽지 않는다는 것이고 나쁜 점은 그 외의 전부네요. 저 지층 바닥에는 거름이 된 광인들이 뜻 모를 울부짖음만 내뱉고 있어 여기가 언제 처음 생겼는지는 모르겠습니다. 저는 가장 최근에 들어온 축이라 아직은 정신을 유지하고 있지만 머지않아 저들처럼 되겠지요. 차라리 그날이 빨리 왔으면…… 줄곧 그렇게 생각했는데 오늘 뜻밖에 공녀님을 뵙게 되었으니 제가 마지막 남은 한 가닥 정신을 놓치지 않았던 이유인가 싶습니다."

로잘린다의 목소리는 기괴하게 생기가 있었는데 그 때문에 오히려 정신이 온전한지 의심쩍었다. 하는 말도 그냥 듣고 믿기는 어려운 내용뿐이었다.

"그럼 여긴 얼마나 많은 사람이 있는 거죠? 당신은 언제 여기에 갇힌 건가요?"

"모르지만 수백 명 정도는…… 아니, 천 명이 넘을지도 모르겠어요. 하지만 살아 있다고 느껴지는 건 수십 명에 불과합니다. 제가 들어온 건…… 오 년 전일까…… 994년이라 했으니 대략 그 정도 되었겠네요. 기분이 이상해요. 백 년쯤은 지난 줄 알았는데."

오 년이라는 말이 덜컥 마음에 걸렸다. 샤를로트는 멈칫하다가 물었다.

“그럼 누가 당신들을 이렇게 만들었는지 알고 있어요?”

“아아……”

머리와 한 손뿐인 로잘린다가 다시 기괴한 웃음을 머금었다.

“그런 걸 할 수 있는 존재가 인간은 아닌 거지요. 인간의 심장을 갖고 있지는 않은 거지요. 베르나르 대공자는 그자가 이 세상을 파괴하리라고 했어요. 제가 그 말을 이해했을까요? 이젠 잘 생각이 나지 않아요. 잘생긴 공자님께서 어떤 훌륭한 말씀을 했었는지…… 하지만 이런 생각을 했던 것만은 기억나네요. 대륙에서 누구보다도, 가나폴리의 옛 사람들 말고는 왕국의 쇠를 가장 많이 가졌고, 가장 많이 다뤄본 우리 공방은 이분을 도와야만 한다, 우리 말고는 해낼 자가 없기 때문이다……”

로잘린다는 소리 내어 웃었다. 즐거운 기억을 떠올리기라도 하는 것처럼.

“우리는 일단 도제들을 다 내보내기로 했어요. 어린애들이 뭘 알겠어요. 공방도 닫아야 했죠. 다른 곳으로 은밀히 옮겨가서, 지하에 작업실을 꾸리기로 했어요. 갖고 있는 왕국의 쇠만으로는 부족하고 시간도 부족해서 예전에 만들어서 팔았던 것들을 핑계를 대며 도로 회수하거나 그것도 안 되면 되사들였어요. 아, 그래요. 내가 만들었던 정말 예쁜 장난감들이 있었어요. 일생일대의 정성을 쏟았던 것들이라서 다시 건드리고 싶지 않았지만 해야만 했기에 내 손으로 하나하나 뜯어서 그걸 넣고 다시 닫았죠. 그 아이들을 공자님께 드릴 때는 마치 소중한 선물을 드리는 것 같아서 설렜어요. 공자님은 정말 고맙다고 했죠. 내 아이들이 공자님 손에 머물지 않으리란 건 알았지만 그래도 마지막으로 소원이 있다면…… 난 그것들이 영원히 도로 분해되는 일은 없기를 빌었어요. 아아, 멀리 가기를, 영원히 깊은 금고 바닥에서 잠들기를……"

로잘린다의 아름다운 장난감들은 베르나르의 손을 떠나 이리저리 흩어졌다. 어떤 것은 분해되었고, 어떤 것은 경매장에서 탐욕스러운 사람들의 시선과 손짓을 받다가 마침내 샤를로트의 손으로 들어왔다. 로잘린다의 눈은 과거의 행복한 순간을 보는 것처럼 허공을 더듬었다. 입술이 소리 없이 달싹였다. 그러다가 갑자기 얼어붙듯 일그러졌다.

"그리고 그자가…… 왔어요."

로잘린다는 침묵했다. 얼굴도 더이상 움직이지 않았다. 샤를로트는 감히 더 묻지 못한 채 주위의 얼굴들로 시선을 돌렸다. 저들 한 명 한 명이 겪었을 일을 상상하면서. 아무리 상상하려 해도 실은 되지 않았다. 인간을 저런 모습으로 바꾸려면 무슨 일이 벌어져야 하지? 무슨 짓을 해야 하는데?

"혹시…… 당신들을 구할 방법은 없나요?"

여기저기에서 끽끽거리는 듯도 하고 딸꾹거리는 듯도 한 소리들이 흘러나왔다. 웃음인지 흐느낌인지 모를 그 소리들 사이로 알아들을 수 있는 목소리가 섞였다.

구한다고, 구한다고, 구한대. 우리를 구해준대!

우리를 구하면…… 뭐가 되는데? 여물로는 쓸 수 있나? 벽을 미장할 때 회반죽 대신 바르면 될까?

우린 이미 인간이 아니야. 회반죽을 인간으로 되돌리는 방법 같은 건 없어. 아 참, 하나 있긴 해. 하나 있긴 하지!

로잘린다가 다시 샤를로트에게 시선을 맞추었다. 눈에 떠올랐던 파란색이 흐릿해지다가 돌아오기를 반복했다.

"이해할 수 없겠죠. 그러니까 간단히 말할게요. 여기 있는, 한때 사람이었던 존재들은 프시키와 뒤섞여 있어요. 그리고 다시는 분리할 방법이 없어요. 그자가 한 실험 때문에…… 그자에겐 실험이지만 실은 고문이었던…… 그자는 프시키가 인간의 육신을 취해 지금과 다른, 뭔지 모를 존재가 될 수 있는지 궁금했던 것 같아요. 아무 설명도 해주지 않으니 그저 짐작할 뿐이지만…… 그게 뭐였을지……"

로잘린다의 목소리가 잦아들자 다른 목소리가 끼어들었다.

"애초에는 그냥 고문이었어. 프시키는 좀 나중에 온 거야. 아까 올해가 994년이라 했나? 그렇다면 이십 년이나 삼십 년쯤 전일 텐데…… 그때까지 여긴 인간이 어느 정도의 고통과 공포를 견딜 수 있는지 실험하는 곳이었어. 나와 동료들은 그자의 수집품이 되어서 갖은 고문을 당했지. 그자는 그런 식으로 인간을 탐구하려 했거든. 왜였을까? 난 알아. 그자는 자신도 인간인지 궁금했던 거야! 흥, 웃기지 말라고 해. 인간일리가 있겠어? 무한한 잔혹함과 이기심뿐인 그자가, 남의 고통에 일말의 동정심도 없는 그자가?"

목소리가 낄낄거리며 웃었다.

"난 말이야, 그자에게 말을 걸어봤어. 이해할 수가 없었거든. 도대체 왜 이러는지. 그런데 의외로 순순히 대꾸를 하더라고. 자긴 인간이 가진 마음의 끝을 확인하고 싶다는 거야. 인간이 어디까지 냉혹하고 무감정해질 수 있는가, 무슨 일을 겪으면 그렇게 될 수 있는가, 그걸 알려고 한대. 하지만 아무리 절망의 밑바닥에 떨어뜨려도 고문에서 놓여나 몸이 좀 편해지면 다들 금세 인간성을 되찾더라나. 뭐 그런다고 뛰어난 인격자가 되지야 않았겠지만 어쨌든 그자의 기준에는 못 미쳤던 거지. 그자는 완벽히 인간성이 말살된, 기쁨도 슬픔도 못 느끼는, 소유욕이나 권력욕도 없는, 즉 자기 같은 자를 만들어보려는 거였거든! 그래야 자신도 인간이라는 걸 증명할 수가 있으니까!"

다른 목소리들이 기묘한 소리를 내기 시작했다. 구슬프긴

하지만 사람이라기보다 짐승에 가까운, 기묘한 흐느낌이 통로를 타고 퍼져나갔다.

친구들이여…… 그대들은 잘 있나? 더이상 끌려오지 않는 걸 보니 그대들은 자유를 얻었나?

아니면 끌려오기 전에 죽어버렸거나…… 아아, 그렇다면 얼마나 운이 좋은가……

그대는 날 기억하고 있을까? 아직도 찾고 있는 건 아닐까? 내가 이런 꼴이라는 걸 차라리 모르길…… 영원히 모르기를……

아아, 우리를 구하지 마라…… 그대들은 세상 그 무엇도 구하지 마라……

통로를 울리는 목소리의 주인들은 적어도 이십 년 이상 저 상태로 버티었다는 얘기다. 그런 그들은 제정신일까? 저들의 말을 액면 그대로 믿어도 될까? 알 수 없지만…… 샤를로트는 사과가 준 꿈들을 떠올리며 이를 악물었다. 꿈속에서 본 그자는 정말로 그러했다. 실은 수없이 보아온 광경인 것이다. 오래전의 일, 이미 지나간 일이라고 자신을 달래며 겨우 두려움과 분노를 억눌렀는데 그 끔찍한 고통을 겪은 사람들이 눈앞에 나타나다니. 눈물범벅으로 깨어나고도 한참이나 이불 속에서 흐느껴 울고, 공포로 뻣뻣하게 굳어진 몸을 구석구석 주무르고서야 겨우 일어서던 날들, 꿈속의 비명이 하루종일 귓가에서 가시지 않아 평범한 말에도 날카롭게 반응하던 기억들까지 모조리 되살아나는 듯했다.

그런데 그자가 자신에게 인간성이 있는지 궁금해서 다른 사람들의 인간성을 말살해보고 있었단 말인가? 그자가 자신에 대한 의문을 품고 있었단 말인가? 그래서 이 모든 일을……

상황을 이해하려 애쓸수록 몸에 열이 오르고 얼굴이 홧홧해져왔다. 이들은 모두 모르는 사람들이건만 자꾸만 아는 사람들의 일그러진 얼굴이 되어 떠오른다. 샤를로트가 끝까지 따라오지 못하도록 밀어냈던 사람들…… 꿈속에서 본 끔찍한 죽음들이 그들에게 닥치는 상상을 수없이 해보며 두려워했는데, 그 결과가 지금 눈앞에 있었다. 여전히 진행중인 것이다. 정말로 닥치지 말라는 법은 어디 있겠는가?

아니, 이미 벌어졌는지도 모른다.

"혹시…… 플레상스 경이라는 분을 알아요? 파울 로트마이어는요?"

"아아, 플레상스 경……"

로잘린다가 잠시 침묵하더니 한숨을 내쉬었다.

"그분이 무사하셨으면 좋겠군요. 여기에는 안 계십니다. 저희는 그분이 적당한 지점에서 물러나시길 바랐는데, 공녀님이 행방을 묻고 계신 걸 보니 그러지 않으셨던 모양이네요. 로트마이어라는 분은 모릅니다."

은둔자였던 로잘린다는 플레상스 경을 직접 만나보지 못했다고 했다. 그러나 마주했던 동료들의 전언을 통해 점잖고 예리한, 동시에 신의를 지킬 줄 아는 신사로 기억했다.

약 칠 년 전, 누오보 공방이 베르나르와 협력하기로 하면서 오토마톤을 도로 사들이고 새로운 의뢰를 거절하는 등 이상한 행보를 보이자 공방이 파산 위기인가 의심한 어떤 귀족이 플레상스 경을 고용해 조사를 부탁했다. 플레상스 경은 공방을 두 번 찾아왔을 뿐이지만 곧 누오보가 다른 일에 총력을 기울이고 있음을 알아냈다. 이러다가 아이언페이스에게 정보가 샐까 우려한 공방은 베르나르의 친필 편지를 건네며 "당신은 오를란느인이니 오를란느의 미래를 위해 기다려달라"고 요청했다.

"그분은 이해해주셨어요. 수사는 조용히 일단락되었죠. 그러나 그뒤로 더 큰 의문을 품게 되셨던 것일지도 모르겠네요. 얼마 뒤 공방은 사라져버린 반면 오를란느에는 딱히 중대한 일이 벌어지지 않았으니까요. 대공자께서 직접 부탁할 정도로 중대하다는 그 일은 무엇이었고, 어떻게 되었던 것일까? 그런 의문을 품으셨을 만하지요. 하지만 포기하지 않고 계속 파헤쳐 그자에게까지 도달하셨을 줄이야……"

드디어 첫 의문 중 하나가 풀렸다. 플레상스 경이 왜 이 일에 뛰어들었는지. 그는 이 사건과 맞닥뜨린 사람들 중 누구보다도 진실에 가까이 갔다. 동시에 기괴한 우연이라는 생각이 들었다. 자신은 플레상스 경의 가짜 손자 노릇을 하던 사람을 고용하려 했다. 그 사람 또한 빠르게 진실에 가까이 갔지만 베르나르가 그랬듯 자신은 그를 밀어냈다. 이 시점에서 그 녀석이 포기하지 않고 되돌아오면 똑같은 이야기가 한번 더 되풀이될 판이다. 밑그림 위에 덧그린 그림처럼.

헛웃음이 나오도록 기가 막히지만 그 녀석이 플레상스 경처럼 되도록 놔둘 순 없었다. 플레상스 경을 찾는 것 또한 이제는 자신의 임무 중 하나다. 그 녀석이 돌아올 일이 없게 하려면.

"인간과 프시키가 섞여 있다고 아까 말했는데 나한텐 프시키들을 불러내거나 없애는 힘이 있어요. 혹시 그런 식으로 그들을 여러분과 분리할 방법은 없을까요?"

"그럴 수 있다면 좋겠지만……"

로잘린다는 잠시 생각하듯 침묵하더니 고개를 저었다.

"그들도 우리도 부분적으로는 한몸이 되어 있어서 불가능한 일이에요. 몸뿐 아니라 정신도…… 기억도 일부 뒤섞이고 있어요. 공녀님께서 그들을 불러내려 하더라도 그들은 응할 수 없을 거예요. 그저 갈기갈기 찢어질 뿐이지요. 이곳 전체가 이미 그들의 몸이기에."

프시키로 이뤄졌다고 생각했던 이 공간에 샤를로트의 명령이 통하지 않았던 이유도 그래서였으리라. 뭔가를 끝없이 호소하지만 아무리 끌어내려 해도 되지 않았는데.

"예전에 공자님께서 프시키에 대해 처음 얘기해주셨을 땐 그저 팔랑거리는 나비나 벌들일 것처럼 상상했었어요. 하지만 그들은 그리 간단한 존재가 아니었고…… 그들에겐 엄청난 양의 기억이 있어요. 우리로서는 이해할 수도 없는 기나긴 역사가…… 프시키가 고통을 느낄 수 있을까, 의아할 수도 있겠지만 그들도 고통스러워해요. 제가 처음 이곳에 갇혔을 때 프시키들은 미친 사람들처럼 뒤죽박죽된 끔찍한 이야기를 쏟아놓으며 온 세상을 저주하고 있었죠. 물론 그들에겐 목소리조차 없지만 인간과 한몸이 된 까닭에…… 그들은 우리를 이용해서 말을 하고 있는 거랍니다. 같은 용광로에서 뒤섞여 형해화된 우리는 거대한 하나의 육체가 되어 녹아가고 있기에……"

샤를로트는 이곳에 와서야 프시키들이 하는 말을 처음 들었기에 그전에는 왜 말하지 않았는지 의아했었다. 그러나 그건 이곳의 프시키들에게만 벌어진 일 때문이었다. 대부분의 프시키들은 여전히 입이 없다. 처음 여기로 들어왔을 때 들었던 말처럼. 그런데 돌이켜보면 그 목소리들은 샤를로트를 저주하고 있었다. 왜 자신을 사슬에 옭아매고 거름으로 만들었느냐면서……

샤를로트는 아연해져서 몸을 떨었다. 이곳의 프시키들은 아이언페이스와 자신을 같은 존재로 생각하는 건가? 아이언페이스가 한 일을 샤를로트가 했다고 생각한단 말인가? 왜?

"그럼…… 혹시 물어볼 수도 있을까요? 프시키가 내게 하고 싶은 말이 있는지. 실은 여기까지 오면서 나를 원망하는 말을 들었는데 왜 그런 말을 하는지 모르겠어요. 난 그저……"

자신이 프시키를 인격적인 존재로 생각했던가? 아니, 단지 변덕스럽고, 겁 많고, 뭔가에 놀라 이리저리 쓸려다니는 작은 새…… 그래, 나비나 벌로 생각했었다. 로잘린다가 한 말 그대로다. 그들을 다루는 힘을 오 년이나 갖고 있었지만 그들에 대해 뭘 알았을까. 그들에게 기억과 생각이 있다고, 그들이 뭔가를 저주하고 원망한다고 상상이나 해보았던가?

로잘린다는 바로 대답하지 않았다. 이윽고 어디선가 전혀 다른 목소리가 들려왔다. 마치 서너 살 먹은 어린애처럼 새된 목소리였다.

"난 널 알아. 우리를 지배하는 여왕. 우리에게 낙인을 새긴 위대한 마술사."

샤를로트가 고개를 홱 돌렸다.

"무슨 소리지?"

"우리는 여왕께 경배합니다. 여왕께서 우리를 간교하게 속여 지상에 속박하였으나 너희에겐 이런 꼴이 더 어울린다 하시니 반항할 힘이 없는 우리는 그저 경배합니다."

이죽대는 어조였다. 샤를로트가 미간을 찌푸렸다.

"난 그런 일을 한 적이 없어."

"아니야, 너무 오래되어서 넌 잊어버린 거야. 우리한테 저지른 일을. 맘 편히 잊어버린 다음에 아무것도 모르는 것처럼 생글생글 웃으면서 살아온 거야. 그런 적 없다고? 그럼 앞으로 하겠지. 어느 쪽이면 어때? 넌 여왕이야. 여왕은 우리를 이 꼴로 만들지. 언제나, 영원히."

일방적으로 퍼붓는 맥락 없는 말이라 반박하기도 어려웠다. 그저 전부 다 아니라고 부정하는 것 말고는.

"난 너희의 여왕이 아니야."

"그럴 리가. 네가 가진 힘이 바로 여왕의 피에서 나오는 거야. 천 년 전부터, 만 년 전부터 내려왔지. 여왕이 형제자매들과 함께 위대한 기둥들을 세워 세상의 위와 아래를 뒤집었을 때부터. 뭍에서 난 것들, 물속으로 가라앉으며 물에서 난 것들, 뭍에 끌어내어지나니 메마른 것들은 젖고 젖은 것들은 메마르리라. 그리하여 우리는 메말라 흙으로 돌아가야 하리라. 아하! 그러나 메마른 자가 제가 세웠던 뜻을 잊고 마실 피와 씹을 살을 원하매 우리는 아니라, 원치 아니한다 하였으나 그 자는 듣지 아니하고 우리를 찢고 갈아 제 군대로 만드나니 어찌 장차 온 세상이 메마르지 아니하겠는가. 하하! 그러나 우리는 여왕을 다시 찾아내어 여왕에게 우리를 맡겼나니 여왕에게는 빨갛게 불타는 생명의 과실이 있어 메마른 자를 태우고 마침내 흙으로 돌아가며……"

점점 미친 자의 지껄임과 비슷해져가는 말을 듣고 있는데 묘하게 알아들을 것 같은 기분도 들었다. 꿈에서 본 것들이 있기 때문이다. 단편적으로 끊어져 있던 장면들이 조금씩 연결되었다.

한때 이 세상은 프시키들의 것이었다. 그들 중 하나였던 메마른 자, 즉 아이언페이스는 프시키들을 다시 이 세상의 주인으로 만들고자 했다. 그러나 프시키들은 뜻이 달랐기에 샤를로트를 찾아내 저들을 없앨 힘을 일깨웠다. 그러나 그들 마음속에는 양가적인 감정이 있어 샤를로트를 도우려 하기도 하고 원망하기도 하는 것이다. 다만 여왕이 누구인지, 기둥이 무엇인지 그런 것은 모르겠지만 아마도 비유일 테고……

그러나 이어 나온 말은 아니었다.

"우리가 여왕을 사랑하고 미워하듯 메마른 자도 애타게 여왕을 찾고 있지. 그자의 머릿속에는 오직 네 생각뿐이지. 그러니까 네가 해야 해. 너밖에 못 해."

"무엇을?"

"그자를 죽여야지. 복수해야지. 우리한테 한 것처럼 그자를 갈기갈기 찢어발기고 흙속에 파묻고 심장에 말뚝을 박아서, 처음처럼, 그래 처음처럼 되리라! 그자가 우리를 조각내어가며 긁어모은 새 심장을 네 오빠가 가져갔을 때는 얼마나 통쾌했는지! 더러운 죄인인 주제에 다시 심장을 가지려 하다니. 그래서 네 오빠를 정말로 좋아해. 용감한 아이였어. 그래서 안타깝게 됐지만……"

일순 샤를로트는 얼어붙었다.

"그 말은 여기에……"

거기까지만 말했는데도 거의 숨이 멎을 것 같아 샤를로트는 더 잇지 못하고 숨을 몰아쉬었다. 온몸의 피가 거꾸로 도는 듯했다. 몸을 못 가눌 정도로 떨고 있는 샤를로트 대신 나제리온이 물었다.

"베르나르 대공자께서도 이곳에 있다는 말인가?"

나제리온의 목소리도 어딘가 잠긴 듯 음색이 거칠었다. 대답은 바로 들려오지 않았다. 잠시의 침묵이 샤를로트를 짓눌러서 심장이 터질 것만 같았다. 로잘린다의 목소리가 들려오고서야 겨우 숨이 트였다.

"아닙니다."

샤를로트는 로잘린다의 얼굴을 뚫어져라 보았다. 어디까지 진실인지 가늠하려는 것처럼. 그런데 로잘린다도 샤를로트를 빤히 보고 있었다.

"그런데 왜 그런 생각을 하셨죠? 공자님한테 무슨 일이 생겼는데요? 제가 더 알고 싶어요."

샤를로트는 바로 대답하지 못한 채 간헐적으로 숨만 고르며 앞을 보았다. 갑작스레 감정의 파도에 얻어맞아 휘청거리는 정신으로 차마 그 사건을 입에 올릴 수가 없었다.

나제리온이 대신 말했다.

"대공자께서는 실종되셨소. 그래서 연하께서 의심하신 거요. 혹시 그자가 납치해서 이리로 보낸 것은 아닌지."

"저와 공방 동료들은 여기에 들어온 마지막 사람들이었어요. 실은 그자가 여기에서 하던 실험에 관심을 잃은 건 더 오래전의 일이었다고 해요. 그후로는 그저 저희처럼 벌해야 할 자를 던져넣는 감옥으로만 쓰였던 것 같아요. 공자님께서 설마 저희보다 먼저 여기로…… 그런데 저희가 몰랐을까요? 설마 그럴 리가…… 실종되신 것이 언제죠?"

"989년 7월이오."

불안하게 튀어나온 호흡이 샤를로트의 심장을 틀어쥐는 듯했다. 추측인지 바람인지 모를 중얼거림이 흘렀다.

"아닐 거예요. 아니어야 해요……"

아니기를 바라는 기원은 상냥했지만 샤를로트를 짓누르는 공포를 덜어줄 순 없었다. 아니기를…… 샤를로트는 심지어 그 말을 입 밖에 낼 수도 없었다. 로잘린다는 이곳에 갇힌 당사자지만 샤를로트는 아니기에. 너희에게 닥친 불행에서 오빠만이 예외이길 바란다는 말을 차마 입에 담을 수 없었다.

샤를로트는 대답해야 할 목소리를 찾아 주변을 휘둘러봤다.

“대답해줘. 안타깝게 됐다는 건 무슨 뜻이었지? 알고 있다면 말해줘, 제발.”

하지만 그렇게 잘 떠들던 프시키들은 입을 다물어버렸다. 샤를로트가 집착하는 걸 알고 일부러 놀리려는 것처럼. 샤를로트의 눈빛에 점차 파랗게 날이 섰다.

“대답해. 대답해야만 해. 왜 입을 다문 거지? 내가 너희의 여왕이라면서? 날 찾았다면서? 내게 원하는 게 있다면서? 그렇다면 대답해!”

여전히 대답이 나오지 않자 샤를로트는 손을 앞으로 쭉 뻗었다가 목을 조르듯 허공을 움켜쥐었다. 프시키라면 이 힘에 반응하지 않을 수 없다. 곧 삐걱거림 같은 소리가 사방에서 울렸다. 압력이 낡은 구조물을 내리누를 때처럼 벽이 떨렸다.

“그만……”

아까 지껄이던 어린애 목소리와는 다른 목소리가 짓눌린 소리를 냈다. 그러자 또다른 목소리가 말했다.

“놔둬…… 차라리 이게 나아. 그걸 바랐잖아……”

그러나 결국 다른 목소리가 호소했다.

“살려줘요…… 당신이 찾는 사람은 여기에 없어요.”

샤를로트가 서서히 손에서 힘을 뺐다. 이를 악물었고 눈에는 핏발이 서다못해 눈가가 새빨갰다.

"없어? 확실해?"

"메마른 자는 여길 떠났어요. 떠나서 다시는 돌아오지 않았어요. 우리에게 흥미를 잃었다고요. 수백 년 동안 새로운 반죽을 넣고 휘저어대다가…… 새로운 관심사를 찾아 가버린 거예요. 심장을 잃어버려서, 우리를 쥐어짜서 만든 심장을 당신 오빠가 가져가버려서 그런가? 그뒤로 온 거라곤 저 아가씨와 동료들밖에 없었으니까."

"그런데 왜 오빠가 어떻게 됐는지 아는 것처럼 말했지?"

"짐작이 가니까. 그자는 자기가 보기에 거름이 될 자들은 여기에 처넣을지 몰라도 소중한 포로는 다른 데 써요. 사용처가 따로 있죠."

"그게 뭔데?"

그러자 다른 목소리가 말했다.

"자 이제 그만…… 추측으로 여왕의 심기를 어지럽히는 건 그만둬. 여기 갇힌 우리가 뭘 안다고. 본 것도 없으면서."

"우리는 아무것도 몰라요. 아무것도 모르는 멍청이들이에요. 우리가 누구였는지도 모르고 앞으로 어떻게 될지도 몰라요. 한때는 똑똑했던 것 같은데 이제는 아무것도 모르게 되어버렸어요."

"어차피 모든 건 무너져. 나라도, 세계도, 위대한 자들도.

지금 세상도 마찬가지야. 그저 늘 일어나는 일일 뿐이야."

"귀기울일 필요 없어요. 어차피 다 미친 것들이 떠드는 소리예요. 진지하게 생각할 필요도 없어요. 물론 내가 하는 이 말도 마찬가지죠. 히히……"

그리고 조용해졌다. 조금 전까지는 베르나르가 여기에 없다, 그것만 확실하길 바랐지만 이제는 답답해졌다. 소중한 포로라고? 그래서 어떻게 된단 말인가? 그자는 오빠를 어떻게 했단 말인가?

나제리온이 말했다.

"저 말은 대공자께서 돌아가시지는 않았다는 뜻이군요."

낮은 한숨이 흘렀다. 잠시 후, 나제리온은 샤를로트를 향해 돌아서서 고개를 숙여 보였다.

"다들 돌아가셨을 거라고 했지만 연하만은 끈질기게 아니라고 믿으셨죠. 이제 공녀 연하께서 저희 중 누구보다도 대공자 연하와의 연결이 강했다는 것을 인정해야겠습니다. 앞으로 저희 또한 대공자께서 살아 계시다는 전제로 최선을 다하겠습니다."

샤를로트는 의혹 어린 눈으로 나제리온을 보았다. 연결이라니? 질문을 알아차린 것처럼 나제리온이 대답했다.

"극비 사항이지만 이런 상황이니 말씀드릴 수밖에 없군요. 브릴랑테 중 일부는 대공 전하나 대공자 연하와 감각 동조로 연결되어 있었습니다. 자신과 연결된 분께 위험이 닥치면 느낄 수가 있죠. 그분과의 동조가 끊겼을 때…… 저는 돌아가셨을 거라고만 생각했습니다."

샤를로트의 눈이 커졌다.

"그럼 무슈 아르노, 당신이 오빠와 연결된 브릴랑테였단 말이야? 그럼 그때 당신은 어디에 있었는데?"

이제 와서 따져 묻는 것이 의미가 있을까? 하지만 묻지 않을 수 없었다. 저렇게 강한 브릴랑테가 오빠를 지키고 있었는데 어째서 그렇게 감쪽같이 사라졌단 말인가? 눈빛에 힐난을 담지 않으려 했지만 소용없었다. 줄곧 무덤덤하기만 했던 나제리온의 시선도 흔들렸다.

"그때 대공자께서는…… 제게 중요한 곳에 다녀오라고 명하셨습니다. 평소 없었던 일인지라 이후 그분이 실종된 뒤, 저는 혹시 무슨 일이 벌어질지 그분께서 미리 아셨던 것은 아닐까 의심하기도 했습니다. 진실은 알 수 없지만……"

샤를로트는 입술을 깨물며 눈을 감았다. 아직까지도 원망이 드는 자신을 주체하기 어려웠다.

"그곳이 어딘데?"

"이 또한 비밀이지만, 대공자께서 연하께 전해주셨던 사과가 열리는 그 장소입니다. 때맞춰 사과를 거두어 오라고 하셨죠."

"잠깐, 그 사과를 거둔 것이 에투알이란 말이야?"

사과의 섬에서 사과를 받았을 때가 떠오른다. 그때는 그것이 베르나르가 샤를로트에게만 물려준 비밀이며, 베르나르의 지시로 사과의 섬 사람들이 그 사과를 거두고 보관했겠거니 생각했다. 에투알이 관계되어 있을 줄은 상상도 못했다. 그때 크루파드나 로랑도 아무것도 모르지 않았던가?

"그렇습니다. 공녀 연하께서 세 살이 되실 무렵, 대공자께서는 그 사과나무가 있는 곳에 다녀오고 나서 저희에게 그 사과를 따서 사과의 섬에 보관할 것을 명하셨습니다. 물론 모든 에투알이 아는 일은 아닙니다."

외부적으로 보이는 에투알은 단지 근위대였다. 그러나 그 안에는 브릴랑테가 있고, 그들은 저들만의 비밀을 유지하며 대공가에게조차 밝히지 않는다. 대체 왜? 브릴랑테, 아니 에투알의 유래는 무엇이기에?

"그 사과나무는 어디에 있지?"

같은 질문을 네이에게도 했지만 네이는 모른다고 했었다. 나제리온은 다른 대답을 했다.

"그것까지는 말씀드릴 수 없습니다. 죄송합니다."

샤를로트는 나제리온을 무섭게 노려보았지만 소용없으리라는 것도 알았다. 비밀 중 어떤 것은 밝히지만 어떤 것은 안 되며, 대공가를 위해서라는 전제만 있으면 내부의 원칙이 우선인 것이다.

“그 외에도 말할 수 없는 게 많겠지? 그래, 다 좋아. 다른 건 됐어. 오빠가 그대를 기만한 것일지도 모르지. 그대가 거절 못할 사정이 있었는지도 모르지. 대체 어떤 일이 벌어졌던 것인지 난 오 년이나 지난 지금에야 전해듣는 처지니까. 그때 난 어린애에 불과했고 말이야. 물론 지금도 대공녀는 아니지만 그건 그대도 알다시피 오빠가 살아 있으리라고 생각했기 때문이었어. 자, 그대가 보기에 나는 아직도 계승권이 불분명한 어린 공녀인가?”

나제리온은 시선을 내리깔았다.

“그렇지 않습니다. 연하께선 대공국의 1순위 계승자이십니다.”

“그렇다면 이 점에 대답해야 할 거야. 오빠의 실종과 관련해서, 그대들은 알고 있지만 내게는 숨기는 것이 있나?”

나제리온은 바로 대답하지 않았다. 샤를로트는 숨을 고르며 자신이 하려는 말을 생각했다. 이곳에 들어올 때만 해도 상상도 못했던 말을.

“보아하니 그대는 말을 해주지 않더라도 나를 기만하지는 않는 것 같아. 그러니까 이 점만은 분명히 하자. 오빠의 실종과 관련해서 내게 뭔가를 숨겨왔다면 이 자리에서 밝혀라. 만약 그러지 않는다면……”

어머니 가문의 뒷받침이 없는 샤를로트에게 에투알은 오랫동안 그 역할을 대신해준 마음의 고향이었다. 그들을 사랑했고, 자부심을 가졌고, 소중한 추억으로 아껴왔다. 스스로를 에투알로 여기며 힘든 상황에서도 용기를 끌어내고 단호히 버틴 것이 몇 번이었던가.

하지만 이렇듯 비밀이 많은 저들을 그저 내버려두고 알아서 잘하리라고 믿는 것이 최선인가? 저들이 그 많은 비밀을 좋게 사용하리라고, 아무것도 모르면서 믿기만 하는 것이 대공의 역할인가? 그런 꼴이라면 이 나라를 수호하는 것은 대공이 아니고 저들이다.

그랬기에 생각만으로도 목덜미가 조여오는, 힘겨운 말이 끝내 입술 끝에서 떨어졌다.

"나와 에투알의 관계는 끝난다."

늘 침착하던 나제리온의 얼굴에도 동요가 드러났다. 실종된 베르나르를 찾는 일에 샤를로트가 어떤 마음으로 매달려왔는지, 그걸 안다면 이 자리에서 명을 거절할 때 어찌될지도 알 수밖에 없다. 그러나 명을 받들자면 에투알 브릴랑테가 될 때 맹세한 금기를 깨뜨려야만 했다. 브릴랑테가 맹세하는 대상은 단장이 아니었다. 단장조차도 한 명의, 유일하게 신분이 드러난 브릴랑테일 뿐이다.

한참 만에 나제리온이 고개를 숙여 보이며 말했다.

"저 혼자 결정할 수 없는 일입니다. 용서하십시오."

샤를로트도 그걸 모르지 않았다. 그럼에도 불구하고 에투알이 뭔가를 알면서 지금껏 숨긴 데 대한 분노가 더욱 컸다. 혹시라도, 아주 작은 단서였을지라도 그게 오빠를 구할 기회였을지도 모르는데. 그걸 놓쳐서 어쩌면…… 이기적인 생각이란 건 알지만, 오빠가 이 고문실에 갇힌 사람들처럼 어디선가 고통받고 있다는 상상만으로도 온몸이 조여서 바스러질 것만 같았다.

"그래? 에투알이 비밀을 유지하는 건 대공가를 위해서라고 했지? 그래서 그 비밀로 지금껏 무얼 했지? 그대들은 오빠를 찾았나? 아니면…… 죽었는지 살았는지라도 알아냈나? 누가 범인인지는 알아냈고? 오 년 동안 내가 뭘 하는지도 일일이 보고받으며 구경하고 있었나보던데 그럼 감상도 말해줘야지? 어땠어? 내가 하던 일은 다 헛짓거리였나?"

"연하."

나제리온이 고개를 들었다.

"느끼셨겠지만, 에투알은 대공 가문의 눈에 보이지 않는 세계에 한쪽 발을 걸치고 있는 존재입니다. 겉으로 보이는 모습이 전부가 아닌 이유는 대공국의 역사와 함께 태어나 오늘날까지 존재하는 동안 시대가 변하고 임무가 더해졌기 때문입니다. 마치 수없이 덧칠된 벽화와도 같죠. 밑바닥에 무슨 그림이 있는지 설명하려면 몇 마디로는 모자랍니다. 왜 이렇게 해야만 했는지 이해받으려면 더더욱 그렇습니다. 그리고 저는 그걸 결정할 수 없는 자입니다. 사람들은 강하면 브릴랑테가 된다고 생각하지만 그보다는 비밀스러운 손으로 선택된 자들이며, 비밀의 수호자에 가깝습니다. 하지만 오늘, 연하를 안전히 모시고 돌아가면 연하께 저희의 비밀을 공개하도록 단장님에게 말씀드리겠습니다."

"알레망 단장이 거절하면?"

둘의 눈이 마주쳤다. 초조해 보이는 눈빛에서 대답이 읽힌다 싶었을 때, 예상한 대답이 들려왔다.

"최선을 다해보겠습니다."

거절한다면 어쩔 수 없다는 뜻이다. 끝내 에투알은 내부의 비밀이 먼저였다. 마음속에서 뭔가가 툭 끊기는 것을 느끼며 샤를로트는 한번 더 물었다.

"그 대답…… 내가 아니라 대공 전하의 명일지라도 마찬가지인가?"

"그렇습니다."

분노를 예상했지만 의외로 샤를로트는 시선을 내리깔기만 했다. 잠시 후 대답이 들려왔다.

"알았어."

대답하면서 샤를로트는 마음을 정했다. 단장에게 정보를

구걸하는 것이 아니라 말할 수밖에 없도록 바꾸고 말리라. 시간이 걸리더라도.

어찌 보면 나제리온도 편법을 모르는 자다. 나름대로 공녀를 존중하고자 하기 때문이리라. 하지만 그 결과 샤를로트는 에투알과 자신의 관계를 다시 정의할 필요를 깨닫게 되었다. 저들이 충심을 가진 존재들이라는 걸 누구보다도 잘 안다. 하지만 그게 어떤 위험한 진실이든, 진실이 두려워 포대기에 싸인 존재로 남고 싶지 않다.

에투알은 대공국에 속해 있다. 그리고 자신은 오빠가 돌아오지 않는 한 그 대공국을 지키고 다스릴 임무가 있다. 그럼에도 불구하고 애정이 너무 커서, 의지하고픈 마음이 커서 지금껏 에투알을 요람처럼 여긴 것은 자신이었다. 그걸 끊어내야 했다. 그런 뒤에야 진정한 관계가 다시 시작되리라. 그들을 사랑하지만 이제는 거기 속한 수련병일 수 없다. 자신은 장차 그들을 다스릴 자다.

그렇게 생각하자 로랑에게 느낀 배신감도 옅어지며 근본적으로 어쩔 수 없는 일이었고, 동시에 받아들여야 하는 과정이라는 생각이 들었다. 자신이 정의한 관계와 상대가 정의한 관계가 늘 같으라는 법은 없다. 자신이 에투알의 정체를 몰랐다면 그들의 행동을 어떻게 다 이해하겠는가. 누구든 너무 믿으면, 너무 사랑하면 아무것도 안 된다고, 그렇게 말했던 사람은 샤를로트 자신이 아니었던가.

주변의 벽을 바라보았다. 이 사람들은 언제부터 여기에 갇혀 고통받았을까. 자신이 고작 꿈속의 광경을 보며 괴로워하는 동안 직접 겪은 사람들도 있다는 생각을 해보지 않은 건 아니었지만, 눈앞에서 마주하는 것과 같지는 않았다. 같을 수가 없었다. 기나긴 범죄의 유일한 목격자로서 저들과 달리 아직 자유로운 자신에게는 해야 할 일이 있었다. 어차피 그곳에는 아무도 데려갈 수 없다. 에투알도, 그 누구도.

한 손을 올렸다. 다시 프시키를 불러낸다. 잠든 그들이 부름에 응하게 한다.

"너희는 내가 왜 그자를 찢어발길 수 있다고 생각하지?"

여기저기에서 대답이 들려와 벽 전체가 공명하는 듯했다. 여왕은…… 모든 프시키를 지배하니까. 지배자…… 우리의 지배자……

"그렇다면 그자의 정체도 프시키인가?"

"우리와 같은 심장을 가진 자, 우리 심장을 빼앗아 제 심장을 만들려 한 자…… 하지만 조심해. 그자는 우리처럼 여왕을 두려워하지 않으니까."

거기까지는 예상한 대답이었다. 그런데 이어 이해할 수 없는 속삭임이 쏟아지기 시작했다.

"두려워하진 않지. 오히려 사랑하지. 사랑해서 어쩔 줄을 모르지. 보고 싶어 애가 타잖아. 새빨갛고 달콤한 한 조각 심장처럼…… 삼켜버리고 싶어하잖아."

"제 기억인 줄로만 알고서 애지중지하지. 나의 여인이여, 나의 딸이여, 소중한 기억이 든 보물 상자여……"

"그러니 그자가 여왕을 마주보며 행복해서 웃을 때 지금처럼 손을 뻗어 심장을 잡아 뽑아. 그럼 끝나는 거야. 아주 오래된 소원과 복수가. 우리가 기다린 결말, 고대의 해답. 아아, 정말로 보고 싶다. 그 광경을 보고 싶다……"

샤를로트는 프시키가 하는 말을 완전히 이해하려 애쓰지 않았다. 그런 노력은 무의미했다.

"알았어. 너희는 결말을 보게 될 거야. 끝이 나면 이리로 돌아와서 말해줄게. 너희를, 그리고 이 사람들을 이렇게 만든 그자가 어떤 꼴이 되었는지."

다시 속삭임이 공명처럼 퍼졌다. 여왕이여…… 여왕이여…… 우리의 영원한 여왕이여……

그때 로잘린다의 목소리가 들려왔다.

"고마운 말씀이지만 실은 다른 걸 해주셨으면 해요. 적어도 저는, 아니 실은 이곳의 모두가 마찬가지일 거예요."

샤를로트는 로잘린다를 보았다. 로잘린다는 주위를 돌아보고 있었다. 다른 사람들에게 의견을 묻는 것처럼. 고개를 끄덕이고, 다시 샤를로트를 보았다.

“공녀님께서 이곳을 없애주셨으면 해요.”

샤를로트는 눈을 깜빡거렸다. 그게 무슨 뜻이지?

“무슨 말인지 모르겠어요. 그리고 여길 없애면……”

“네, 그 이야기예요. 여기를 없애셔서…… 저희를 편히 쉬게 해주세요.”

아연해진 샤를로트는 로잘린다를 빤히 보다가 주변을 둘러봤다. 그런다고 그들의 대답을 들을 수 있는 건 아니지만 그래도 묻고 싶었다. 이게 정말로 모두의 뜻인가?

“하지만 난, 내가 그런 일을 어떻게 하겠어요. 난 그런 건……”

그러고 싶지 않다는 말이기도 했지만 그런 힘이 없다는 뜻이기도 했다. 로잘린다가 희미하게 웃었다. 눈 속의 푸른빛이 막 칠한 붓끝에서 떨어진 듯 생생했다.

“아니에요. 하실 수 있어요. 프시키들이 그렇게 말해주네요. 저들은 우리와 뒤엉켜 공녀님의 명령에 응하지 못하지만 소멸만은 가능하기 때문에, 공녀님의 능력으로 저 프시키들을 불꽃으로 바꾸고…… 아주 오래 타오르도록…… 그렇게 하면 그 에너지로 이 고문실 전체가 녹을 거라고 해요. 우리의 육신과 기억으로 만들어진 이곳 전체가…… 프시키들의 말이 저들은 죽어도 소멸하지 않으니까 어딘가에서 다시 살아날 거래요. 산 채로 여기서 미쳐가느니 저들에게도 그편이 더 좋겠지요.”

"그럼 당신들은……"

"죽게 해주세요. 제발, 우리에게 선택할 정신이 남아 있을 때. 오직 공녀님만이 하실 수 있어요."

샤를로트는 저도 모르게 제 손을 감싸 잡았다. 가능성을 생각하는 것만으로도 손이 떨려서 어디론가 감추고만 싶었다.

"다른 방법은 없나요? 그대들을 구원할…… 지금이 아니더라도 만약, 그자가 죽고 나서라도……"

"그런 위험한 시도를 하지 마세요. 만약 그자가 돌아온다면…… 프시키와 한몸이 된 저희는 그자의 손짓에 따라 이 세상을 파괴하는 군대가 되고 말아요. 땅 밑에서 솟아오른 끔찍한 괴물들이 되어 선량한 사람들을 학살하겠지요. 그자가 오래전 프시키를 변형시켜 만든 군대처럼…… 그리고 저희는 이미 인간이라기보다 납골당에 가깝답니다. 단지 말하고 느낄 정신이 있어 무의미하게 고통받고 있을 뿐이에요. 이제 침묵하게 된다 해도 불만이 있는 사람은 한 명도 없을 거예요."

"그걸 어떻게 알아요? 혹시라도 누군가는, 한 명이라도 그러고 싶지 않다면……"

하고 싶지 않았기에 그런 가능성에라도 매달리려 했다. 그러나 로잘린다가 고개를 저으며 도망칠 곳을 막아버렸다.

"저희는 각자의 정신이 부분적으로 남아 있지만 동시에 한몸이기도 해서 서로의 기분을 알 수 있답니다. 아무도 반대하지 않아요. 오히려 고요해요. 너무나 고요하네요. 이런 건 처음이에요. 아마도…… 절대 오지 않을 줄 알았던 죽음이…… 이 기회가 온 것이 너무 기뻐서……”

더이상 할말이 없어진 샤를로트는 두 손을 내려다봤다. 자신의 손끝에서 이 오래된 감옥이 끝장난다면. 저들이 지나치게 오래 기다려온 죽음을 선사할 사람이 나뿐이라면.

스스로가 했던 말이 머릿속을 울렸다.

—나 아직까지 사람 죽여본 적 없어. 왜냐하면, 그럴 기회가 오지 않았기 때문에.

그럴 기회가, 그래야만 하는 순간이 오지 않았다. 에투알이 자신을 강보에 싸서 보호했고 어떤 녀석이 가방을 휘둘러줬으니까. 정말 고마웠지만 이제는 한 발짝씩 떨어져야 할 때였다. 이제 그들 곁으로는 돌아가지 않는다. 그걸 깨달은 이 순간 자신만이 할 수 있는 일을 요청하는 사람들이 있다. 네가 여기 온 것은 그래서였다고. 그런 날은 언제고 오고야 말 테지만.

그게 지금이라면.

호흡이 가빠지고 심장이 점점 빨리 뛴다. 어깨가, 손이 들썩이고 눈앞이 흐려온다. 이러다 기절하는 게 아닌가 싶어진 나제리온이 샤를로트의 두 팔을 잡으며 진정시키려 했다.

“연하, 반드시 지금 하실 필요는 없을 것입니다. 아직은 준비가……"

"응. 준비가 안 됐지. 항상 그랬어. 한 번도 준비된 적 없었어."

늘 아무 준비 없이 내던져지곤 했다. 모든 건 예상 밖이었다. 내가 뒤늦었던 거야? 무얼 미리 했어야 했던 거야? 다른 사람들은 미래를 알고 있어?

자신은 모른다. 익숙한 세상이 언제 박살나는지. 언제 요람에서 바깥세상으로 걸어나와야 하고, 수천인지 수만인지 모를 생명을 거두는 존재가 되어야 하는지, 그런 것을 어떻게 알 수가 있겠어?

모른 채로 이곳에 왔지만 다시 세상은 뒤엎어지고 눈앞에는 한 가지 선택뿐이다. 몰랐다고 피할 순 없다.

서서히 떨림이 가라앉았다. 샤를로트는 주변을 찬찬히 둘러보며 보이지 않는 그들을 눈에 담았다. 눈이 마주치고 손을 맞대는 것처럼 그들의 신호를, 눈짓이든 맥박이든 호흡이든 최선을 다해 느껴보려 했다. 그러는 내내 고요한 인사를 받고 있는 기분이었다. 그들은 격려할 수 없다. 감사할 수도 없다. 단지 침묵할 수 있을 뿐이다. 고통에 찬 절규가 끝나고 삶도 끝나는 이 순간을 향해 보일 최선의 표현이자 경의로서.

샤를로트의 결심을 알아차린 것처럼 로잘린다가 말했다.

"고마워요, 공녀님. 이 통로가 타오르기 시작하면 두 분은 처음 왔던 방향으로 달려가세요. 그 벽을 넘어가면 밖으로 나가실 수 있을 것입니다. 나가거든 우리 공방 사람들에게 저희가 편히 쉬게 되었음을 알려주셨으면 해요. 그들은 아르크벨성에 숨어 있을 텐데, 아직도 거기 있을지는 모르겠지만…… 이 소식을 알면 무척 기뻐할 것입니다."

샤를로트가 고개를 끄덕이며 로잘린다를 바라봤다.

"나도 고마워요."

"아뇨. 저희가 감사합니다. 무거운 짐을 져주셔서."

"미안해요. 해줄 것이 이뿐이라서."

나제리온이 팔뚝에 끼워뒀던 반지를 빼내며 로잘린다에게 말했다.

"혹시 당신 것이라면 돌려주고 싶소."

"제 것은 아닙니다. 이곳에 갇힌 누군가의 것이겠지요. 괜찮다면 간직해주세요. 돌려주시더라도 어차피 녹아버릴 뿐이니까요."

나제리온이 고개를 끄덕이며 물러나자 샤를로트가 고개를 숙인 채 두 손을 올렸다. 차마 볼 수가 없어 눈을 감은 채로 힘을 집중하며…… 프시키를 부른다. 그들을 불태운다. 소멸된 그들을 어딘가에서 또 만나게 될까.

하지만 이 사람들은 만날 수 없으리라. 동시에 자신도, 지금까지의 자신도 다시는 만나지 못하리라. 오빠가 사라졌음을 받아들였던 순간처럼 한번 더 지난 오 년에 작별을 고해야 한다.

뜨거운 기운이 머리 위로부터 서서히 타고 내려왔다. 희미한 소음과 함께 공간과 공기가 이지러지면서 머리카락이 흩날린다. 생명이 흩날린다. 이를 악물고 끝까지 그들을, 아무것도 남지 않을 때까지 깨끗이 녹인다.

불길 속에서 로잘린다의 마지막 목소리가 들렸다.

"만약 잘생긴 공자님을 다시 뵙게 된다면…… 돕게 되어서 기뻤다고……"

뒷말은 들리지 않았다. 그 대가로 이 지옥을 겪는 그들을 마주볼 용기가 나지 않아 끝내 눈을 뜨지 못했다. 그러나 로잘린다의 파랗게 빛나던 눈만은 눈꺼풀에 박힌 듯 떨어지지 않았다. 눈동자가 타는 듯 뜨겁지만 흐른 건 고작 눈물이었다. 저들은 불타고 있는데 자신은 울고 있다. 이런 괴리를 참을 수가 없다.

"연하, 이제 나가셔야 합니다."

나제리온의 재촉에 눈을 떴을 때 주변은 기괴하게 일렁이는 검고 붉은 불길뿐이었다. 높다란 벽도, 까마득하던 통로도, 고문 기구들도, 더이상 아무것도 없었다. 성채를 태우고도 남을 거대한 불길이건만 어디로도 번지지 않고 이 오래된 감옥만을 지옥처럼 태운다.

이토록 많은 프시키를 한꺼번에 다뤄본 적도, 그들을 다뤄 이렇게 거대한 에너지를 일으킨 적도 없었기에 자신의 힘에 놀랄 만도 하건만 그걸 느낄 정신조차 없었다. 제 손을 꽉 움켜쥔 나제리온에게 끌려가듯 달려가고…… 마침내 자신의 발도 날듯이 달린다. 등뒤에서 모든 것이, 건너온 다리가 무너져내리고 있다.

의미는 다르지만 에투알에서 배운 단어가 입안을 맴돈다. 농 레투르. 돌아갈 수 없다. 오늘 이전의 세계로는.

빨리, 더 빨리 달려갔다. 밖에서 기다릴 정체불명의 세계를 향해.

그 세계에서 무슨 일이 벌어지든 더는 놀라지 않을 것 같다.

눈을 뜨자 새벽이었다.

시야가 또렷해지자 나제리온, 조안느, 마리 루이의 얼굴이 보였다. 키스라도 할 기세로 얼굴을 바짝 들이댄 조안느가 물었다.

“정신이 드세요?”

“응.”

샤를로트가 몸을 일으키자 마리 루이가 맥이 풀려 한숨을 내쉬었다.

“아휴…… 다행입니다. 저 회복 주문 강화 안 해놨다고 마담 도벨한테 어찌나 혼났는지 모릅니다. 두 시간 동안 닦였어요. 돌아가면 학위고 뭐고 다 때려치우고 1순위로 배울게요."

샤를로트는 일어나 앉아 얼굴을, 그리고 팔을 만져보고 그들을 둘러보았다.

"다들 무사해서 다행이야."

손에서 시커먼 검댕이 묻어났다. 그걸 보니 자신이 어디에서 빠져나왔는지 실감났다. 싸늘한 새벽녘 어스름과 불지옥의 광경이 겹쳐졌다. 샤를로트는 잠시 허공을 응시하고 있다가 일어났다. 조안느가 손수건을 꺼내 내밀었다.

"고마워."

손수건을 받아들어 얼굴을 닦으며 주위를 둘러보니 이상한 점이 눈에 띄었다. 처음 왔을 때처럼 푸르스름한 안개가 감도는 안뜰이었지만 방적소 건물이 없었다. 그렇다고 폐허가 남은 것도 아니었다. 울퉁불퉁해진 땅 위에는 건물에서 나온 약간의 잔해만 깔려 있었다.

나제리온이 말했다.

"안쪽으로 빨려들어간 것 같습니다."

"그랬구나."

딱히 놀라지도 않고 빠르게 납득하더니 마리 루이를 쳐다봤다.

"뭘 또 새로 배운다는 거야. 마법사라면 역시 공격이지."

그만 가자고 눈짓하고 먼저 안뜰 밖으로 나갔다. 마리 루이가 얼른 뒤따라가며 말했다.

"공녀님도 그렇게 생각하시는 줄은 몰랐는데, 뭐 학교에서 흔히 그런 얘길 하긴 하는데 역시 공격이 멋지지만…… 근데 회복은 더 멋지죠. 진짜로 배울 겁니다. 지난 삼 년간 해야 했던 반성 아까 압축적으로 다 했습니다."

"그래? 그럼 기대할게."

둘이 먼저 가는 동안 조안느와 나제리온은 한 발짝 뒤에서 따라가며 서로의 얼굴을 보았다. 각자 질문의 뜻을 담아서. 조안느가 먼저 말했다.

"좀…… 그렇네요."

"그렇군."

네 사람이 떠나고 푸르던 안개가 희게 변할 무렵 사람들이 하나둘 모여들기 시작했다. 어제까지 멀쩡히 있던 방적소 건물의 행방을 궁금해하면서. 하지만 건물 주인과 연락이 닿기는커녕 그가 누구인지 아는 사람조차 없었다.

꿈

눈앞에 금발 고수머리를 한 아이가 있었다. 사과의 꿈에서 보곤 했던, 꿀이 흐르는 손가락으로 벌과 나비를 부르던 아이다. 오늘은 어둑한 벌판에 서 있었다. 아마색 햇빛도, 벌과 나비도 없이. 입술 끝이 초승달처럼 휘어지는 웃음도 없이. 해가 져버린 벌판을 휘도는 바람은 차가웠다.

그 아이가 묻는다.

'누구야?'

전에는 잘 아는 사람인 양 반가워했는데. 지금은 두려움 담긴 눈빛으로 샤를로트를 보고 있었다. 샤를로트는 뭐라 답해야 할지 몰라 머뭇거리다가 되물었다.

'나를 몰라?'

아이가 주춤주춤 뒤로 물러섰다. 어디선가 작은 새들이 파닥대는 듯한 소리가 났다. 어디 있지? 주위를 둘러보자 고요하던 벌판에 잔물결 같은 흐름이 번져갔다. 곧 수천수만의 검은 나비들이 일어나 날아올랐다. 처음부터 온 벌판에 가득했는데 잠자코 있어 지금껏 몰랐던 모양이다.

벌판을 메운 채 휘도는 나비들로 둘러싸여 얼굴이 잘 보이지 않는 아이가 말한다.

'너야. 네가 그랬어.'

무얼 그랬단 말인가? 되물으려 했지만 아이는 한 발짝씩 멀어지고 대신 나비들이 몰려들었다. 모래를 부딪는 듯한 소음이 점점 커지고 하늘 곳곳이 얼룩진다. 자신을 향해 달려드는 날갯짓들은 작지만 하나하나 폭풍 같다. 샤를로트는 견디다못해 눈을 감고 귀를 막는다.

이윽고 고요해졌다.

샤를로트는 다시 눈을 뜨고 주위를 보았다. 이제는 벌판도 아이도 검은 나비들도 없다. 다만 정체 모를 감각이 서서히 일어났다. 어딘가에서 작은 날개가 파닥거린다. 주위를 경계하며 털을 곤두세운다. 돌 위를 기어간다. 차가운 물기가 스며든다. 똑, 똑, 똑, 떨어져 구른다.

이게 뭐지?

그건 너야.

감각이 대답한다. 하지만 믿을 수가 없다. 이건 한 사람의 감각이랄 수 없다. 마치 자신이 하나의 공간으로 확장된 것만 같다. 샤를로트는 허공을 향해 고개를 저었다.

이건 내가 아니야.

그래, 아니야. 하지만 우리는 이제 연결되어 있어. 왜냐하면 네가 우리를 불태웠으니까. 우리가 어디로 갔다고 생각해? 네 혈관 속, 네 기억 속이지. 이제 우리가 많은 걸 보여줄게. 이 세상에 한때 존재했다가 사라진 것들을 보여줄게. 우리가 왜 이런 모습인지, 왜 너희를 사랑하면서 증오하는지, 왜 살고 싶어하면서 동시에 죽고 싶어하는지.

보라, 이 고대의 세계를.

다음날, 묘한 편지가 도착했다.

방으로 가져온 아침식사 쟁반에 다른 음식들과 함께 길쭉한 빵이 하나 올려져 있었다. 샤를로트는 밤새 기억나지 않는 꿈에 시달려 식욕이 없었지만 콜레트를 생각해 조금이라도 먹은 티를 내야겠다고 생각해 빵을 집어 쪼갰다. 그런데 길쭉한 빵 안쪽에서 손가락 굵기의 나무 막대 같은 것이 튀어나왔다.

이게 뭐지?

빵 속에서 뽑아내고 보니 그건 막대가 아니라 이가 안 들어갈 정도로 단단하게 구운 과자였다. 과자 표면에는 굽기 전에 새긴 듯한 잔글자가 빙 둘러져 있었다.

친구들은 고요히 쉬고 있습니다. 깊은 감사를 드립니다. 곧 찾아뵙겠습니다. 부디 그때까지 몸조심하십시오.

샤를로트는 빵을 가지고 나가 콜레트의 방문을 두드렸다.

"이 빵이 어디서 났지?"

조사해보니 그 빵은 부엌에서 일하는 하녀가 늘 거래하던 빵 가게에서 사 온 것으로 같은 것이 부엌에 다섯 개도 넘게 남아 있었다. 그러나 남은 것을 모조리 쪼개보아도 그저 평범한 빵일 뿐이었다. 어쩌다가 그 빵이 저택에 들어왔는지, 똑같게 생긴 그것들 중 하나가 어떻게 해서 샤를로트에게 전해지게 되었는지는 밝혀내지 못했다.

콜레트가 하녀를 해고할지 물어보았지만 샤를로트는 고개를 저었다.

"내버려둬. 아마 관계는 없을 것 같아. 찾아온다고 했으니 기다려보려고. 이자들을 만나봐야 할 것 같아."

"그들이 누구라고 생각하시는 건가요?"

"누오보 공방은 아직 명맥을 유지하고 있어. 여름의 피의 모조품을 만든 것도 그들이었고. 방적소 지하의 그 사람들도 제 동료들을 걱정하고 있었거든. 친구들이…… 쉬게 되었다는 것을 어떻게 알아챘는지는 모르겠지만……"

샤를로트는 말을 끊었다가 숨을 한 번 삼킨 뒤 이었다.

"만나보면 알게 될 일이겠지. 누오보 공방은 그곳에 마지막으로 갇힌 사람들이었어. 방적소 안뜰에는 사람이 드나든 흔적이 있었고. 수백 년이 넘은 그 감옥을 줄곧 지켜보다가 무슨 일이 벌어졌는지 이틀 만에 알아차린 자들이 평범한 사람들은 아닐 테지. 그랑도프 호텔에서 아이언페이스를 사냥하려 들었던 조직과도 같은 자들이 아닐까. 그렇다면 나와 꼭 만나야 할 사람들이 아니겠어? 기다려보자. 그들이 무엇을 갖고 찾아올지."

콜레트는 고개를 끄덕였지만 바로 물러가지 않고 머뭇거렸다. 그제야 눈치챘지만 아침부터 콜레트는 정신이 살짝 다른 데 가 있는 듯했다. 샤를로트가 말해보라는 듯 바라보자 콜레트가 입술을 깨물었다가 비틀었다가 하다가 입을 열었다.

"연하, 물러가기 전에 하나 여쭙고 싶은 것이 있어서…… 공녀께서는 사과로부터 온 낯선 꿈을 꾸시잖아요. 그 꿈에는 옛날 일들이 나오고요."

"그렇지."

"혹시…… 공녀님 꿈속에는 그분도 나타나나요?"

샤를로트의 얼굴에 의아함이 떠올랐다.

"그분이라니? 오빠를 말하는 거야?"

콜레트와 베르나르는 깊은 친분이 없었지만 그래도 얼굴은 꽤 자주 보았을 것이다. 하지만 콜레트는 고개를 저었다.

"아뇨."

그러고도 콜레트는 무척 망설였다. 금기를 범해도 될까 망설이는 사람처럼. 한참 뒤에 나온 말이 고작 이러했다.

"전 그분을 딱 한 번 뵌 적이 있어요."

콜레트의 시선이 샤를로트의 얼굴 곳곳을 주시하며 뭔가를 찾고 있었다.

"사실 몰랐는데, 아니 잊고 있었는데 갑자기 생각났어요. 아, 그분이었구나. 그날 제가 뵈었던 분이…… 왜 떠올랐느냐면 어젯밤에 꿈을 꾸었거든요. 그분이 나오는…… 깨고 나서 가만히 생각해보니까 아는 얼굴인 거예요."

"무슨 소릴 하는 거야?"

"그러니까, 어머니를 따라 처음 궁에 들어갔던 날이었을 거예요. 처음이다보니 모든 것이 신기해서 어머니가 주의를 준 것도 잊고 자꾸 다른 곳을 기웃댔죠. 그러다가 마주쳤던 거예요. 연못가에서. 그 연못이 아직도 있던가? 어쨌든 그분이 저한테 뭐랬는지 아세요?"

콜레트의 말이 점점 더 빨라졌다.

"'그애를 지켜봐줘'라고…… 그렇게 말했는데 전 그게 무슨 의미인지도 몰랐어요. 그애가 누군지도요. 대꾸도 못하고 머뭇대고 있는데 어느새 그분은 지나가신 뒤였죠. 오후였어요. 아니, 저녁이었어요. 그저 잊고만 있었어요. 깨닫지도 못했는데, 그런데……"

콜레트의 눈빛에 두려움이 서렸다.

"제가 지금…… 공녀님을 섬기고 있는 거예요."

누굴 말하는지 알았다. 델핀 대공비. 샤를로트를 낳은 어머니.

콜레트가 왜 명확히 말하지 못하고 망설였는지도 알았다. 델핀은 오를리 궁정에서 입 밖에 내어서는 안 되는 이름이었다. 대공이 그렇게 명한 일은 없었지만 모두가 델핀의 이야기를 꺼내면 대공에 대한 모욕이라고 생각했다. 오죽하면 샤를로트가 다섯 살이 되도록 자신의 어머니가 죽은 마르그리트 대공비인 줄 알았겠는가. 마르그리트 대공비는 적어도 복도에 초상화가 걸려 있었으니까.

그렇게 존재는 알게 됐지만 어떤 사람인지는 여전히 알지 못했다. 모두가 말하기를 꺼렸고 샤를로트도 캐묻지 않았기 때문이다. 이미 죽어버린, 어렴풋한 기억 한 조각은커녕 초상화나 유품도 없어 실재했다는 것을 믿기도 어색한 사람. 굳이 궁금해하고 싶지 않았다. 그런 데 집착하는 심약한 아이처럼 보이기가 싫었다. 어려서 몇 번인가 베르나르가 이야기를 꺼내려 했지만 재빨리 "관심 없어!"라고 외치고는 뛰어나갔다. 꿈에서 몇 번 보았어도 그저 자신의 상상이려니 생각했다. 외모조차 몰랐으니까.

그런데 콜레트의 꿈에도 나타났다고?

"콜레트가 어머니를 본 적이 있었다니. 난 처음 알았네."

샤를로트가 뇌까린 말에 콜레트가 더 화들짝 놀랐다. 지금껏 공녀의 입에서 델핀의 이름이 나오는 것도 들은 적 없는데 갑자기 어머니라니.

"어, 언제부터 그분을 그렇게 부르셨어요?"

"지금 처음."

"아, 저, 그렇구나. 네……"

"그런데 어머니가 나를 부탁한다고 말했다고? 그것도 그대가 나를 알기도 전에? 어떻게 그럴 수가 있지? 착각하는 게 아닐까? 내 얘기가 아니었지 않을까?"

"아뇨."

콜레트가 고개를 저었다.

"전 그때 그분이 누구인지 몰랐기 때문에 오랫동안 그저 잊고 있었어요. 어렸을 때 일이잖아요. 스치듯 뵈었을 뿐이고요. 그러니까 제가 그 일을 기억해낸 것이 오히려 어젯밤 꿈 때문인 거예요. 꿈에서 그분을 뵙고, 그분께서 '내가 한 말을 기억하느냐'고 물었기 때문이에요. 그제야 퍼뜩 기억이 난 거죠. 아, 부탁을 받았지. 그러자 그날의 어둑한 정원과 연못, 흰 모슬린 드레스를 입고 계셨던 그분의 모습이 어제 본 듯 떠오르는 거예요. 제가 이게 왜 착각이 아니라고 생각하느냐면……"

콜레트는 자신이 입은 드레스 자락을 집어 보였다.

"전 어려서부터 사람들의 차림새에 민감했어요. 그래서 드레스라면 옷감의 재질이며 실루엣만 보고도 어느 재단사가 만들었을지 금세 알아차리게 됐죠. 그런 제가 대공비…… 에, 그분의 옷을 모슬린으로 기억하다니, 대체 어찌된 일일까요? 심지어 실루엣도 헐거워서 도저히 그런 지체 높은 분이 입을 만한 드레스가 아니었어요. 그래서 그때 제가 그분의 신분을 깨닫지 못했던 것이기도 하고요. 이 모든 것이 제가 상상으로 만들어낸 거라면 불경죄라 할 만하죠. 그러니까 이 기억은 진짜일 수밖에 없는 거예요."

콜레트는 고개를 절레절레 저었다. 얼굴에 혼란이 나타나 있었다. 샤를로트가 고개를 갸웃했다.

"그런데 꿈속에 나타난 부인이 내 어머니라는 것을 어떻게 안 거야? 그땐 몰랐다면서. 그때든, 또는 꿈속에서든 다른 귀부인을 봤던 것뿐일지도 모르잖아."

"아뇨. 착각일 수가 없어요. 왜냐면 제가 지금 눈앞에서 공녀님을 보고 있으니까요. 이런 말, 이제 와서 해도 좋은지 모르겠지만…… 정말로 닮으셨어요. 드레스를 입고 계시니까 더더욱이나 똑같네요.”

그건 뜻밖이었다. 아니, 꿈속의 어머니는 그래 보였지만 자신의 상상일 뿐이고 실제로도 그럴 거라고 믿은 적은 없었다. 콜레트는 말을 꺼낸 김에 제대로 말해줄 작정인지 기억을 찬찬히 더듬었다.

“분위기는 전혀 달라요. 그분은 머리가 길고, 고요하고, 온기도 냉기도 없고, 그저 반 뼘 정도 허공에 떠 있는 느낌이었어요. 제 곁의 공녀님이 이렇게 생기가 넘치는 것과는 완전히 달랐죠. 그래서 언뜻 보면 닮지 않은 듯하지만 저는 사람을 잘 알아봐요. 눈도, 코도, 입매까지도 꼭 닮았어요. 검은 머리도요. 가장 닮은 건 눈매예요. 크고 아름다운…… 그런데 그분의 눈은 눈앞의 사람을 보지 않는 듯했어요. 내 뒤의 허공에 떠 있는 유령이라도 보는가 싶죠. 하지만 공녀님은 그런 눈빛을 하신 적이 없거든요. 상대가 누구든, 무엇이든, 또렷이 쏘아보시죠. 그런데 공녀님, 저의 이런 이야기…… 혹시 불쾌하시다면……”

“아니야.”

샤를로트가 고개를 저었다.

“난 내 어머니가 어떻게 생겼는지도 지금 처음 알았어. 신기한 이야기네. 그렇게 똑같다면 난 대공 전하는 닮지 않은 거야?"

콜레트가 곤란한 듯 이마를 찡그리며 웃었다.

"솔직히…… 많이 닮지는 않으셨죠. 그래도 눈 빛깔은 대공 전하께서 물려주셨네요. 그분의 눈은 파랬거든요."

델핀에 대해 이렇게 자세히 들은 것은 처음이었다. 그 얘길 해주는 사람이 고작 단 한 번 보았을 뿐인 콜레트라니.

"그대한테 날 부탁한다고 말했단 말이지."

"네. 무엇보다 놀라운 건…… 그때 공녀님은 태어나지도 않으셨어요. 제가 열한 살 때니까요. 그러니 당시 그분이 누굴 얘기하는 건지 제가 이해하지 못한 것도 무리가 아니죠."

"……"

마치 괴담 같은 이야기다. 그런 이야기가 평소 괴담을 즐기지 않는 콜레트의 입에서 나오고 있으니 더더욱 낯설었다. 콜레트는 오를란느에 대한 충성심과는 별개로 오를란느 특유의 음산한 전설을 무서워했다. 결국 아노마라드에서 살게 된 것도 취향이 그래서였기 때문일지 모른다. 그런데 열한 살 때 딱 한 번 본 여자를 까맣게 잊고 있다가, 이십 년 넘게 흐른 지금 꿈에 나타나는 바람에 정체를 깨닫다니. 그것도 자신이 섬기는 공녀의 얼굴과 닮아서.

"놀랍네. 지금은 아침이라 그리 섬뜩하진 않지만 사실상 괴담이잖아. 존재하지도 않았던 아이를 부탁했는데 이십 년 뒤에 그 아이를 섬기게 되었고, 다시 꿈에 나타나서 잘하고 있느냐고 물었다는 거 아니야. 게다가 죽은 사람의 부탁이고."

그 말을 들은 콜레트가 또다시 미묘한 표정을 짓더니 나직이 중얼거렸다.

"모르셨구나."

"뭘?"

"그분께선 돌아가시지 않았어요."

"무슨 소리야?"

샤를로트는 의아한 표정을 지었지만 내심 혼란스럽기도 했다. 사람들은 델핀 대공비가 병으로 죽었다고 했다. 하지만 꿈속에서 샤를로트는 델핀이 혼자 떠나는 모습을 본 적이 있었다. 드레스 차림으로, 산책이라도 나가는 것처럼 성벽을 따라 걷다가 들판으로 나아가 멀어졌다. 그 광경이 워낙 비현실적이어서 죽은 사람의 영혼이 떠나는 모습을 보여준 게 아닐까…… 그런 식으로 생각했었다. 그런데 아니라고?

"돌아가신 것이 아니라 궁을 떠나신 거예요. 공녀께서 두 살인가 세 살이셨을 때였죠. 저도 당시에는 어리다보니 상황을 잘 몰랐고 나중에 소문으로 전해들었을 뿐이지만 어느 날 갑자기 사라지셨다고 해요. 목격자도 없었고…… 실은 그날 한밤중에 외성벽을 따라 걸어가는 그분의 모습을 본 병사가 있다지만 확실한 건 아닌 모양이에요. 따라가려다가 놓쳤다고 하니까요. 드레스 입은 여자를 병사가 놓치겠어요? 나중에 꿰맞춘 것뿐일지도 모르죠."

샤를로트는 멍하니 꿈에 본 광경을 다시 생각했다. 자신이 본 것이 실제란 말인가? 기괴한 상황을 받아들이기 어렵다보니 오히려 기계적인 질문이 튀어나왔다.

"누군가가 은밀히 살해한 건 아니고?"

콜레트가 고개를 저었다.

"그런 기미가 있었다면 대공 전하께서 그자를 찾아내 벌하려 하셨겠죠. 하지만 처음 며칠 동안 주변을 수색한 것뿐 아무 조치도 취하지 않으신 것을 보면 대공 전하께는 편지라도 남긴 게 아닐까, 그렇게 추측하는 것 같아요. 물론 이런 말을 하는 사람들이나 저 역시 진상을 알 순 없겠지만요. 아 참, 대공 전하께 직접 여쭙지는 말아주세요! 이런 소문이 돌아다닌다는 사실을 전하께서 아셨다가는 무슨 날벼락이 떨어질지 모르는 일이네요."

샤를로트가 고개를 내저었다.

"이십 년 가까이 된 일인데 이제 와서 무슨 문제가 생기겠어. 옛날에 다 잊으셨겠지."

"글쎄, 그럴까요? 저한테 이 이야기를 해준 분 말씀으로는 그렇지 않은 것 같던데요."

콜레트의 표정이 오묘해졌다. 샤를로트의 눈썹이 약간 치켜올라갔다.

"그게 누군데?"

"정보원만은…… 저도 비밀로 할게요. 공녀님을 믿고 못 믿고를 떠나 얘기해주신 분께 화가 닥칠지도 모르기 때문이니까 이해해주세요. 사실 이 이야기를 공녀님한테 꺼냈다는 것부터가 얘기해주신 분을 배신한 거나 다름없거든요. 저도 꿈을 꾸고 나서 제가 어려서 그분을 만나 당부를 들었다는 사실을 깨닫지 않았더라면 공녀님 앞에서 그분 말씀을 꺼내지는 않았을 거예요."

그런 말을 한참이나 깔더니 누가 들을세라 낮아진 콜레트의 목소리가 비밀이라기에는 기묘한, 당연해야 하지만 당연하지 않은 사실을 속삭였다.

"대공 전하께서는 그분을 무척 사랑하신 것 같거든요."

"사랑……이라고?"

샤를로트는 아버지의 얼굴을, 그리고 성정을 떠올렸다. 자신은 아버지를 꽤 잘 아는 딸이라고 생각해왔다. 그런 자신의 관점으로 샤를로트의 아버지, 대공 전하는 사랑에 빠지는 남자와는 한없이 거리가 멀었다. 냉정하고 효율적이며 까다롭고 정확한 사람. 규칙적으로 생활하며 시간을 어기거나 약속을 소홀히하는 자들을 극히 싫어하지만 동시에 기묘한 변덕이 있어서 비위 맞추기가 어렵다고 정평이 나 있다. 때로는 갑자기 친절해지지만 이유는 모르며 그러다가 언제 그랬느냐는 듯 무관심해지지만 역시 이유는 모른다.

대공은 '후원의 뱀' 사건 이후로 다리가 부정기적으로 아프기 때문에 신경질적으로 미간을 찌푸리고 있을 때가 많았다. 그 얼굴을 보면 작은 실수에도 폭발할 것 같아 다들 쩔쩔매지만 실제로 폭발한 적은 많지 않다. 의외로 인내심이 있는 편이다. 평민이나 하인 등 지위가 낮은 자들에게는 공평무사한 처우를 하기로 이름났다. 그러나 귀족들에게는 수수께끼를 내는 괴물처럼 불가사의한 존재다. 그리고 무엇보다 여자의 아름다움 같은 것에 관심을 보인 일이 없었다. 대공이 웃으며 대하는 여자는 샤를로트가 유일하다고 할 정도다.

그런 대공이지만 어린 시절에는 샤를로트를 말에 태워 곧잘 산책을 나가기도 했고, 어렴풋한 기억으로는 토라진 딸을 안고 달래며 음식을 먹인 적도 있다. 늘 생일 선물을 챙겨주었고 샤를로트의 농담에 가끔 웃음을 터뜨린다. 대공녀 책봉이나 혼담을 미루고 오빠의 행방을 찾겠다고 무리한 요구를 했을 때도 묵묵히 듣더니 허락해주었다.

샤를로트가 혼란스러운 표정으로 생각에 잠겨 있자 콜레트가 말했다.

"상상이 잘 안 되시죠. 하지만 듣기로 대공 전하께서는 어느 날 그분을 궁으로 데려오시더니 한 달도 안 되어서 모든 것을 결정하셨대요. 지금까지도 전하께서 그분을 어디서 어떻게 만났는지 아는 사람은 아무도 없어요. 그분한테서 설명을 들은 사람도 없죠. 그분과 친구가 된 사람은 한 명도 없었으니까요. 그러더니 공녀님을 낳고, 몇 년 만에 떠나버리신 거죠. 정말 모든 면에서 수수께끼 같은 분이에요."

콜레트가 물러가고 나서 샤를로트는 혼자 생각에 잠겼다. 죽었다던 어머니가 궁을 떠난 것뿐이라는 사실은 당혹스러웠지만 그보다는 이 모든 이야기가 너무나 이상했다. 출신 모를 여자가 대공비와 같은 높은 자리에 올랐는데 남편의 사랑과 어린 아기까지 놔두고 훌쩍 사라지다니. 그런데 애초부터 그런 상황을 예견한 듯하다니. 그렇게 해서 무얼 얻을 수 있지? 마치 샤를로트를 낳는 것이 목적이었다는 것처럼 들리지 않는가?

콜레트가 어젯밤 꾼 꿈은 그저 우연히 오래된 기억이 되살아난 것뿐일까? 하지만 콜레트가 어머니의 외모를 설명했을 때는 소름이 끼쳤다. 샤를로트가 꿈에서 본 모습과 완전히 일치했기 때문이다. 몰랐던 눈 빛깔까지도. 다시 말해 샤를로트가 본 델핀은 진짜였다. 상상이 아니었다.

일부 마법사들은 남의 꿈에 나타나는 것이 가능하다는 말을 들은 적이 있었다. 어머니는 마법사였을까? 정말로 어딘가에 살아 있단 말인가? 무엇을 하고 있을까? 만약 그 꿈을 어머니가 보낸 거라면…… 왜 실제로는 단 한 번도 딸을 보려 하지 않는 걸까.

오래전 꾸었던 꿈에서 어머니는 이렇게 말했다.

—우리는 선물로만, 이 신성한 선물로만 연결되어 있는 것이다.

그 선물이 무엇인지 알 것만 같아 더욱 기괴한 기분을 떨칠 수가 없었다. 나제리온은 방적소 지하에서 베르나르와 사과나무의 이야기를 해주었다. 어디인지 밝힐 수 없는 곳에서 자라고 있는 사과나무, 어머니가 사라진 꼭 그 무렵 베르나르가 처음으로 찾아갔다던 그 사과나무는……

어머니가 물려준 것이 아니었을까.

한밤중의 밀사

때로 삶에서 중대한 일들은 한꺼번에 닥쳐오곤 한다. 그로부터 이틀이 지난 밤, 오를리에서 온 밀사가 저택에 당도했다.

그간 샤를로트는 무척 바빴다. 먼저 알레망 단장에게 편지를 보내 에투알의 비밀을 공개해달라는 요청을 전했다. 아마도 거절하겠지만 그래도 공식적인 절차를 밟아둘 필요가 있었다.

다음으로 로잘린다가 부탁했던 아르크벨 성에 가보았다. 외곽구에 위치한 오래된 성인 아르크벨에는 고작 열흘 전에 들어왔다는 새 세입자가 살고 있었다. 그자는 누오보 공방이라는 이름을 들어본 적도 없다고 했지만 성 주인이 누구냐고 묻자 태도가 일변해 거의 밀어내다시피 하고는 문을 닫아버렸다. 방적소 주인을 만나면 다른 사정을 알 수 있으리라 생각한 샤를로트는 일단 물러났다.

베네트를 통해 방적소의 주인을 알아낸 다음 방적소가 무너져서 입힌 손해를 보상하겠다는 명목으로 만나자는 제안을 보낸 것이 어제의 일이다. 그자는 생각보다 선뜻 응했고 약속 날짜는 사흘 뒤로 정해졌다. 그 자리에는 헬레나를 데리고 나갈 작정이었다.

마지막으로 익명으로 아카데미와 접촉해 다음 경매에 '카나리아'를 내놓겠다는 제안을 전했다. 팬지 파빌리온이 도난 사건으로 실추된 명예를 회복하자면 해당 물건을 되찾아 다시 경매에 내놓는 것이 가장 나은 방법이기에 그들은 응할 수밖에 없을 것이다. 경매 일정이 정해지면 소문을 잔뜩 퍼뜨릴 생각이었다. 콜레트의 살롱을 통하면 충분할 것이다. 누구든 오라. 겁나지 않으니까.

그러나 한 가지만은 아직도 하지 못했다. 슈트루델 거리에 있는 망한 카페 3층에 가보는 일이다. 뒷골목 탐정과 무적 비서의 귀환을 목 빼고 기다렸을 청어절임과 데보라에게 아직껏 아무 소식도 전하지 못했다. 두 사람이 근사하게 차려입고 마차에 올라 그랑도프 호텔로 떠났던 날로부터 보름도 넘게 흘렀으니 아직 거기 있을지는 모르겠지만……

그곳에서 보낸 길지 않은 한 달 반. 어느 날 날짜를 꼽아보니 꼭 사십이 일밖에 되지 않아서 기분이 이상했다. 정말로 그렇게 짧았던가?

분명 중대한 목적을 위해 움직였지만 돌이켜보면 아침에 일어날 때마다 거기 갈 생각을 하며 생기가 돌던 나날이었다. 우스운 일은 얼마나 많았던가. 비밀 많던 청어절임의 입을 열어볼 작정으로 독한 위스키 두 병을 숨겨놨는데 술 좋아하는 녀석이 발견하고 냉큼 다 마셔버린 적도 있었다. 굴뚝이 막히는 바람에 창을 열어놓고 오들오들 떨며 담요 몰아주기 카드놀이를 하다가 카드 뭉치가 창밖으로 후루룩 날아가버린 날도, 계단참에서 자리다툼을 벌이다가 진짜로 싸움이 난 손님들을 불러 앉혀놓고 화해시키려다 의견이 갈려 말다툼이 난 날도 있었다.

그 사십이 일 동안 탐정 사무소의 풍경은 단 하루도 같지 않았다. 소꿉장난하듯 이것저것 사다가 채워넣고 망가진 가구는 하루에 하나씩 몰래 내다버렸다. 길을 걷다가 예쁜 의자 덮개라도 산 날이면 슬쩍 갖다놓을 생각에 하루종일 뿌듯했다. 첫날부터 잘 교육된 손님들이 간식을 곧잘 사 왔기에 저녁이면 품평회가 열렸는데 처음에는 임시로 깐 천과 바구니뿐이었지만 마지막 날에는 레이스가 붙은 연녹색 테이블보와 파란 줄이 있는 접시, 개인 냅킨과 커틀러리, 그럴싸한 꽃무늬 찻잔 세트까지 있었다.

모두가 기묘하게 먼 옛일 같다. 그리고 그때를 좋아했다는 걸 깨닫는다. 이젠 돌아갈 수 없다는 것도.

혼자 찾아온 샤를로트를 본 베네트가 "탐정 나리는 어딜 가셨나?"라고 물었을 때 차마 입이 떨어지지 않아 "곧 올 거야"라고 대답하고 만 자신에게 한동안 화가 났었다. 오긴 누가 온단 말인가. 청어절임도 데보라도 예전에 떠났을 것이다. 그들은 직원도 동료도 아니었고 단지 아이언페이스가 두려워서 얹혀살았던 사람들일 뿐이다. 이쯤 무소식이면 제 살길 찾아가야지 계속 기다릴 이유는 없다. 그렇다면 이제 305호에는 아무도 없을 것이다. 처음 문을 열었던 날처럼 망가지고 구색 안 맞는 가구들, 그리고 주인 잃은 싸구려 찻잔 세트 같은 것들만 어둠 속에 남아 있을 것이다. 한때 반짝였겠지만 지금은 쇠사슬이 감기고 판자가 못질된 아래층 카페처럼.

그걸 보고 싶지 않았다.

자신이 좋아했던 시절이 폐허가 된 걸 보느니 차라리 떠나던 날의 풍경으로만 기억에 남아줬으면 했다. 연극하듯 드레스며 코트를 차려입고 화려한 마차에 올라 저녁쯤에는 당연히 돌아올 줄로 알고 떠나왔었다. 돌아가지 못하게 된 이유는 잘 알고 있다. 더이상 자신은 이스핀 샤를이 아니니까.

실은 그날 저녁, 혼자 성긴 눈발을 헤치며 걸어 슈트루델 거리 근처까지 갔었다. 305호에 아직 불이 켜져 있는지 확인만이라도 해보려는 생각이었지만 한 블록 떨어진 골목에서 소풍 바구니를 만들어주었던 카페를 먼저 발견하고, 이미 불이 꺼진 그곳을 쳐다보고 있다가 그냥 돌아와버렸다. 집으로 걸어오는 내내 입속으로 되뇌었다. 이제 나는 진짜로 너와는 다른 사람이야.

주머니 속에서 반지를 매만져보았다. 방적소 지하에서 가져온 반지를 나제리온에게 달라고 해서 줄곧 끼고 있었다. 해야만 했던 일이라 해도 끔찍하다는 사실은 변치 않았고, 자신이 그걸 했음을 잊을 수도 없었다. 천 명인지 만 명인지 모를 사람들을 죽여버린 자신은 그들의 묘비를 손에 끼고 있어야 마땅했다.

넌 내가 죄 없는 열아홉 살이라 했지만 이제는 괴물에 가까워. 괴물을 뒤쫓다 괴물을 닮게 된 거야. 이제 나는 네가 가방을 휘둘러서 구해줄 수 없어.

도저히 저녁을 먹을 기분이 아니어서 샤를로트는 일찍 침대에 들어갔다. 그래서 눈발이 짙어진 밤에 당도한 밀사는 먼저 콜레트를 만났다. 잠시 후, 콜레트가 공녀의 방문을 허둥지둥 두드렸다.

"특명 밀사라…… 도저히 아침까지 기다릴 수 없었어요. 용서하십시오."

편지를 가져온 사람은 긴급한 사안이 있을 때만 내려지는 특급 통행서를 갖고 있었다. 그게 있으면 오를란느 안의 모든 역참은 물론이고 조약에 의거하여 아노마라드 국경도 넘을 수 있다. 통행서에 적힌 날짜는 고작 이틀 전. 즉, 오를리에서 켈티카까지 이틀 밤낮으로 달려왔다는 말이 된다.

침대에 누웠다가 몸을 일으킨 샤를로트는 등불 빛에 눈을 찌푸리며 봉랍이 붙은 편지를 받아들었다. 봉랍의 문양을 보고는 고개를 갸웃했다. 오를리에 있는 에투알 2본부의 직인이 아닌가? 자신이 알레망 단장에게 보냈던 편지에 대한 답신일까? 그런 거라면 특명 밀사까지 보낼 이유도 없고 무엇보다 그 편지는 아직 도착하지도 않았을 것이다. 이틀 전이라면 샤를로트의 편지를 받기도 전에 출발했을 것이다.

봉랍을 뜯어보니 안에는 접힌 편지, 그리고 따로 봉인된 편지가 한 통 더 있었다. 두 편지를 집어들던 샤를로트의 손이 일순 멈췄다. 접혀 있는 편지에 거무스름하게 변한 손자국이 찍혀 있었기 때문이다. 경험상 이것은…… 피다. 공녀에게 보내는 편지를 쓴 사람의 손에 피가 묻어 있다니?

정황상 봉인된 것이 먼저고, 접힌 편지는 추가된 것이리라. 봉인된 것을 먼저 펼쳤다. "대공국의 고귀한 후계이신 샤를로트 공녀 연하께"로 시작한 편지는 공식 용지에 우아한 격식과 필체를 갖춰 쓴 것으로 공녀가 급히 돌아와야 하는 사정이 생겼음을 알리는 간단한 내용이었다. 대공의 명이라고 되어 있었지만 왜 그런 명을 내렸는지는 적혀 있지 않았다.

손자국이 묻어 있는 두번째 편지를 펼쳤다.

샤를로트 공녀 연하,

예를 갖출 겨를이 없음을 용서하십시오. 어제, 대공 전하께서 미르망드의 겨울 궁전에서 갑자기 혼절하셨다가 곧 의식 불명 상태에 빠지셨다고 합니다. 당시 곁에 있다가 전하를 내실로 모셨던 알베르 공과 상리스 후작은 대공 전하께서 병상에서 후계로 랑부아즈 백작 필리프를 지목했다고 주장하며 오늘 아침 필리프 경을 섭정으로 선포했습니다. 당시 함께 있던 십여 명의 귀족도 그들의 뜻에 동조했다고 전해집니다. 심기를 어지럽힐 사태를 전해드리게 되어 송구합니다.

그들은 전하의 불안정한 용태를 핑계로 겨울 궁전을 봉쇄하고 있어 접근이 불가능한 상태입니다. 겨울 궁전 안에는 일반 근위대 및 대공 전하를 모시던 에투알 세 명이 있었으나 생사는 알 수 없습니다. 알레망 단장과 에투알 스물두 명, 수련병 세 분대가 오늘 외성벽 앞에 도달해 그들과 대치하고 있으나 대공 전하의 안위가 우려되기에 진입 작전을 시도하지 못하고 있습니다. 나머지는 소식을 듣는 대로 합류할 것입니다.

오를리에서는 섭정 선포가 아직 공식화되지 않았습니다.

소식을 들은 귀족들 상당수는 의견을 명확히 표명하지 않고 상황을 관망하고 있다고 합니다. 대공 전하께서 쾌차하실 가능성을 저울질하고 있겠지만 만약 중대 사태가 벌어진다면 그들도 잠재적인 적이라 보아야 합니다. 대공국 군대 또한 움직이지 않고 있으나 언제까지 그럴지는 알 수 없는 일입니다.

반란 세력이 가장 두려워하는 것은 연하의 귀환입니다. 대공 전하께 혹시라도 중대한 일이 생기기 전에 긴급히 돌아오셔서 지지자들을 모아 그들과 맞서셔야 합니다. 그들이 국경을 봉쇄하고 검문을 실시할 것이니 신분을 숨기고 들어오시길 간청드립니다. 연하의 손에 입맞춤을 보내며.

N. 펠티에

편지를 다 읽을 때까지 샤를로트는 자신이 숨을 쉬었는지도 기억하지 못했다. 이윽고 편지를 접는데 바스락 하는 소리가 너무 선명해서 흠칫 놀랐다. 이 고요함은 얼마나 어색한가. 머릿속에는 겨울 궁전의 희끄무레한 벽을 때리는 바람 소리, 혼수상태인 대공을 둘러싼 자들의 속삭임, 횃불을 든 군대, 어둠 속에서 그들을 쏘아보는 에투알…… 이 모두가 선명히 흐르건만 자신이 앉은 방은 난롯불이 내는 타닥 소리 말고는 바다 밑처럼 고요하다.

펠티에 부단장은 평소 침착하다못해 다소 느긋하다는 평을 듣는 사람이었다. 그런 사람이 공녀에게 보내는 편지에 응당 갖춰야 할 까다로운 형식을 모조리 내버린 채 대뜸 용건부터 쓴데다 뒤로 갈수록 필체가 흐트러지다가 직함조차 생략해 버릴 정도면 얼마나 다급했던 것일까. 또 처음에는 반란이라는 단어를 선뜻 쓰지 못하다가 결국 줄을 바꿔 다시 쓴 '반란'이라는 단어는 새 잉크를 찍은 듯 선명했다. 써내려가는 동안 마음의 결정을 내린 것이다.

"밀사를 불러오도록."

밀사는 열일곱 살짜리 수련병이었다. 그는 본래 첫번째 편지만을 전달할 예정으로 출발했으나 그사이 사태가 급변하면서 펠티에 부단장이 직접 말을 타고 뒤따라와 두번째 편지를 동봉했다고 설명했다.

"부단장은 무사한가?"

"제가 뵈었을 때까지는 그러했습니다."

"북 로젠부르 관문을 넘었나?"

"아닙니다. 알브 협곡으로 넘어왔습니다. 부단장님의 명이었습니다."

평시라면 양국 간 조약에 따라 로젠버그 호수 쪽에 있는 북 로젠부르 관문을 통해서만 아노마라드로 들어갈 수 있다. 하지만 빙 돌아가는 길이고, 미르망드에서 켈티카로 오려면 알브 산을 넘는 것이 가장 빠르다. 다시 말해 급한 나머지 무단 월경을 감행한 상황이었다. 뺨이 발그레한 수련병에게 맡기기에는 위험천만한 임무였지만 겨울 궁전에서 언제 전투가 벌어질지 모르니 고작 스물두 명뿐인 에투알 중 한 명도 빼내기 어려웠을 것이다.

"그대의 이름은?"

"수련병, 폴 베레투아입니다."

"수고했다, 폴 베레투아. 대공국의 이름으로 그대의 노고를 치하한다. 푹 쉬도록."

뺨이 상기된 폴이 경례를 하고 나가자 샤를로트는 편지를 뒤집어 등갓 근처로 가져갔다. 잠시 후 예상대로 보이지 않는 잉크로 쓴 글씨가 떠올랐다. 신중한 펠티에 부단장이 편지가 탈취될 가능성에 대비하지 않았을 리 없다. 부단장이 절대 탈취되어서는 안 된다고 판단한 내용은 무엇이었을까.

명단이었다.

바이유 공작 알베르

랑부아즈 백작 필리프

외젠 드 상리스 후작

조세핀 쉬농 백작

오노린 데브랭 남작

장 드 루베 남작

……

그런 식으로 열두 명의 이름이 적혀 있었다. 그들이 누구라는 설명은 없었지만 샤를로트는 바로 알아들었다. 필리프가 섭정이 되는 것에 찬성한 자들, 즉 반역 도당이다.

샤를로트는 콜레트에게 편지를 건넸다. 편지 내용과 명단을 훑어본 콜레트의 얼굴이 붉으락푸르락해지더니 분통을 터뜨렸다.

"이 찢어 죽여도 시원치 않을 반역자 놈들이! 대공 전하를 잘 모시지 못한 죄부터가 크거늘 명을 조작하고 더러운 거짓말을 지껄여? 적통 후계이신 공녀 연하께서 건재하시거늘 어디서 감히 사촌 따위가 옥좌를 넘본단 말이야?"

샤를로트와 사촌 간인 필리프는 통칭 알베르 공이라고 불리는 대공의 막냇동생 바이유 공작의 맏아들이었다. 베르나르와 나이가 비슷해서 어려서는 곧잘 어울려 놀았다지만 샤를로트는 격이 낮은 존재라는 것처럼 애초에 거들떠보지도 않았다. 특히 샤를로트가 후계자로 결정된 뒤로는 무슨 핑계를 대서든 세 마디 이상 섞는 법이 없었다.

콜레트가 분통을 터뜨리지 않아도 아버지가 딸을 제쳐놓고 필리프를 후계자로 지목했을 가능성은 전혀 없었다. 실로 코웃음이 나오는 주장이다. 아버지는 필리프가 과장된 몸놀림을 섞어 허풍스러운 말을 늘어놓기 시작하면 늘 시선을 돌려버렸다. 필리프가 대공위를 넘보는 문제를 떠나, 냉정하고 예민한 대공과 천성적으로 맞지 않는 종류의 인간이었다.

베르나르의 장례를 치른 직후 공녀보다는 대공의 두 동생 쪽에서 후계자를 찾아야 하지 않겠느냐는 말이 돌았을 때, 둘째인 클레망 공은 직접 나서서 말도 안 되는 소리라고 일축했다. 그러나 막냇동생인 알베르 공은 생각이 달랐던 모양으로 이후 샤를로트가 후계자로 발표되자 크게 실망했다는 후문이었다. 클레망 공은 건강이 나쁘고 자식도 없어서 대공위에 욕심이 없었는지 몰라도 야심이 넘치는 알베르 공은 제 맏아들 필리프야말로 적합한 대공감이라고 굳게 믿었던 듯했다.

필리프는 베르나르 대공자와 같은 또래인데다 어머니 또한 같은 상리스 가문 출신이다. 완벽하게 고귀한 핏줄에 호탕하고 인기도 높은 필리프가 외국 피가 절반 섞인 공녀보다 어디가 못하단 말인가?

알베르 공의 생각은 아들인 필리프의 행동에 그대로 반영되었고, 다른 가문의 자제들에게도 영향을 끼쳐 귀족 2세 사회에서 샤를로트를 쉽사리 고립시켰다. 샤를로트는 알면서도 내버려두었다. 나서서 다툰들 어차피 이길 수 없는 싸움이었다. 혈통만이 판단 기준인 저들에게 뭘 하든 자신을 증명할 방법은 없었다.

콜레트가 말했다.

"연하, 새벽에 출발하실 수 있도록 준비하겠습니다. 연하께서도 알브 계곡으로 들어가시는 것이 좋을 것 같습니다. 국경 근처 라발트에 잘 아는 사람의 목장이 있습니다. 거기에서 말을 바꾸어 단숨에 미르망드까지 돌파하시면…… 그나저나 대공 전하께서는 웬일로 미르망드까지 가셨던 걸까요?"

샤를로트는 등불 곁의 어둠을 쏘아보고 있다가 중얼거렸다.

"미르망드라……"

겨울 궁전이 있는 미르망드는 오를리에서 아침에 출발하면 저녁 전에 닿는 곳이다. 온천이 있어서 겨울에도 따뜻하고, 또 근처에 큰 숲을 끼고 있어서 사냥하기도 좋았기에 귀족들의 휴양지로 이름났다. 옛 대공들은 사냥 모임도 하고 연회도 베풀 겸 그곳에 자주 드나들며 일찌감치 겨울 궁전을 세워놓았다. 그러나 대공은 오를리를 떠나는 일이 드물었다. 사냥에도 관심이 없거니와 궁을 비우고 놀러 다니는 것도 싫어했다. 괜히 귀족들이 "거미처럼 제 그물 밖으로 나가지 않는다"고 수군대는 것이 아니었다.

잠시 생각하던 샤를로트가 물었다.

"콜레트, 누아트르 공작부인의 생신이 2월이던가?"

"하순일 거예요. 아, 그럴 법하네요. 그분께서 미르망드에서 꼭 생신을 맞고 싶다고 하신 거라면. 작년부터 갑자기 쇠약해지셨잖아요."

누아트르 공작부인은 대공의 고모들 중 유일하게 살아 있는데, 어린 시절을 겨울 궁전에서 보냈기에 그곳을 특별히 좋아했다. 그분의 생신 모임 때문에 대공이 미르망드로 행차했다면 충분히 그럴 법하다. 하지만 명단에 공작부인의 이름은 없었다. 칠순 노구이기도 했고, 대공이 어렸을 때부터 "줄리앙이 우리 가문 최고의 예쁜이"라며 아끼던 공작부인이 반란 도당을 도우려고 계략을 세워 일부러 대공을 불렀을까?

콜레트도 같은 생각이었다.

"공작부인께서 대공 전하를 얼마나 좋아하시는데. 이런 말씀 좀 그렇지만 공작부인께서는 알베르 공을 이름 대신에 '아베이유(꿀벌)'라고 불렀다고요. 음…… 체구도 그렇고 단것도 너무 좋아하고 꽃처럼 예쁜 여자도 좋아하고…… 하여간 그런 사람을 편드셨을 리 없네요. 그런 분이 아니시죠."

그렇다면 그 자리에 있던 모든 귀족이 찬성한 건 아닐지도 모른다. 사실 명단에는 의문점이 좀더 있었다. 면면을 보니 오를리 사교계의 2대 파벌인 알베르 공과 상리스 후작이 손을 잡은 것은 분명한데 대공의 사촌인 블라스 백작 파벌의 인물들이 한 명도 없었다.

대공가의 큰어른인 공작부인의 생일을 축하하는 연회에 특정 파벌만 배제하고 초대한다는 것은 말도 안 된다. 아무리 속으로는 싫어하고 헐뜯을지언정 겉으로는 웃으며 예의를 갖추는 것이 사교계의 기본 덕목이 아니던가. 그렇다면 저들의 목적에 동조하지 않은 자들이 억류되어 있을 가능성은 충분했다. 블라스 백작도 예전에 후계자로 언급되곤 했던 사람이니 필리프가 섭정이 되고 장차 대공위를 잇는다는 시나리오가 마음에 들었을 리 없다.

무엇보다 마음에 걸리는 건 대공의 용태였다. 이 상황이 우연히 대공이 쓰러진 틈을 타서 실행된 것이든, 처음부터 계획된 암살 음모이든, 대공이 도로 일어난다면 허사로 돌아갈 것 아닌가? 저들은 대공이 이대로 죽기를 간절히 바랄 테고…… 혹시 이미 죽었는데 암살했다는 의혹을 피하기 위해 발표만 지체하고 있는 건 아닐까?

상상만으로도 등줄기가 싸늘해지면서 샤를로트는 그제야 실감했다. 오를리를 이렇게 오래 비워서는 안 되었다. 아버지는 단단해 보여도 겉보기만큼 상태가 좋지 않았다. 독이 든 술을 마시고 혼수상태에 빠졌다가 사흘 만에 깨어났던 '후원의 뱀' 사건 후로 대공은 다리가 아플 뿐만 아니라 이명과 두통에 시달렸고, 재발하는 통증을 다스리기 위해 양귀비 즙에 자주 의존했다. 중독을 피하려고 같은 접시의 음식을 두 입 이상 건드리지 않는 등 극도로 소식하게 된 것도 그때부터였다. 그후로 아버지는 화살처럼 말랐다. 자연히 신경이 예민해지고 웃을 일이 없어졌다. 젊어서 뛰어났다던 검술도 승마도 다 멀어진 일이 되었다.

아무도 믿지 않고, 친구라 할 만한 신하도 없으며, 기분도 취향도 드러내지 않는 것 역시 그 사건의 영향이었다. 그 사건의 이름이 '후원의 뱀'이 된 건 술에 독을 넣은 자를 찾지 못했기 때문이다. 그래서 후원에 미리 갖다놓았던 술 단지에 독사가 들어갔다가 나가는 바람에 일어난 일이라는 다소 황당한 결론이 내려졌다.

대공이 그 결론을 거부하면 그날 후원에 대공보다 먼저 들어갔던 사람들을 모조리 감옥에 처넣고 불타는 인두로 지져야 할 판인데 그 속에는 대공의 동생, 조카, 친척들이 십여 명이나 포함되어 있었다. 결국 대공은 포기하고 물러났다. 그때 그들을 모조리 죽였다면 안심하고 살 수 있었을지 모르지만 대공은 그 정도로 독한 사람이 못 되었다.

그런 사람이니까, 자신이 곁에 있었어야 했다.

샤를로트가 지켜야 했던 사람은 오빠뿐이 아니었다. 아버지도 지켜야 할 사람이었다. 아버지가 보기보다 연약한 사람임을 아는 건 자신뿐인데, 왜 지금 깨달았을까. 아버지였기에, 사람들이 두려워하며 예측할 수 없는 분이라 하니까, 모든 걸 꿰뚫어본다고 하니까, 딸에게 스무 살 생일까지는 하고 싶은 대로 해보라고 했으니까……

믿고 있던 아들을 허망하게 잃고 달리 의지할 사람도 없는 아버지가 그뒤로 샤를로트에게 부여되었어야 할 온갖 의무를 유예해주고, 베르나르를 찾겠다는 일견 허황될 수도 있는 결심을 존중해준 뜻은 무엇이었을까. 장례까지 치렀지만 아버지 또한 아들이 죽었다는 현실을 받아들일 수가 없었기에, 실은 자신이 간절히 하고 싶었던 일을 딸이라도 하도록 놔두었던 것은 아닐까.

"연하, 생각해보니 대공국 군대 개편을 위해 변경의 프롱티에르 쪽으로 간 에투알이 있을 것 같네요. 그들과 합류해서 가시면 가장 안전할 것 같습니다. 프롱티에르에서 에라블리에르로 들어갔다가 첫 단풍 능선을 따라가서 세콩드로 내려오면……"

콜레트가 머릿속에 지도를 펼친 듯 길을 그려보고 있는데 샤를로트가 고개를 저었다.

"아니, 미르망드로는 가지 않아."

"그러시다면 어떻게……"

의아해진 콜레트가 다음 말을 기다렸지만 샤를로트는 대답 대신 눈을 감으며 심호흡을 몇 번 했다. 냉정하게 판단하려면 마음을 굳게 먹어야 했지만 쉬운 일이 아니었다. 대공은 정말로 살아 있을까…… 아니, 저들은 왜 대공을 살려둔 체하고 있는가.

현실적으로 대공이 깨어난다면 저들은 모조리 참수대행이다. 아무리 상대가 동생과 조카라 해도 후계자 결정과 같은 중대한 명을 조작한 자들을 용서할 만큼 아버지가 무르지는 않다. 반란을 결단한 자들이 그런 것도 모를 만큼 멍청하다고 전제해서는 싸움이 성립하지 않는다. 간절히 아니기를 바라는 마음과 현실을 혼동해서는 안 된다.

그렇다면 왜 저들은 대공이 살아 있는 체하는가. 그 소식에 반응할 먹잇감을 노리려고…… 샤를로트를 유인하려고.

이 소식을 들으면 반사적으로 달려올 거라고 생각하겠지. 콜레트조차도 그렇게 생각했으니까. 실은 정말로 그러고 싶다. 당장이라도 겨울 궁전으로 달려가 아버지를 구출하고 싶다. 하지만 저들의 흉계에 휘말려 감상적으로 굴어서는 이길 수 없다. 냉정하게 받아들여야 한다. 아버지가 살아 있지 않다면, 단지 미끼일 뿐임을.

거기까지 생각하자 의아한 점이 떠올랐다. 겨울 궁전 밖에서 대치중이라는 알레망 단장이다. 단장이 이 점을 모를까?

알레망 단장은 에투알이 되기 위해 작위를 동생에게 넘겼을 뿐, 본래 백작이 되었어야 할 사람답게 귀족 사회의 생리에 정통했다. 그리고 전략적 판단력도 뛰어났다. 샤를로트가 해낸 생각을 단장이 하지 못했을 리 없다. 대공이 살아 있지 않다고 판단했다면 단장은 왜 겨울 궁전으로 진입하지 않는가?

에투알 스물두 명은 적은 수가 아니었다. 수련병까지 감안할 때 적진 군대가 오백이 안 넘는다면 충분히 진입 작전을 시도해볼 만한 숫자다. 만약 그 이상의 병력이라면 반란 도당이 겨울 궁전 안에서 웅거하고 있을 필요도 없다. 빨리 가서 오를리를 장악하는 편이……

오를리?

그제야 안개 낀 산속처럼 아득하던 머릿속이 맑아지며 능선 사이로 뻗은 길이 명확히 빛났다. 왜 저들이 아직 대공이 살아 있다고 주장하는지, 왜 바로 필리프를 후계자로 발표하는 대신 섭정이라는 요식적 과정을 거치려 하는지, 왜 명단은 열두 명밖에 안 되는지, 왜 알레망 단장이 진입 작전을 펼치지 않고 겨울 궁전 앞에서 기다리는지.

오를리 때문이다.

아무리 반란 도당이 대공의 유언을 조작해 필리프를 옹위한다 해도 그 과정은 다른 귀족들이 고개를 끄덕일 만큼 자연스러워야 했다. 천 년이나 한 가문의 지배를 받아온 나라라서 그런지 오를리 귀족 사회의 생리는 기묘한 데가 있었다. 역대 어느 대공도 그들을 완전히 장악한 적이 없지만, 동시에 대공이 아닌 자의 지배도 극력 거부한다. 평소에는 대공이 정 떨어지는 모사가라는 둥 쑥덕거리다가도 어디선가 '바꿔보면 어떨까' 하는 얘기가 흘러나오면 '그게 무슨 미친 소리냐'며 펄쩍 뛴다. 지독하리만큼 혈통을 중시하는 그들에게 오를란느를 다른 가문이 다스리는 것은 상상할 수 없는 일이다. 그리고 그들은 전면전을 싫어한다. 불쾌한 일은 물밑에서 다 이루어지고 겉으로는 봄날처럼 평화롭길 바란다.

반란 도당은 필리프도 잘 따져보면 대공가의 일원이니까, 그리고 필리프가 방계라는 점보다 샤를로트의 혈통에 대한 귀족 사회의 의구심이 더 크다고 판단해 이런 일을 벌였겠지만 그렇다고 대공과 대립각을 세우면 불리해진다. 다시 말해 오를리 귀족 사회가 필리프의 대공위 계승을 승인하게 하려면 대공이 직접 지목했다는 절차적 정당성은 매우 중요했다. 그런데 누가 그 주장을 뒤집어버린다면?

그런 자는 겨울 궁전 안에 있을 수도, 오를리에 있을 수도 있었다. 궁전 안에 있던 반대자를 일시적으로 억류했다 해도 그가 귀족이라면 가문과 친족들이 있다. 정당성 없이 귀족의 피를 흘렸다가는 다른 귀족들의 지지 가능성은 날아가버리고 오를리 전체와 대결하게 될 가능성이 커진다.

그 증거로 블라스 백작의 계파가 명단에 한 명도 없는 것을 보라. 알베르 공과 상리스 후작은 이 문제를 조심스럽게 처리하지 않으면 적어도 블라스 백작 계파와 정면 대결을 벌여야

함을 인지하고 있는 것이다. 만약 블라스 백작이 '저자들이 대공을 시해했다'고 외치며 오를리 귀족들을 규합해버리면 반란 도당이 원하는 구도는 사라진다. 그러면 갈 길은 끔찍한 장기 내전밖에 없다. 누구도 원치 않을 결말이다.

즉, 반란 도당은 섣불리 대공을 시해할 수도 없고, 그렇다고 되살아나도록 놔둬서도 안 된다. 딜레마에 빠진 그들은 일단 필리프를 섭정으로 세워서 귀족들이 그걸 받아들이는지 떠본 다음, 먹히는 것 같으면 대공을 시해하려는 것이다.

그렇다면…… 아버지는 아직 살아 있다.

거기까지 생각한 샤를로트의 입술이 바르르 떨렸다. 아버지를 구할 수 있다. 가능성을 생각하는 것만으로도 벌떡 일어나고 싶은 마음을 억누르기 힘들지만 침착해야 했다. 최선의 수를 뽑아야 한다. 그래야 이 가능성이 허망하게 구겨지지 않는다.

알레망 단장은 똑똑한 사람이었다. 그도 이 사실을 알고 있기에 섣불리 진입 작전을 펴지 않는 것이리라. 반란 도당에게 숨기고 있는 카드를 당장 내보이라고 강요하면 그들은 대공을 시해하고 말 것이다. 그렇다면 단장이 하고 있는 일은 오히려 봉쇄였다. 반란 도당이 오를리와 소통하지 못하도록 막고 있는 것이다. 그런 상황에서 샤를로트까지 미르망드로 달려가면 그들은 궁지에 몰려 대공을 시해하고 내전을 택할 것이다. 그건 대공국을 파괴하는 길이다.

아직 저들은 눈치를 보며 머뭇거리고 있다. 귀족끼리 피를 흘리면 돌이킬 수 없다는 것을 알기에. 반면 샤를로트에게는 저들에게 없는 권리가 있었다. 샤를로트가 칼을 휘둘러 반역자를 베면 그건 처벌이다.

"콜레트. 근방에 빌릴 만한 빈 성이 있을까? 되도록 주거지와 떨어진 곳으로."

콜레트는 영문을 모른 채 잠시 생각하다가 대답했다.

"좀 알아봐야 할 것 같아요. 켈티카 근교는 아무래도 비어 있기가 힘들긴 하죠."

"알았어. 조금 먼 곳이라도 좋아. 성을 구할 때까지 임시 집결지는 엘자크에 있는 연락 거점으로 하자. 규모가 작으니까 며칠 안에 새 집결지를 마련할 필요가 있겠지만 거기에 사람을 남겨두면 되겠지."

"잠시만요. 집결이라 하심은……"

샤를로트가 고개를 끄덕이고 콜레트를 정면으로 보았다.

"공녀의 권한으로 전 에투알의 비상소집을 명한다. 대상은 겨울 궁전 앞에서 단장의 지휘를 받고 있는 병력을 제외한 전부다."

콜레트가 눈을 크게 떴다가 고개를 끄덕거리면서 다시 물었다.

"그렇다면 킵에 있는 에투알도 포함입니까?"

"그렇지. 킵에서 바로 오지는 못하겠지만 소식은 보내둬야지."

"그게…… 그러니까…… 좁긴 하겠네요."

엘자크는 북쪽 국경 부근에 있는 소도시로 에투알이 아노마라드에서 움직일 일이 있을 때 미리 정해둔 연락 거점 중 하나가 그곳에 있었다. 그러나 평범한 여관에 불과한지라 열 명만 모여도 눈에 띌 것이다. 되도록 빨리 정식 집결지를 정해야 했다.

"오를리 인근 병력은 이미 단장에게 갔겠지. 프롱티에르에 국경 주둔군의 규모가 커서 에투알이 많이 있을 거야. 거기서 엘자크까지는 이틀이 안 걸리지. 그들만 와도 서른 명쯤 돼. 1차 집결 대상이라고 봐야지."

콜레트가 고개를 갸웃했다.

"무슨 말씀이신지 알겠습니다만 그보다는 한시라도 빨리 연하께서 미르망드나…… 아니면 오를리로 가시는 것이 급선무가 아닐까요?"

샤를로트가 고개를 끄덕였다.

"물론 진짜 목적지는 오를리라고 봐야지."

"그럼 굳이 아노마라드로 건너와 집결할 필요가 있을는지……"

"그럼 어디가 좋을까? 반역자들이 결행하고, 그 소식이 알려져 알레망 단장이 겨울 궁전을 봉쇄하기까지 하루는 걸렸지. 그뒤로 특명 밀사가 여기까지 오는 데 또 이틀이 걸렸어. 내가 오를리까지 가려면 다시 사흘은 걸리겠지. 그 정도면 가장 큰 위협을 제거하도록 길목마다 군대를 깔아놓기에 충분한 시간이야."

"가장 큰 위협이라 함은……"

"나를 찾아내서 죽여야 할 것 아닌가."

아무렇지도 않게 그렇게 말하다 말고, 콜레트의 표정을 본 샤를로트는 오히려 위로하듯 손을 내밀어 잡아주었다. 콜레트의 어깨가 경직되고 손이 떨리는 것이 느껴졌다.

"너무 걱정 마, 콜레트. 저들은 그렇게까지 머리가 좋지 않아. 나라면 일단 나부터 찾아놓고 일을 벌였을 텐데, 저들은 이제야 찾고 있잖아? 물론 내가 당장 안 보여도 오를리 어딘가에 있을 줄 알았기 때문에 이렇게 됐겠지만. 만약 반란 도당이 면밀한 계획을 세웠던 것이 아니라 겨울 궁전에서 대공 전하의 건강이 악화된 걸 보고 충동적으로 이번 일을 벌인 거라면, 그 정도를 못 박살내서야 대공 전하의 딸이 아니지."

웬만큼 사나운 얘기쯤이야 웃어넘길 담력이 있는 콜레트였지만 '죽인다'는 말에 평정이 무너져버리고 만 것은 그만큼 공녀를 아껴서일 것이다. 하지만 그런 얼굴을 공녀에게 보여선 안 된다는 것 또한 모르지 않았다. 표정을 감추려고 샤를로트의 두 손에 파묻어버린 콜레트가 응석 부리듯 웅얼거렸다.

"그럼 공녀께서 아노마라드에 와 계셨던 건 도리어 잘된 일이었네요. 역시 전 선견지명이 있는 신하지 뭐예요…… 그리고 필리프는 진짜 멍청이라고요. 공작새처럼 뽐낼 줄이나 알았지, 브리지 점수 계산도 못해가지고 진 게임을 이겼다고 우겨대던 녀석이란 말이에요. 열일곱 살 때 이후로 질려서 다신 걔하고 내기 같은 건 안 해요."

"멍청이랑 다시 놀아줘야 하니 안됐네. 하지만 이번 게임에서는 우겨댈 수 없을걸. 이기면 판돈은 콜레트한테 줄게. 마음대로 해."

콜레트가 불쑥 고개를 들더니 물었다.

"판돈이 뭐죠?"

"멍청이의 머리."

콜레트는 딸꾹질이라도 할 것 같은 표정으로 샤를로트를 빤히 보고 있다가 갑자기 웃음이 터졌다.

"아하하, 하하하하…… 진짜 쓸데없는 판돈이네요. 봄이 오면 페탕크 할 때나 써야겠어요. 그때쯤엔 자기가 이겼다고 떠들 일은 없을 테니 잘됐지 뭐예요."

콜레트가 웃었으므로 샤를로트는 이쪽 판돈이 자기 머리라는 말까지는 하지 않았다. 내전으로 번질 가능성까지 있는 대결이 아무것도 걸지 않은 채 성립할 리 없다. 자신에게 확실한 패라고는 전부 모을 수 있을지도 알 수 없는 에투알뿐이지만 저쪽에는 집결할 경우 약 삼천 명 이상의 병력과 인맥과 혼맥으로 단단히 얽힌 귀족사회가 있다. 다만 그들은 단합된 존재가 아니라는 점, 그 점을 파고들어야 승산이 있다.

샤를로트는 자신을 과대평가하지 않았다. 베르나르가 남긴 비밀을 풀기 위해 여기저기 돌아다니며 오를리를 비웠고, 계승 준비는 스무 살 이후 대공녀가 되겠다는 명목으로 미뤄두었다. 쇼몽 저택에서의 암살 기도 이후로 귀족들과 섞여보려는 시도는 아예 놔버렸다. 이런 상황에서 실질적으로 사태의 흐름을 바꿔줄 만한 조력자는 단 한 명도 없다. 친족들은 알베르 공과 더 가깝고, 쇼몽 가문은 스스로 쳐냈고, 콜레트는 아노마라드의 귀족일 뿐이다. 로랑을 비롯한 가신들은 배경 가문이 없는 제 한 몸뿐인 존재다.

그렇게 고립되어 있었으니 이런 상황이 발생할 가능성은 얼마든지 있었는데 왜 모르는 체했을까? 대공이 언제까지나 건재할 줄 알아서?

거기까지 생각하자 조금 전까지 불타오르던 투지가 일순 흐트러지며 불쑥, 그냥 놔버리고 싶다는 충동이 돌아온다. 방적소에 갔던 날처럼. 필리프가 대공위를 가져간들 어떤가. 블라스 백작이 불복하여 둘이 내전을 벌이면 또 어떤가. 저들이 아무도 해치지 않고 그냥 놔두기만 한다면……

그럴 리 없다는 걸 알기에 쓸데없는 공상일 뿐이었다. 저들은 대공의 확고한 뜻을 꺾기 위해 명을 조작했으니 끝내 대공을 암살할 것이다. 공녀 또한 위험천만한 가능성으로 남겨두는 대신 반드시 제거할 것이다. 베르나르가 돌아온다 해도 마찬가지일 것이다.

베르나르가 돌아오면 돌려줄 자리라고 생각했기에 어쩌면 귀족들을 제압해 계승권을 확고히 할 필요를 느끼지 못했던 것도 같다. 귀족들은 베르나르가 아니라 샤를로트라서 불신하는 거니까 베르나르가 돌아온다면 자연스럽게 다 해결될 일이 아니겠는가? 그런데 필리프가 끼어들면 이야기가 달라진다. 그러니 베르나르가 돌아올 때까지 자신이 계승자로서 버티는 것 또한 중요했다. 그 점도 알고 있었는데, 그런데도 이런 사태가 벌어질 때까지 내버려둔 건 왜였지? 정말 몰랐던 거야? 정말로?

아니, 그냥…… 그렇게까지 먼 미래를 생각하고 싶지 않았어.

언젠가 서른이 되고 마흔이 된 자신이 여전히 아무것도 달라지지 않은 냉담한 세계에서 분투하고 있다고 상상하기 싫었다. 잠깐이니까 전력으로 달릴 수 있다. 하지만 수십 년 동안 힘겹게 싸워야만 한다면……

그럴 바에는 차라리 끔찍한 적에게 덤벼들었다가 불나방처럼 타버렸으면 했다. 아이언페이스와 싸우려고 계획을 세우고 움직이면서도 곧 태워버릴 수의와 관과 꽃을 정성 들여 마련하는 것 같다고 생각하곤 했다. 차마 인정할 수 없어서 깊이 묻어두기만 했던 생각을 이제는 마주볼 수 있다. 방적소 지하에 가서 꿈속에서만 보던 끔찍함을 마주했기 때문에.

아이언페이스가 시작했던 일을 끝낸 자가 되어버린 후로 샤를로트는 알게 됐다. 이 세상에 자신만이 할 수 있는 거대한 일이 있다면, 싸우다가 죽을 생각이 아니라 이길 각오로 싸워야 한다는 것을. 더이상 먼 미래를 생각하기 싫다는 핑계로 매달리다가 죽어버리면 되는 일이 아니라는 것을.

그렇게 죽을 이유도 살 이유도 다 갖게 됐지만 여전히 지금처럼, 불쑥불쑥 모든 것을 포기하고 싶은 충동이 올라온다. 최후의 만찬에 올릴 색색 가지 디저트를 마련하는 것도 충분히 좋은 삶이라고 생각하던 때로는 돌아갈 수 없게 됐다. 행복을 알아버려서. 행복이란 과거도 아니고 미래도 아니고 조금 이따가도 아니고, 당장 눈앞에 있어야만 행복임을 고작 두 달 사이에 알아버려서.

하지만 그것도 지난 일이 됐다. 되씹어봤자 돌아올 리 없는 깨달음일 뿐이다. 눈앞에는 해야 할 일이 있으며 자신은 그걸 위해 분투할 것이다. 그게 즐겁든 아니든 최선을 다해 해내려는 자신의 침착한 목소리가 들려온다.

"이 싸움은 오를리에 남아 있는 귀족들의 지지를 놓고 벌이는 쟁탈전이야. 그들이 필리프를 섭정으로 받아들이기 전에 내가 먼저 오를리에 귀환해야만 하는 거지. 반란 도당은 그전에 나를 찾아야만 하는 거고. 내가 오를리에 복귀해 '대공 전하께서는 나를 대공녀로 정하셨다'고 선언하는 사태야말로 그들이 반드시 막아야만 하는 것이니까."

"그렇겠지요. 대공 전하께서는 단지 공녀 연하께서 스무살 탄신일을 맞으실 때까지 책봉을 유예하신 것뿐이잖아요! 오를리 귀족들 전부가 아는 일인데!"

감정이 격해진 나머지 이번엔 분통을 터뜨리는 콜레트의 손을 꼭 잡아주면서 샤를로트가 말했다.

"그래. 그런데 반란 도당은 지금 내가 어디에 있는지 전혀 모르잖아. 그렇다면 그들은 누구를 추적할까?"

"에투알이겠죠."

"그래. 그들도 내게 에투알이라는 칼이 있다는 것을 잘 알지. 이런 상황에서 에투알이 어딘가에서 모이는 기미가 보고된다면 어떨까?"

"그러네요. 저들은 연하께서 아노마라드에 계실 줄은 상상도 못할 테니 차라리 아노마라드가 눈을 피하기에 낫네요. 에투알이 사라져도 국경을 넘어갔으리라고 짐작은 못하겠죠.

프롱티에르에 마담 도벨을 보내고, 무슈 퐁트넬은 엘자크로 가서 연락망을 가동하고, 마리 루이한테는 킵에 연락을 취해 달라고 하죠. 그동안 무슈 아르노가 연하를 지키고요."

"하지만 서둘러야 할 거야. 마법사가 좀더 있으면 좋을 텐데."

"그렇죠. 왕립 마법 학교가 도와주면 좋겠지만……"

오를란느 마법사들은 모두 왕립 마법 학교 출신으로 장학금을 받으며 공부한 다음 그걸 갚기 위해 다시 긴 연구원 생활에 돌입하기 때문에 졸업한 뒤에 개별 귀족들에게 소속되는 경우는 거의 없었다. 그래서 대공국 소속이나 다름없다는 말을 듣지만 타국과의 전쟁에 참전하는 거라면 모를까, 대공의 진의를 직접 증명하려 들거나, 정치적 결단을 내려 움직일 것을 기대하기는 힘들었다.

물론 그들은 대공가에 우호적인 만큼 궁정 마법 고문이 열심히 설득하면 어느 순간에는 나서주겠지만 결론이 나기까지 제법 시간이 걸릴 것이다. 반면 마리 루이를 통해 샤를로트의 거취를 알고 있을 라르당 교수 같은 사람이 정보를 누출할 염려도 없었다.

"어찌될지 모르는 일은 일단 두고, 난 이틀 안에 1차 집결을 마무리할 생각이야. 그리고 다음날 새벽에 출발한다. 2차 집결자는 사흘 안에 추가로 출발하도록. 무슈 아르노에게 지시 사항을 알려줘. 그리고 콜레트, 그대는 여기 남아 내가 하던 일을 대신 진행해주길 바란다."

"걱정하실 일 없도록 하겠습니다."

콜레트가 고개를 끄덕이며 초조한 듯 손가락을 맞비비다가 다시 물었다.

"그런데요. 에투알이긴 하지만 수십 명이 국경을 왔다갔다 하는데 혹시 외교적 문제가 생기지는 않을까요?"

샤를로트가 편지를 턱짓했다.

"펠티에 부단장은 안목이 있지. 알브 협곡을 통과하면 돼. 나도 전에 봤지만 의도적으로 허술한 게 아닐까 싶을 정도인데, 이번 기회에 확인해봐야겠지. 과연 어떤지."

"수비 상황을요? 아니면……"

샤를로트는 아주 오래전, 단 한 번 만났던 사람을 떠올리며 답했다.

"로사 알브의 대영주 말이야."

오후의 나들이

데보라는 길 건너편에서 슈트루델 거리 9번지 건물을 올려다보고 있었다. 305호의 창은 꼭 닫혀 있었다. 그야 창 열기 좋아하는 사람이 더이상 오지 않기 때문이다. 날씨는 그때보다 한결 따뜻했다. 잘 차려입은 남녀 두 쌍이 플로레종의 절반쯤 떨어진 덧창 안쪽을 기웃거리고 있었다.

데보라는 길을 건너가는 대신 돌아서서 9번지와 마주보고 있는 10번지 건물로 들어갔다. 좁다랗고 높은 건물의 1층은 신발 가게, 2층은 구두 수리공과 밑창 제조공의 작업실…… 그런 식으로 계단을 빙글빙글 돌아 올라가 5층에 있는 직업소개소로 들어갔다.

"일거리를 찾아요. 급사 경력이 이 년이에요. 조리 보조도 해봤고요. 청소도 잘해요."

"어디 봅시다."

직업소개소의 중년 여자는 안경을 치켜올리며 데보라를 훑어봤다. 데보라는 미소를 지으며 기다렸다. 오늘은 얼룩덜룩하던 얼굴을 비누로 빡빡 씻고 새로 나온 밀랍 크림을 듬뿍 발랐다. 머리도 깨끗이 빗질해 틀어올리고 단정한 자줏빛 드레스까지 입었다. 이 모든 것은 효과가 있을까? 지난해 말부터 데보라를 자주 본 사람들이라면 눈이 휘둥그레져서 물었을 것이다. 혹시 잃어버렸던 친척을 찾아서 유산을 물려받은데다 학교에 입학하기로 했고 결혼식도 올릴 예정이야?

"흠, 좋아요. 다음달에 문을 여는 가게에서 당신 같은 사람을 여럿 찾고 있어요. 업무를 미리 익혀야 하니까 내일부터 출근할 수 있겠어요?"

"그럼요."

"잘됐네요. 그럼 이 주소로 내일 아침 아홉시까지 가세요."

데보라는 쪽지를 받아들고 인사한 뒤 내려가다가 계단참에서 다시 밖을 내다봤다. 또다른 여자가 9번지 주위를 빙글빙글 돌고 있는 것이 보였다. 입구를 찾고 있는 게 뻔하지.

데보라는 자기를 알아볼 리 없다고 생각하며 당당히 내려가 사라지려 했다. 그런데 좁은 골목으로 접어들기 직전, 누군가가 데보라를 가리켰다.

"아, 저깄다!"

"그러네! 그 여자 직원!"

그러자 그때까지 아무 상관 없는 듯 보였던 사람들이 거리 곳곳에서 비 맞은 콩 싹처럼 고개를 쳐들고 데보라를 주시했다. 데보라는 화들짝 놀라 빠른 걸음으로 골목 안쪽으로 도망쳤지만 동작 빠른 몇몇이 뒤따라와 고개를 들이밀며 질문을 퍼부었다.

"탐정 어디 갔어요?"

"사무소 문 닫았어요? 왜요?"

"플레상스 경이 사기쳐서 도망갔다는데 사실입니까?"

"저 상담 예약한 날짜가 보름이나 지났거든요?"

데보라는 더 빠르게 걸었지만 그들도 더더욱 빠르게 좇아왔다. 데보라는 어깨를 움츠리고, 고개도 움츠리고, 모자도 눌러쓰고, 어떻게든 얼굴을 감추려 애쓰면서 소리쳤다.

"사람 잘못 봤어요!"

그들은 까딱 않고 헛웃음을 터뜨렸다.

"잘못 보긴! 완전 잘 봤구만. 근데 예전하고는 입성이 다른데? 역시 사기쳐서 돈 번 게 맞나보죠? 탐정이 몫을 잘 쳐줬나봐?"

"아니에요!"

"아니라고 하는 거 보니까 역시 그 사람 맞았네!"

그런 식으로 네댓 명에게 뒤쫓기며 골목 끝까지 갔을 때 갑자기 2인승 마차가 불쑥 튀어나와 골목 앞을 가로막았다. 마부가 희한한 가락을 담아 외쳤다.

“예약하신 마차 대령이오!”

데보라가 이게 뭔가 하고 마부석을 올려다보는데, 모자를 눌러써 얼굴이 잘 보이지 않는 마부가 물고기가 그려진 수건을 팔뚝에 묶고 있지 않은가?

“고마워요!”

데보라는 대뜸 마차에 올라탔고, 마차는 뒤쫓아오던 자들을 뒤로한 채 큰길 쪽으로 달려갔다.

“뭐야, 너! 그새 마부가 된 거야? 와, 제 살길 알아서 잘 찾아가는 것 좀 봐. 완전 꼴 보기 싫어 죽겠네?”

데보라가 마차 덮개창 너머로 고개를 빼며 소리치자 청어 절임이 대꾸했다.

“상황 판단이 빨라야 안 굶고 살지. 탐정 나리가 버리고 가셨다고 손가락이나 빨고 있으면 되겠냐.”

“넌 그런 판단을 하루 만에 했단 말이야? 아니지. 너 첫날 저녁부터 안 오지 않았어? 난 셋이 호텔 갔다가 뭔 일 난 줄 알았는데.”

“뭔 일이 나긴 났었지. 그래서 그 사람들이 안 돌아올 걸

빨리 예상하기도 한 거고."

"그래서 너 혼자 알아서 내뺐다고? 영문도 모르는 나한테는 아무 얘기도 안 해주고? 세상에 뭐 이딴 게 다 있담. 네 머릿속에 의리란 건 아예 없지?"

엄밀히 따지자면 그들 둘이 의리를 논할 만한 사이는 아니었다. 그래도 망한 카페 3층에서 함께 복닥거리며 지낸 날이 한 달은 넘지 않던가. 열이 올라 얼굴이 빨개진 데보라가 모자를 벗고 얼굴을 식히는데 청어절임이 느긋한 말투로 대꾸했다.

"그래서 지금 해주러 왔잖아."

"어, 거참 빨리도 왔네. 내년에 오지 그랬냐?"

생각할수록 괘씸해져서 마차에서 내려버릴까 싶기도 했지만 이대로 이 의리 없는 놈과 헤어지면 그날 무슨 일이 있었던 건지 영영 모르게 될 터라 일단 참았다. 대체 호텔로 간 세 사람에게 무슨 일이 벌어졌기에 한 명도 돌아오기는커녕 연락조차 없더란 말인가? 이틀째부터 궁금해 죽을 지경이 됐지만 물어볼 사람도 없고, 알아볼 곳도 없고, 그 와중에 손님들은 계속 밀려오고, 조금 기다리면 돌아오려니 하고 이 핑계 저 핑계 대며 예약 손님들의 날짜를 미루다가 한계에 봉착한 나흘째, 데보라는 결단을 내려 새벽에 도망쳤다. 문짝에는 이런 종이를 붙여놓았다. "방 비었음. 세입자 구함."

뭔 사정 설명을 하고 싶어도 아는 게 있어야 할 게 아닌가?

그후로 데보라는 이스핀이 섬긴다던 마이그너 남작의 집을 수소문해서 찾아가보기도 하고, 아르크노베르 거리에 있는 플레상스 경의 옛 집이나 잠복 수사를 하던 호프의 저택 근처도 얼씬거려봤지만 기껏해야 문전박대나 당했을 뿐 성과는 없었다. 그랑도프 호텔은 당연히 한 발짝도 들여놓지 못했다. 마지막 수단으로 플레상스 경이 질색하는 베네트까지 찾아갔지만 그 작자조차 이런 소리나 지껄이는 지경이었다.

"어허, 전부 다 안 온다고? 듣자니 호텔 식당에서 마법 사고가 터졌다던데. 휘말려서 다 죽어버렸나?"

이렇듯 따돌림당한 어린애 꼴이 되고 만 데보라에게도 성과가 전혀 없지는 않았다. 베네트가 입을 다물었을지라도 그녀가 나고 자란 켈티카 뒷골목은 정보가 꽤 오가는 곳이었다. 주요 추적 대상은 역시 막시민이었다. 은둔 남작의 무적 비서처럼 모호한 신분뿐인 이스핀이나 본명조차 모르는 청어절임에 비하면 막시민은 몇 가지 구체적인 정보를 남기긴 했다. 플레상스 경의 손자라든가, 네냐플에 재학중이라든가.

그러다가 이틀 전, 드디어 쓸모 있는 소문을 입수했다. 플레상스 경의 모교라는 저 이름도 찬란한 네냐플 학교가 조만간 켈티카에 분교를 세운다지 않는가?

소문에 불과하니 진위를 확인할 길은 없었지만 그 소문을 알려준 소식통은 학교 부지를 구체적으로 짚으며 그 앞에다가 대형 식당인지 카페인지를 열려 하는 사업가가 있다는 이야기까지 해주었다. 그렇다, 여기다, 라고 생각한 데보라는 당장 식당에 취업할 계획을 세웠다. 식당에 찾아온 네냐플 학생들을 찔러보면 플레상스 경의 행방이 나오지 않겠는가? 물론 취업에 성공하려면 경험을 쌓아야 하니까 없는 경력을 위조해 관련 직종에 취업한다. 그런 생각을 실천한 결과 뜬금없이 청어절임과 마주치게 되었으니 나름대로 잘한 선택이었던 것 같기도 하고.

거기까지 이야기를 들은 청어절임은 어쩐지 시큰둥한 표정으로 물었다.

"넌 왜 그렇게까지 플레상스 경한테 집착하는데?"

"뭐?"

열심히 달려온 끝에 그들은 인공 수로로 유명한 프라이엔 공원에 들어와 있었다. 마차는 누군가가 예약이라도 한 척 입구 한쪽에 세워놓고 풀밭에 들어가 앉은 참이었다. 데보라가 어처구니가 없어 쏘아보자 청어절임은 고개를 갸웃대며 딴전을 피웠다.

"그럼 없어졌으면 없어졌나보다 하고 그냥 잊어버려? 그래서 넌 알아볼 생각도 않고 딴 일거리 찾아간 거였고? 나도 그럴 줄 알고 얘기해주러 오지도 않았던 거야? 와, 너 그렇게까진 안 봤는데."

"아니, 얘기가 그렇잖아. 꼭 찾으려고 애쓸 필요가 있냐고. 사라진 거 보면…… 쇠의 왕이 데려갔나보지."

눈이 커진 데보라가 청어절임의 어깨를 때렸다.

"야! 너 그걸 지금 말이라고 하는 거야? 쇠의 왕이 데려갔다는 게 무슨 뜻인지 몰라? 그런데도 모르는 체한다고?"

"알지. 그런데 알면? 모르는 체 안 하면 뭐 뾰족한 수라도 있냐? 너네 오빠가 똑같이 사라졌을 때는 뭘 했는데? 너까지 끌려갈까 겁이 나서 플레상스 경한테 얹혀산 것 말고 딱히 네가 한 건 없었잖아. 플레상스 경이 너네 오빠보다 중하냐?"

"……"

데보라가 막시민에게 얹혀살며 일에 협조했던 건 파울을 찾는 데 도움이 될 거라고 생각해서였지만, 그때도 막시민이 쇠의 왕에게 도전해서 박살을 내줄 거라고 믿었던 건 아니었다. 그 정도로 어린애 같은 생각을 할 나이는 아니다. 그렇다면 뭘 기대했던 것일까? 쇠의 왕에게 끌려간 자가 살아 돌아올 수 없다고 생각한다면 파울 역시 마찬가진데, 막시민이 쇠의 왕을 열심히 들쑤신들 데보라가 뭘 얻을 수 있었겠는가? 마음의 안정? 이미 죽었을지도 모르는 오빠를 위해 뭐라도 하고 있다는 알량한 보람?

청어절임이 말했다.

"물론 나도 그 양반들한테 정이야 들었지. 같이 지내며 제법 재미도 있었고. 하지만 따지고 보면 한두 달 룸메이트로 지낸 사이일 뿐인데 그 정도 인연에 목숨까지 걸어야 할 것 같으면 내 목숨이 백 개라도 모자란다. 너도 그만 적당히 잊어버리고 네 살길 찾아가, 나처럼."

데보라는 대답하지 않다가 잠시 후, 고개를 돌려 청어절임을 빤히 봤다.

"그 말 해주려고 굳이 날 찾아온 거야?"

"어……"

데보라의 시선을 정면으로 받은 청어절임은 눈부신 것처럼 눈가를 찌푸렸다. 그러나 그는 해를 등지고 앉아 있었기에 찌푸린 얼굴이 감춰준 건 순간적인 당혹감뿐이었다. 데보라는 눈알을 한 바퀴 굴리며 생각했다. 청어절임 이놈은 이미 보름 넘게 자신을 모르는 체했는데, 고작 '적당히 잊어버리라'는 얘기를 해주러 새삼스럽게 찾아올 이유는 없다. 그냥 계속 모르는 체하면 자연히 그렇게 될 일이다. 데보라가 여전히 막시민을 찾고 있었는지 아니면 그냥 취직자리 찾아다니고 있었는지 알 게 뭔가?

"청어 너는 애초에 이상했지만 지금은 더 이상해. 이쯤 되면 그냥 솔직히 말하지 그래?"

"뭘 솔직히 말해?"

"너 지금 나한테 탐정 양반 찾는 걸 그만두라고 말하러 찾아온 거잖아. 이유야 모르겠지만 대충 네가 하려는 일에 방해가 된다든가, 아니면 놀랍게도 내 안전을 생각해서 빠지게 하려는 걸지도 모르고. 하여간 내가 그간 뭘 하고 다녔는지 일찌감치 알고 있었나봐? 놔두면 제풀에 관둘 줄 알았는데 의외로 집요하니까 결국 이 하나 마나 한 충고를 해주려고 내 앞에 나타난 거 같은데?"

청어절임이 데보라를 물끄러미 보다가 킥킥 웃었다.

"야, 넌, 너도…… 참 웃긴다. 뭔 망상을 그렇게 하냐? 내가 널 따라다니면서 감시하고 있었다고? 별난 사람들하고 한두 달 살아보니까 너도 중요한 사람이 된 거 같으세요?"

"야, 이 청어대가리야. 헛소리 그만하세요. 나도 눈치로 살아온 밑바닥 인생이야. 탐정 나리나 무적 비서 아가씨가 겉보기 그대로인 사람들이라고는 한 번도 생각 안 했어. 이렇게 갑자기 깔끔하게 사라져버린 것만 봐도 알고도 남지. 그리고 그중에서도 특히 너야말로 빈방에 끼어 사는 데 만족해서 장단 맞추며 지내는 인간일 리 없었단 말이야. 그건 그 두 사람도 알았을걸? 네가 무해한 체할수록 점점 더 수상해 보인다는 걸 모르겠니? 그러니까 이쯤 하고 왜 나를 떼어놓으려 하는지나 말해. 혹시 그럴싸하면 진짜로 떨어져 나가줄지 알아? 난 너처럼 그리 중대한 목적은 없단 말이야. 솔직히 지금껏 소식도 없는 오빠도 이미 죽었을 확률이 열 중 여덟이지 뭐겠어."

"그럼 넌 왜 플레상스 경을 찾고 있었는데?"

데보라는 움찔하다가 곧 어깨를 늘어뜨리며 눈썹을 올렸다. 그동안 스스로도 여러 번 곱씹어본 질문이라 대답은 금방 나왔다.

"웃기게도 그 사람들이 좋았던가봐. 전에 네가 했던 말 그대로야. 제 능력도 재주도 믿는 사람들, 그걸로 뭘 하려는 사람들이 신기해서. 내 인생에 목표라고는 그냥 굶어죽지 않고 맞아 죽지 않고, 그런 것뿐이었거든. 그리고…… 플레상스 경이 했던 말도 마음에 걸렸고."

"무슨 말?"

"플레상스 경이 내가 자기 할아버지랑 교환되어서 풀려난 거라고 했잖아. 그게 사실이라면…… 내가 사라진 플레상스 경을 모르는 체해도 되는 걸까. 만일 쇠의 왕에게 붙잡혀간 거라면 더더욱."

"아."

청어절임은 잠시 말이 없었다. 공원을 비추던 해가 구름 밑에 숨으며 그림자가 풀밭에 깔렸다. 먼지 섞인 돌풍이 불어오자 풀밭에서 뛰어놀던 아이들이 소리를 지르며 부모에게 뛰어갔다. 데보라는 하늘을 올려다보고 청어절임은 구름이 흐르는 방향을 바라봤다.

먹구름은 곧 걷히리라. 사람들은 금세 잊고 다시 오후의 나들이를 즐기리라. 데보라에게도 그런 사건이기를 바랐는데, 그럴 수 없다니. 그림자를 굳이 따라갈 이유가 뭐란 말인가. 어차피 우리 같은 자가 할 수 있는 일은 거의 없다. 집요하던 자들은 더 빨리 거름이 되었다. 정의롭고 배려심 많고 공평하던 자들일수록 더 빨리 죽어갔다.

이 대열에서 감히 이탈하지는 않지만, 수천 마리 청어떼 중 한 마리가 되어 눈에 띄지 않길 바랐다. 그만큼 두려웠다. 여기가 어떤 데인 줄 알기나 해? 회반죽처럼 벽에 발려 자신이 누구인지도 잊어버렸던 자들의 울부짖음이 고요해진 것이 고작 며칠 전이다. 그 꼴이 될까 두려워 머리를 처박고 숨었던 도망자들이 술렁이고 있다. 속삭임이 열병처럼 퍼지고 있다. 위대한 불길이 수백 년 동안 쌓인 쇠의 왕의 죄업을 불태워버렸노라고. 그 힘이 진정 존재한다고. 이제 모든 것이 달라질 것이라고.

하지만 그 결과 오히려 모조리 불타버릴지 누가 알겠는가?

청어절임은 하늘을 올려다보는 데보라를 힐끔 보았다. 그래, 넌 가려진 태양이 돌아오길 기다려. 저 아무것도 모르는 사람들처럼. 잠깐만 기다리면 그림자도 돌풍도 지나간다. 모르는 자들의 평화를 즐겨둬.

"데보라, 나 너한테 할말 있다."

시선을 내린 데보라는 드디어 무슨 말을 듣게 되려나 하는 표정이었다. 청어절임은 데보라의 얼굴을 빤히 보고 있다가 불쑥 내뱉었다.

"너 그렇게 세수 빡빡 하고 옷도 갈아입으니까 되게 보기 좋다."

어리둥절해진 데보라가 멈칫하다가 얼굴을 찡그렸다.

"갑자기 무슨 소리야?"

"어디든지 취직 잘할 것처럼 생겼네. 그럼 난 간다."

벌떡 일어난 청어절임은 대뜸 뛰기 시작했다. 데보라가 허둥지둥 뒤따라 일어나며 소리쳤다.

"야! 너 이따위로 나올래?"

청어절임은 마차를 향해 달음질쳤지만 데보라가 모처럼 차려입은 옷이 젖든 말든 인공 수로에 뛰어들어 건너는 바람에 둘은 아슬아슬하게 동시에 도착했다. 청어절임은 이미 마부석에 뛰어올랐지만 마차 문짝을 붙드는 데 성공한 데보라가 위를 올려다보며 으름장을 놓았다.

"이놈의 물고기가 또 퍼덕퍼덕 도망가기 전에 종다래끼에 처넣든가 해야지."

흰 장미 요새

산중턱에 이르자 어김없이 바람이 거세졌다. 새벽 다섯시. 여명이 깔린 산길은 핏기 없이 창백했다. 제 빛을 되찾지 못한 풀은 회색이었다. 말발굽 아래로 밤새 언 이슬이 자그락거렸다.

승마하기 좋은 날씨는 아니어서 지스카르는 옷깃을 여미며 주변을 둘러보았다. 이 비탈을 따라 조금 더 올라가면 알빈느 요새의 폐허가 나온다. 마지막으로 돌본 지 백 년은 되었을까. 세워진 지는 팔백 년쯤 되었다고 기록에서 읽었다.

이 땅에 로사리아라는 이름이 남아 있던 시절, 알빈느 요새 주변에는 긴 성벽이 파도처럼 오르내리는 능선을 따라 뻗어 있었다. 한때 그 성벽은 국경이었다. 그러나 최후까지 로사리

아를 지키던 '흰 장미의 귀부인'이 수백 명의 저항군과 함께 옥쇄한 후로는 그저 산비탈이 두른 기념물로만 남았다. 의미를 기릴 자 없는 기념물이 풍상에 무너지는 것은 필연이었다.

이젠 기념물조차 아닌, 시골 농가의 야트막한 돌담처럼 생긴 성벽이 저만치 모습을 드러내자 지스카르는 말을 몰아 다가갔다. 어린 시절에는 이 돌담 주변을 맴돌며 장미 문양이 새겨진 돌을 찾는 놀이를 했었다. 수십 년이 걸렸다는 성벽 공사를 격려하기 위해 로사리아의 왕들은 장미 문양을 새긴 특별한 벽돌을 하사했다. 왕의 축복이 들어 있다고 여겨진 그 돌들은 성벽 곳곳에 나누어 박혔기에 어디에 있을지 몰라 찾아다니는 재미가 있었다.

무너진 돌무더기 속에서 장미가 박힌 돌을 찾으면 소중하게 가져와 상자 속에 넣었다. 로사리아 최후의 귀부인에게는 쌍둥이 언니가 있었고, 그녀와 나탄의 공작 사이에서 태어난 자손이 백여 년 뒤에 로사리아의 옛 땅을 일부 되찾았다든가, 그후 주변 영지를 병합한 끝에 다시금 오를란느 왕을 섬기기로 하면서 로사 알브와 나탕송 백작가가 성립됐다든가…… 그런 아버지의 이야기에 마음이 움직이던 시절이었다.

세월이 흘러 사라진 왕국이든 지금 있는 왕국이든 없애야 할 대상으로만 여기는 중년이 되었건만 돌더미로 변해가는 성벽은 여전히 서글픈 감상을 불러일으켰다. 옛 노래의

가락처럼. 로사리아의 이름은 사라지고 장미의 문장은 지워져…… 성을 봉쇄하고 항전한 자들의 옥쇄를 강요할 정도로 사납던 오를란느의 왕들과 최후까지 맞서 싸웠건만 고작 백 년 뒤에 도로 머리 숙여 그 가문 밑에 들어갔으니 피의 대가로 남은 건 호칭뿐이었다. 오를란느에서 오직 로사 알브의 백작만이 아직까지도 대영주라고 불린다.

약속 장소인 요새 쪽으로 말머리를 돌려 나아가는데 멀리서 말발굽소리가 들려왔다. 돌아보자 비탈 아래쪽에서 검은 군복에 눈가가 가려지는 투구를 쓴 흉갑기병 한 명이 단숨에 달려 올라와 곁에 섰다.

"실례합니다만, 지스카르 드 나탕송 백작이신가요?"

"그렇소만."

그러자 기병은 머리에 썼던 투구를 벗었다. 땀에 젖은 검은 머리카락을 흔들어 털어버리자 크고 또렷한 눈을 가진 앳된 젊은이가 눈에 들어왔다. 지스카르는 잠시 그를 물끄러미 보다가 불쑥 미간을 찡그리며 물었다.

"혹시 공녀 연하 본인이십니까?"

기병이 고개를 끄덕이며 싱긋 웃었다.

"기억하십니까? 샤를로트 비에트리스 드 오를란느입니다."

지스카르는 얼른 말에서 뛰어내려 정중히 예를 표했다. 샤를로트도 말에서 내렸다. 황량한 산비탈에서 수행원 한 명 없는 만남이었지만 둘은 오를란느 귀족답게 궁정 무도회에서 만난 양 최대한의 예의를 갖춰 인사를 주고받았다.

"시골에 틀어박혀 세상모르고 지내는 저 같은 은둔자에게도 자비로우신 대공 전하의 은혜가 닿아 고귀하신 공녀 연하의 존안을 뵙게 되었습니다. 다음에는 반드시 이 기쁨에 어울리는 자리를 마련하고자 하니 비록 번거로우시겠지만 이 같은 영광을 한번 더 내려주시길 간원합니다."

"기꺼이 그리할 것입니다. 장미의 고장에 꽃이 피는 계절에 그런 날이 오기를 기쁜 마음으로 소망하며 이름 높은 로사 알브의 대영주를 뵙는 자리에 어울리는 격식과 품위를 갖추지 못한 점, 본인 또한 민망하기 그지없습니다."

그런 인사와 겸양을 세 번쯤 더 주고받은 뒤 둘은 다시 말에 올라 요새를 향해 나아갔다. 샤를로트가 상쾌한 표정으로 말했다.

"승마하기 좋은 날씨네요."

조금 전의 거창한 대화와 달리 친근하고 가벼운 말투여서 지스카르는 잠시 생각하다가 답했다.

"나이가 들어 그런지 제게는 좀 춥습니다."

"그래요? 난 두 시간쯤 달려와서 그런가봐요. 대영주께서도 좀 내달리시면 나을 텐데요."

그러면서 당장이라도 요새까지 달려갈 기세라 지스카르도

웃으며 고개를 끄덕였다.

"그럼 좀 빨리 가실까요."

두 마리의 말은 솜씨 있게 비탈을 달려 산등성이를 에돌아 갔다. 지스카르의 기억 속 공녀는 빨간 드레스를 입은 귀여운 아기였기에 기운차게 말을 달려 가는 샤를로트는 시간을 훌쩍 건너뛰어 나타난 신기한 존재였다. 시간은 한 손으로 생명을 죽이면서 다른 손으로 또 생명을 키운다.

금세 요새의 허물어진 탑이 가까워졌다. 마지막 비탈길은 지난해 내린 비로 무너져 승마로 올라가기에는 적당치 않아 둘 다 말고삐를 끌고 걸어올라갔다. 먼저 도착한 샤를로트가 말을 다 매어놓고 나자 지스카르가 뒤따라 도착해 함께 승마한 영광에 감사를 표했다.

"이렇듯 뵈니 연하께서는 대공가의 피를 진하게 받으신 것 같습니다."

"그래요? 어떤 점에서요?"

"역대 대공 전하들 가운데는 연하처럼 생기 넘치는 분이 많으셨지요."

그런 생기로 사람들을 휘어잡기도 했고, 정적들을 학살하기도 했고, 개혁도, 전쟁도 일으켰다. 저항하는 로사리아인들을 용서 없이 박살낸 것도 그런 힘이었을 것이다. 그런 생각을 하면서도 입 밖에 내지 않았건만 뜻밖의 대답이 들려왔다.

"샤를 대왕처럼 말이죠."

샤를 대왕으로도 불리는 샤를 1세는 아노마라드력 200년대 말에서 300년대 초까지 재위하며 여러 땅을 정복해 오늘날 오를란느의 기틀을 만든 왕이었다. 가나폴리의 멸망 이후 삼백 년 가까이 소국들이 난립하던 북부가 오를란느와 아노마라드 두 왕국으로 정리되어가던 시절이었다. 그때까지만 해도 오를란느는 북부에서 가장 큰 영향력을 가진 나라였다. 아노마라드의 국왕이 오를란느 식으로 리샤르 1세라고 불렸을 정도로. 그러나 샤를 1세가 승하하고 나자 후세에게는 그만한 기량이 없었고, 곧 남쪽 바다에서 아르님 공작이 나타나 리샤르 1세와 손을 잡으면서 대륙의 형세는 급격히 반전되었다.

샤를 1세의 치세는 오를란느에게 영광의 시대였으나 그런 샤를 1세의 가장 큰 업적 중 하나가 로사리아 정복임을 모를 리 없을 텐데, 로사 알브의 영주 앞에서 그 이야기를 꺼낸 것은 좋은 선택일까?

샤를로트가 투구를 옆구리에 끼고 요새로 이어지는 계단을 올라가며 지스카르의 마음을 읽은 것처럼 말을 이었다.

"이 요새에 오는 바람에 생각이 났나봐요. 저는 마침 그분의 이름을 물려받았네요. 하지만 저라면 샤를 대왕처럼 하지는 않았을 것 같아요. 그건 협상이 가능한 전쟁이었죠."

"그 시절에는 합리적인 협상자로 보이는 것보다 두려움을 불러일으키는 편이 효율적이었는지도 모릅니다."

입장이 바뀐 듯한 대답을 던져본 것은 학생들과 끝장 토론을 벌이던 버릇 때문이었지만 내심 샤를로트가 뭐라 대답할지 궁금하기도 했다. 젊은 공녀는 외교를 얼마나 이해하고 있을까?

"그런 시대이긴 했지요. 하지만 로사리아의 귀부인을 살해하기 전에도 샤를 대왕은 이미 충분히 무시무시한 존재였어요. 제게 그 사건은 마치…… 촛불을 끄겠다고 망치를 휘두른 것처럼 느껴졌어요."

꽤 적절한 비유라고 생각하며 지스카르는 미소를 머금었다. 육백 년도 더 전의 사건을 가지고 시시비비를 가릴 생각은 서로 없더라도 자칫 실수하면 새삼스럽게 감정이 상할 수도 있었다. 연약하고 궁지에 몰린 뭔가로 비유하면 상대를 멸시하는 느낌을 줄 수도 있는데 한줌밖에 남지 않았던 저항군을 촛불에 비유하고, 난폭한 사건이었음을 망치로 상기시킨다.

"그러지 않았더라면 이 요새도 여전히 훌륭한 모습으로 쓸모를 다하고 있을 텐데요."

샤를로트가 요새의 반쯤 허물어진 탑을 가리켰다. 파랗게 물든 하늘을 등지고 솟아올라 한층 싸늘해 보이는 폐허였다. 공녀는 로사리아가 대공가와 마지막으로 맞섰던 시절의 상징인 알빈느 요새가 버려지게 된 이유를 잘 이해하고 있었다. 지스카르는 화제를 마무리하기 위해 쓴웃음을 지으며 말했다.

“그랬더라도 외양간으로나 쓰였을지도 모르겠습니다.”

공녀의 얼굴에 의아한 기색이 떠올랐다.

“외양간이라고요?”

알브 산 북쪽 사면에 위치한 알빈느는 아노마라드가 아니라 오를란느 땅 쪽을 내려다보고 있었다. 요새의 건립 목적을 분명히 알려주는 위치 선정이다. 그러니 이 요새가 쓸모 있으려면 로사 알브가 오를란느로부터 독립 전쟁이라도 일으켜야 할 것이다. 로사 알브의 역사를 제법 공부한 듯한 공녀도 이 지역에 처음 와본 이상 그런 점까지 알기는 힘들었으리라.

“보시다시피 군대보다는 양떼나 소떼의 볼일이 더 많은 곳이 되었거든요.”

지스카르는 비탈길에 얼어붙은 배설물을 지팡이로 쳐내 치우고는 가자는 몸짓을 했다. 뭔가 싶어 빤히 보던 공녀가 파안하며 명랑한 웃음을 터뜨렸다.

“그런 줄은 몰랐어요! 하마터면 대륙 최고의 외양간이 탄생할 뻔했네요!”

두 사람은 요새 정문을 향해 올라갔다. 공녀는 여전히 웃음소리처럼 경쾌한 발걸음이었다. 하지만 속내까지 그럴까?

아니라는 것을 알고 있건만, 혹시 착오인가 싶을 정도로 완벽하게 가면을 쓴 태도가 놀라웠다. 지난밤 지스카르를 찾아온 나이트워커가 놀랄 만한 소식을 전해주지 않았더라면 온갖 종류의 인간들을 설득하고 협상해온 그도 저렇게 웃는 공녀의 속내를 상상하기 힘들었을 것이다.

그자는 아직 전해들은 소문일 뿐 진위 여부를 확인하지는 못했다고 했다. 나이트워커 조직은 아노마라드에 집중되어 있기에 오를란느 쪽 소식은 약하다. 그러나 지스카르는 듣자마자 사실임을 확신했다. 하루 앞서 공녀의 비밀스러운 방문을 알리는 전갈을 받았기 때문이다. 모르는 것은 겨울 궁전의 내부 상황, 그리고 변고로부터 닷새 넘게 흐른 지금 그 상황이 어떻게 변했는가일 뿐이다.

공녀는 두 시간 동안 말을 달려 왔다고 했다. 그렇다면 공녀가 출발한 곳은 어디였을까? 프롱티에르? 그곳에 에투알이 많다는 건 안다. 그러나 프롱티에르의 영주는 내란 상황에서 공녀를 보호할 담력이 있는 인물이 아니었다. 그리고 보호자가 있다면 혼자서 나탕송 백작을 만나러 달려올 필요도 없다. 오더라도 수행원이 함께했을 것이다.

무엇보다 프롱티에르의 본성에서 출발했다면 반나절은 걸릴 테고, 가장 가까운 성이라면 또 두 시간보다는 가깝다. 다른 선택지도 몇 군데 있지만 그보다는 어쩐지 딱 두 시간 거리에 있는 아노마라드의 소도시, 라발트가 떠오르는 것은 단지 선입견일까? 거리를 정확히 알 정도로 자주 드나든 도시라 익숙한 것은 사실이었다. 하지만 그러려면 공녀는 비공식적으로 타국에 가 있었던데다 오늘 새벽에 무단으로 국경을 넘어왔다는 뜻이 되는데……

아니, 실은 지스카르 자신이 누구보다도 자주 쓰던 길이 아니던가.

정문에 이르러 둘은 걸음을 멈췄다. 요새답게 철판으로 보강된 육중한 문에는 가시덩굴을 세공한 둥근 문고리 두 개가 달려 있었다. 거기에 녹슨 쇠사슬이 친친 감기고 자물쇠가 채워졌다. 열쇠를 꺼내 자물쇠와 사슬을 풀어내고 문고리를 잡는데 샤를로트가 선뜻 반대쪽 고리를 잡았다. 지스카르가 깜짝 놀라며 말했다.

"놓으십시오. 어찌 고귀하신 분께 이런 일을 하시게 하겠습니까?"

샤를로트도 정색했다.

"내가 할 일이 아니라면 대영주께서 하실 만한 일도 아닌걸요. 그런데 이 문은 누구라도 혼자 열 수 없겠어요. 어찌 옆에서 지켜보기만 하겠습니까?"

그렇지 않아도 무거운 문인데 방치되기까지 해서 둘 다 상당히 힘을 써야 했다. 요란하게 긁히는 소리와 함께 문 밑으로 썩은 낙엽이 섞인 흙이 쓸려나왔다.

"여기까지만 여셔도 될 것 같아요!"

사람이 드나들 법한 틈이 나자 샤를로트가 문고리를 놓으며 외쳤다. 지스카르가 고개를 저었다.

"공녀 연하께서 납셨는데 성문을 열다가 말다니요."

"그런 건 관계치 마세요. 이 정도면 살짝 들어갈 수 있겠어요. 활짝 열린 문 같은 걸 기대했다면 이런 데서 뵙자고 하지도 않았죠."

애써 연다 해도 도로 닫는 것도 큰일일 듯했다. 공녀의 만류를 받아들여 손잡이를 놓은 지스카르가 말했다.

"이렇게 관리가 안 된 곳이라 송구합니다."

"무슨 말씀이세요. 무리한 제안을 드린 내 쪽이 더 무안하지요. 하지만 이런 유서 깊은 장소를 구경하게 되어 두근거리기도 하네요."

샤를로트가 열린 틈으로 한 발짝 다가서자 지스카르가 조심스럽게 막아서며 말했다.

"제가 먼저 들어가겠습니다."

"아, 주인께서 먼저 들어가실까요."

"그런 건 아니고……"

제대로 된 성이었다면 당연히 공녀가 앞서고 주인이 뒤따랐을 것이다. 먼저 문틈을 통과한 지스카르가 안뜰을 한 바퀴 돌아본 뒤 말했다.

"들어오십시오, 연하."

오랫동안 비워둔 요새에 혹시라도 위험한 요소가 있을지 모르니 먼저 들어가려 했음을 알아차린 샤를로트가 미소를 머금었다. 뒤따라 안으로 들어가자 서늘한 기운이 얼굴에 훅 끼쳐왔다. 안뜰을 둘러싼 높다란 석벽은 담쟁이로 뒤덮였고 응달진 구석에는 잡풀이 무성히 자랐다. 2층의 돌출 회랑을 두른 목제 난간과 지붕은 검게 삭았다. 벽에 붙어 있던 꽃 모양 석조 장식 몇 개가 떨어져 깨진 채 바닥에 나뒹굴고 있었다.

한때는 이 안뜰에 전투를 준비하는 기사들의 긴장된 숨결과 금속성 소음, 말들의 투레질 소리가 가득했으리라. 지어진 목적도 지키던 자들도 사라진 폐허에 아침 볕만 고요히 드리워져 있었다. 수백 년 전에 요새가 목격한 비밀을 파헤칠 자는 없으리라는 것처럼.

샤를로트가 곁으로 오자 창과 회랑을 살피고 있던 지스카르가 말했다.

"그런데 연하께서는 저보다 힘이 세신 것 같습니다."

샤를로트는 겸양하는 대신 싱긋 웃으며 말했다.

"그야 젊으니까요."

"제가 젊었을 때도 더 나았을 것 같지는 않습니다. 그때도 전 책보다 무거운 걸 들어올릴 일이 없었는데 감히 에투알과 비교할 수야 없지요."

"에투알이 될 뻔했을 뿐인 얼치기가 그런 말씀을 들으니 부끄럽네요. 하지만 이왕 칭찬을 해주셨으니 여기부터는 내가 앞장서야겠어요."

샤를로트는 재빨리 맞은편 아치로 들어가 나선 계단을 올라갔다. 모퉁이가 나올 때마다 주의깊게 경계하는 것도 잊지 않으면서.

뒤따라오는 지스카르의 발걸음을 들으면서 또한 생각했다. 저렇게 말하지만 대영주는 오십대라는 나이에 비해 건강하고 기민한 편이다. 비탈을 올라올 때도 그랬고, 문을 열 때도 마찬가지였다. 저 나이의 귀족들은 몸이 무겁고 여기저기 아픈 경우가 많은데 사교 활동 없이 집에만 틀어박혀 지낸다던 소문과는 꽤 다른 느낌이다.

지스카르도 올라가며 생각하고 있었다. 공녀는 군인처럼 뻣뻣하고 거만하다고 들었는데 의외로 싹싹하고 귀염성 있는 젊은이가 아닌가. 이렇게 정반대되는 소문은 누가 만들어내는 것이지?

계단을 다 오르자 수백 년 된 목재 뼈대가 남아 있는 문간 홀이 먼저 나오고, 돌로 증축한 아치 너머로 절반만 남은 대형 벽난로가 보였다. 그쪽이 중앙 홀일 것이다. 창은 좁고 시각도 일러 어둑한 요새 안쪽에선 오래 묵은 냉기가 흘러나왔다. 지스카르가 올라오기를 기다려 샤를로트가 중앙 홀을 가리켰다.

"저쪽에 앉으면 어때요? 의자도 몇 개 있네요."

벽난로 앞에 서른 명쯤 둘러앉을 법한 대형 떡갈나무 탁자가 있었다. 방치된 요새는 어딜 돌아봐도 말 그대로 폐허인지라 어디 앉으라고 말을 꺼내기도 부담스러웠는데 먼저 그렇게 말해주니 고맙기 이를 데 없었다.

"송구하오나 거기가 제일 낫긴 하겠습니다."

과거 영주 주재 회의나 연회가 있을 때 썼을 법한 탁자였다. 거의 백 년을 방치했다보니 풍상에 바스러질 대로 바스러져서 건드리기만 해도 나무 가루가 우수수 떨어졌다. 그래도 뼈대만은 아직 튼튼했다. 밖으로 꺼내기에는 너무 크고 땔감으로 만들기에는 나름 유서가 깊은 나머지 오히려 요새와 함께 화석이 되어버린 물건일까. 어쩌면 저곳에서 흰 장미의 귀부인 비안카도 최후의 저항군을 모아놓고 회의를 했을지 모른다. 그 정도로 육중하고 튼튼하게 만들어졌지만 어떤 대영주도 성으로 가져가려 하지는 않았다. 로사리아는 사라졌고 로사 알브는 오를란느의 신하가 되었으므로.

지스카르가 창가에 나란히 놓인 커다란 의자들을 옮기려 하자 샤를로트가 난롯가의 작은 의자를 번쩍 들어 가져가더니 먼지도 털지 않고 앉아 투구를 탁자에 올려놓았다. 큰 의자를 옮기느라 수고하지 말라는 뜻을 알아들은 지스카르도

멋쩍은 미소를 지으며 등받이가 없는 의자 하나를 오른쪽에 놓고 앉았다.

장미 격자창 너머로 막 떠오르기 시작한 태양이 탁자 위에 마술처럼 불타는 무늬를 새겼다. 빛으로 감싸인 폐허 속에 마주앉으니 멸망해가는 왕국의 어린 군주와 마지막 충신처럼 보이는 그들이었지만 실상은 군주가 될지 안 될지도 알 수 없는 소녀와 왕국 따위는 역사 속으로 사라져갈 거라고 믿는 공화주의자의 만남일 뿐이었다.

샤를로트가 주위를 둘러보며 말했다.

"튼튼하게 지어진 요새네요. 다시 손질한다면……"

거기까지 말하다가 대륙 최고의 외양간을 떠올렸는지 나오는 웃음을 누르며 지스카르의 눈치를 힐끔 보는 모습은 영락없이 그 나이대 소녀였다. 그걸 보는 지스카르는 점점 더 머릿속이 복잡해졌다. 저렇게 자연스러운데, 그것이 가면이란 말인가.

"잠깐 함께 걸어들어왔을 뿐인데 대영주와 오래 알았던 사이가 된 느낌이에요. 하긴 오래전에 만나긴 했죠. 그때 내가 두 살이었던가요."

"기억해주시니 영광입니다. 그때 제가 부족하나마 연하의 환심을 사보고자 이런저런 선물을 가져갔었는데 제가 애써 마련한 좋은 것은 모두 마다하시더니 인형 옷에 매달린 구슬

하나를 떼어서 꼭 쥐고 놓지 않으시던 기억이 납니다."

"아, 그거 뭔지 알아요. 조금 뒤에 내 손에 없는 걸 보고는 삼킨 줄 알고 한바탕 소동이 일어났었다지요."

"알고 보니 대공 전하께서 일찌감치 빼앗아 갖고 계셨지요. 그때 전하께서 어린 연하를 무척 사랑하시는구나 생각했었던 기억이 납니다."

"세심한 분이셔서 그랬을 거예요. 생각이 많으시잖아요. 대영주께서도 어린 공녀한테 줄 선물을 직접 챙기실 정도로 상냥한 분이셨네요. 그런데 왜 그후로는 오를리에 다시 오지 않으셨던 건가요?"

샤를로트가 두 살이던 무렵은 켈티카에 막 공화국이 들어섰던 때였다. 지스카르는 공화 정부의 핵심 인물 중 하나였지만 전면에 나서는 직책을 맡지는 않았다. 심지어 늘 가명을 썼다. 그는 외국인이었고, 그의 형은 오를란느 안에서 가장 넓은 영지의 대영주였다. 그렇기에 지스카르의 신분이 드러난다면 로사 알브는 오를란느에 대한 충성을 의심받게 될 테고 공화국은 오를란느까지 적으로 돌리게 될 위험이 있었다.

그렇다보니 동생과 공화국 아노마라드의 관계를 꿈에도 몰랐던 지스카르의 형은, 전염성 열병에 걸려 베르나르의 대공자 책봉식에 갈 수 없게 되자 마침 집에 돌아온 동생을 대신 보내고자 했다. 지스카르는 당황하긴 했지만 한 번 정도는 오

클란느 대공을 봐두는 것도 좋겠다고 생각해 그 제안을 수락했었다. 그런 사연이었으니 그뒤로 지스카르가 오를리에 갈 일이 다시 있었을 리 없었다.

하지만 이런 사정을 설명할 순 없었기에 지스카르는 평소처럼 대답했다.

"멋도 모르고 한번 가봤다가 혼쭐이 났던 게지요. 저처럼 겁 많은 사람이 얼씬거리기에는 오를리가 워낙 무서운 곳이 아니겠습니까."

그러나 지스카르의 말버릇을 모르는 샤를로트는 의외라는 듯 눈을 크게 떴다가 웃음을 터뜨렸다.

"대영주께서 자신을 이리 낮추시니 어찌할 바를 모르겠네요. 그간 높은 학식과 교양으로 전 대공국에서 비교할 이를 찾기 어려운 분이라고 들었는데요. 빼어난 문장가이심은 말할 것도 없고요."

"저런, 그런 잘못된 소문이 도는 것을 보니 저의 은둔 전략이 성공적이었던 것 같긴 한데 너무 부풀려지는 바람에 이렇듯 연하께서 직접 확인하러 오시게 되었군요. 이렇게 된 이상 일단 길게 쓰면 그럴듯한 이야기려니 여기고 읽어보지는 않는 사람들이 많다는 점을 고백할 수밖에 없겠습니다."

단지 상대를 즐겁고 편안하게 하기 위해 자신을 낮추는, 이런 말씨를 가진 사람이 오를리 궁정에는 거의 없었기에 샤를로트는 본능적으로 숨겨진 지적이나 빈정거림을 짚어내려다가 갸웃했다. 아닌 것 같은데?

"음, 확실히 길면 사람들이 안 읽긴 하죠. 그런데 이런 말씀에 당황하시지도 않고 술술 답변하시는 걸 보니까 소문은 역시나 사실이었던 것 같은데요."

"손님의 예를 다하고자 기꺼이 칭찬을 해주시니 저는 기분이 좋습니다만 소문은 늘 절반만 믿는 편이 좋지요. 더구나 연하께서는 경험자가 아니십니까? 제가 일찍이 분별이 있었더라면 두 살 아기가 구슬을 쥐고 노는데 그저 선물이 마음에 드나보다 하고 기뻐하고 있지는 않았겠지요."

"그때 어린 내가 나이프인가 포크를 집어드는 걸 보고 뭐라도 대신 주려 하셨던 거라고 들었는걸요. 설마 삼키기에는 나이프보다 구슬이 낫다는 뜻에서 주신 건 아니지 않았겠어요?"

다른 사람의 영향으로 불쑥 튀어나온 말투였지만 지스카르는 순간 어리둥절해졌다가 웃고 말았다.

"이런, 연하께서 이렇게 재치 넘치는 분인 줄 알았더라면 겁먹지 말고 오를리 궁정에도 가끔 방문하는 건데 그랬습니다. 그랬다면 오늘의 만남도 더욱 즐거웠을 텐데요."

"지금도 늦지는 않았는데요?"

무엇이 늦지 않았다는 것인지, 눈빛에만 질문이 떠올랐음에도 즉시 시원스러운 답변이 튀어나왔다.

"나와 친하게 지내고 싶으시다면요."

지스카르는 순간 공녀의 눈을 똑바로 보지 못하고 서까래를 올려다보고 말았다. 반사적으로 나온 미소는 계면쩍음에 가까웠다. 공화주의자와 잘 지내보자고 하는 대공국의 후계자라니.

"실로 영광스러운 말씀이군요. 기꺼이 따르겠습니다."

아무리 그런 생각을 했을지라도 대영주이자 공화주의자로서 오랜 이중생활을 해온 지스카르는 심중이 반영되지 않은 평온을 유지하는 데 익숙했다. 그랬기에 이어진 샤를로트의 대답은 진짜로 지스카르를 놀라게 했다.

"음…… 그 말씀이 진심이라면 좋았을 텐데."

악의적인 귀족들 틈에서 티끌만한 흠이라도 잡히지 않고자 분투하며 살아온 샤를로트가 사람의 기색을 얼마나 잘 읽는지, 두 살 아기 때만 보았던 지스카르가 예상하는 건 불가능했다. 샤를로트의 입가에 아쉬운 미소가 어려 있었기에 지스카르는 자리에서 일어나 허리를 굽혀 보이며 물었다.

"제가 무언가 실수를 저지른 것 같습니다. 혹시 심기를 불편하게 해드렸다면……"

"아뇨. 그럴 리 없지요. 그저 내가 모자라서일 뿐인걸요. 하긴, 이미 눈치채셨겠지요. 대공국의 후계자가 수행원 한 명

없이 찾아왔을 때부터 무슨 사연이 있다는 것을."

샤를로트는 분명 지스카르의 기색을 읽어냈지만 이유는 다르게 판단한 듯했다. 하긴 공녀가 지스카르의 정체를 안다면 계승권을 유지하도록 도와달라고 찾아왔을 리도 없다.

지스카르는 정중히 절을 하며 말했다.

"편지를 받았을 때부터 저도 의아하게 생각하긴 했습니다만 연하께서 말씀해주시리라 생각하고 기다렸습니다. 이런 장소에서 단둘이 만나자고 하신 중대한 연유가 있으실 테지요. 제가 도울 일이 있다면 기꺼이 말씀해주시지요. 대공 전하의 신하된 자로서 미력이나마 충심을 다하고자 합니다."

샤를로트는 바로 말을 잇는 대신 눈을 내리깔았다. 마주친 순간부터 지금까지, 쾌활하게 대화하고 웃으면서도 한순간도 긴장을 풀었던 적이 없었다. 계산 없이 나왔던 말은 한마디도 없었다.

우호를 나누다가 언제 용건으로 들어가야 할지, 어떤 태도가 좋을지, 무엇부터 말해야 할지, 상대의 반응은 어떠할 것인지, 끊임없이 재고 가늠하면서 또한 어떤 것도 확신하지 못했다. 갈고닦은 재주와 미리 세운 전략은 있었지만 나이 많고 노련한 상대에게 함부로 시험하다가 어떤 역풍을 맞을지 모르고…… 그리고 무엇보다 실패해선 안 되기 때문에.

차디찬 겨울 새벽에 승마를 한다고 땀이 흐르겠는가. 투구

속 머리가 땀으로 젖었던 것은 달려오는 내내 줄곧 되뇌고 또 되뇌었기 때문이다. 제 어깨에 아버지의 목숨이 걸렸다고. 앞으로 고작 며칠 동안 자신이 무엇을 해내느냐에 따라 운명이 달라진다. 실수도 실패도 있을 수 없다. 로사 알브의 대영주에게 반드시 협력을 얻어야만 한다.

대영주, 나탕송 백작은 혼자 조용히 책 읽는 것만 좋아한다는 평판이 있긴 했지만 왜 그렇게까지 사교계를 멀리하는지 알려진 바는 없었다. 유력자의 미움을 산 것도 아니고, 누구와 싸운 적도 없고, 실수를 저지르거나 망신을 당한 일도 없다. 태생적으로 수줍어하거나 사교성이 부족한 성품인가 했는데 직접 만나보니 누구를 만난들 쉽게 호감을 살 사람이라 오히려 놀랐다. 그래서 더 본심을 추측하기가 어려웠다. 단지 조심스럽고 위험 부담을 싫어할 뿐일까? 형이상학적이고 세상사에 무관심한 성격이라서였을까? 웃는 얼굴 뒤에 다른 뜻을 숨긴, 충성심 없는 자는 아닐까?

무엇보다 예의와 화술이 범상치 않다는 점이 의혹을 불러일으켰다. 처음 만나는 거나 다름없는 공녀를 상대하면서 긴장하거나 갈팡질팡하는 기색도, 그렇다고 거만하거나 허술하게 대하는 기색도 없다. 혼자 책만 들여다보며 살아온 사람이 이렇듯 균형 있게 조율된 태도를 갖추기란 불가능하지 않을까? 그렇다면 누구와 교류해왔단 말인가? 그게 누구든 귀족이 아닌 건 분명하다. 지금껏 나탕송 백작을 잘 안다고 주장하는 오를란느 귀족을 한 명도 본 적이 없기 때문이다.

그렇듯 갈피를 잡을 수 없는 상대임에도 샤를로트의 직감은 적어도 한 가지만은 틀림없다고 알려왔다. 상대가 자신을 아이로 보고 있다는 것, 그리고 아이들에게 너그러운 사람이라는 것.

어느 정도는 샤를로트가 유도한 시선이기도 했다. 약자의 입장에서 도움을 요청하려면 상대의 동정심을 불러일으키는 것만큼 좋은 전략도 없다. 그러나 유도한 이상으로 나탕송 백작의 태도가 온정적이어서, 그래서 과감하게 시도해보았다. 천진난만함을 가장해 푹 찌르고 당황한 상대가 본심을 내보이도록.

전략은 성공적이었지만 결과는 실망스러웠다. 상대는 예의 이상의 호의는 갖고 있지 않다. 호의에 기댈 수 없다면 의무를 상기시키는 수밖에 없다. 대영주 또한 예상대로 답해왔다. 누구라도 저렇게 답할 수밖에 없겠지만. 이제 적절한 대응을 고르는 것은 샤를로트의 몫이었다.

"대영주께서 충심을 말씀해주시니 이보다 기쁠 수가 있을까요? 솔직히 말씀드려서 대영주께서는 워낙 소문 속에만 계시던 분이라 든든한 친족 간임을 알면서도 오늘의 만남이 어찌 흘러갈지 예측하기 어려웠습니다. 변경에 놓인 영지의 주인께서 오를리를 멀리하는 것은 혹시 다른 교류에서 즐거움을 찾았기 때문은 아닐지, 그런 걱정을 하며 달려왔건만 우려를 깨끗이 씻어주시니 마음이 이보다 가벼울 수가 없군요."

한껏 미소 지으며 말하는 공녀가 민감한 부분을 지적했음을 지스카르도 즉각 알아차렸다. 오를리 사교계가 아니라면 당신은 누구와 교류하는가. 혹시 국경 너머 아노마라드와 가까워지고 있는 것은 아닌가.

저도 모르게 등줄기가 오싹해졌던 이유는 만에 하나 공녀가 지스카르의 정체를 간파했을 가능성을 상상하게 되었기 때문이었다. 특이한 행보를 보여온 공녀는 오를리의 귀족들보다 훨씬 예측하기 어려운 존재였다. 그리고 무엇보다 에투알이라는 조직을 쥐고 있다. 에투알이 첩보를 담당하지는 않지만 그들은 대공국 곳곳에 흩어져 있고, 그러다가 로사 알브에 드나드는 공화파 인물의 움직임을 포착했다면?

지스카르는 곧 지나친 상상을 가라앉혔다. 공녀는 현재 다급하게 도움이 필요하다. 로사 알브에 온 것도 그 때문이라는 것을 이미 알지 않던가. 상대가 공화파인지 의심쩍더라도 이럴 때 떠보러 올 겨를은 없을 테고, 무엇보다 그가 본 공녀는 상대를 시험하러 왔다기에는 너무 긴장해 있었다. 미소 짓고 농담을 던지지만 내면은 놓기 직전의 활시위 같다. 본인은 그런 모습을 잘 감췄다고 생각하겠지만.

"연하께서 그런 우려를 하고 계셨을 줄이야 미처 상상도 못했습니다. 일생 책상물림으로만 살아와 오를리 사교계도 견디지 못하는 제가 달리 누구와 즐거이 교류하겠습니까? 연하께서 조금 전 너그러운 말씀을 건네셨다가 금세 실망하셨던 것처럼 저란 사람은 워낙 만사에 서툴러서 호의를 받는 재주조차 부족한 모양입니다."

"그래요? 오를란느나 아노마라드나 사람 보는 눈이 있는 자는 드문가보네요. 나는 처음 몇 마디를 나누자마자 이 대화에서 큰 기쁨을 느꼈는데. 아무도 대영주께서 그런 분임을 알아보지 못하다니. 아니, 어쩌면 다행스러운 일일지도 모르겠네요. 주인 없는 보물은 먼저 알아본 사람이 임자가 아니겠습니까? 만약 내가 각료 임명권을 가졌다면……"

임명권을 가진 존재란 대공이 되었다는 뜻이다. 아무렇지도 않게 전제한 다음 바로 말을 이어갔다.

"거듭 청해서라도 금색과 청록색의 띠를 두르시도록 했을 것입니다."

금색과 청록색의 어깨띠는 재상에게 내려지는 하사품이었다. 지스카르는 순간 웃지 않을 수가 없었고, 웃는 것이 자연스러운 반응이기도 했다.

"하하하…… 상상만으로도 엄청나서 어딘가 쥐구멍으로 도망치고 싶어집니다. 하지만 연하의 관대함과 호의에는 깊은 감사를 드려야겠습니다. 살아오며 저를 이렇게 높게 평가해주신 분은 처음입니다."

샤를로트가 말끄러미 지스카르의 얼굴을 바라봤다.

"그것참 이상하네요. 내가 보기에는 아닐 것 같은데."

이쯤 되자 지스카르도 슬슬 궁금해져서 예의로 빠져나가기만 하는 대신 한 번쯤 직접적인 질문을 던져볼 필요를 느꼈다.

"송구하오나 왜 그렇게 생각하시는지요?"

"음, 비록 본인이 어리긴 하지만 나름대로 사람들을 관찰하다보니 세상의 많은 능력 중에서 겸손함은 태어나면서부터 얻어지는 능력 같지는 않았습니다. 진정한 예의 역시 반응 없는 벽을 상대해서는 익히기 어렵고요. 또한 남의 존경을 받아본 뒤에야 너그러움도 생겨나지 않을까요. 대영주께서는 이 모두를 갖추셨는데 이런 것들이 사람들과 교류하는 과정에서만 얻어지는 능력이라는 것을 생각할 때 대영주께서는 사람을 많이 대해보셨고, 특히 나처럼 젊은 사람들의 존경을 받아보셨지 않을까 그렇게 생각했습니다."

"아니, 이런 과분한 찬사를 받을 만한 자가 아닌데 제가 오늘 좋은 운을 뽑았나봅니다. 그리고 연하의 통찰은 참으로 감탄스럽습니다. 그간 세상일을 깊이 관찰하셨던가봅니다. 저도 젊어서는 여기저기 돌아다니기를 좋아했는데 연하의 말씀을 들으니 새삼 그래서였던가 깨달아지는 점이 있군요. 젊은 사람의 통찰에서 배우는 경험은 항상 신비롭고 즐겁습니다."

미소와 함께 자연스러운 대답이 흘러나왔지만 내심은 달랐다. 지스카르는 최근 이처럼 당황했던 일이 없었다. 대화를 잠시 나눴을 뿐인데 젊은 공녀는 지스카르가 단순한 은둔자가 아님을 알아차렸을뿐더러 젊은이들과 자주 만나는 사람 특유의 태도마저 간파해냈다. 심지어 숨겨진 세력의 존재까지 짚어낸 셈이 아닌가.

그 세력이 한때 켈티카에 십 년 동안 공화국을 세웠던, 그래서 잡히기만 하면 재판 없이 즉결 처분이 가능한 비밀 결사라는 것까지는 알 리 없지만, 뭔가가 존재한다는 사실을 전제하고 추적한다면 의외로 쉽게 꼬리를 잡을 수도 있는 일이 아닐까?

샤를로트는 그런 지스카르의 생각을 전혀 모르는 것처럼 고개를 끄덕였다.

"그러셨군요. 젊어서 하는 여행처럼 현명함을 더해주는 것이 없다던데. 나도 그러고 싶었지만 아시다시피 쉽지 않았어요. 혹시 대영주께서는 마음에 깊이 남았던 곳이 있으셨나요?"

이제부터는 대답을 극도로 주의해야만 한다. 그렇다고 머뭇대며 대답을 고르는 티를 낼 때도 아니었다. 지스카르는 잠시 옛일을 더듬는 것처럼 탁자 끄트머리를 바라보고 있다가 불쑥 모험을 해보고 싶다는 생각을 떠올렸다. 귀공녀이기보다 군인 같은, 그래서 사교계에 적응하지 못하고 좌충우돌이라는 소문만 들었던 공녀는 상상 이상으로 영민하고 사려가 깊다. 비록 군주정의 후계자라는 태생적 한계가 있지만 혹시 누군가가 주의깊게 이끌어준다면…… 뭔가를 깨달을 가능성도 있지는 않을까?

물론 위험천만한 시도라는 것도 알고 있었다. 자칫하면 제 꼬리만 스스로 드러낸 셈이 되고 말리라. 그를 이상주의자라고 부르던 동료라면 단호히 반대했을 것이다.

자신이 때로 인간의 변화 가능성을 너무 믿는다는 것을 지스카르도 알고 있었다. 하지만 동시에 인간성에 대한 자신의 직관력이 괜찮은 편이라는 것도 알았다. 특히 상대의 내면에 진심 어린 접근을 흡수하는 연약하고 순수한 부분이 있는지 없는지…… 그것만은 늘 잘 알아보았다.

이 정도라면 괜찮지 않을까.

비밀과 가면

“오래전, 신분을 드러내지 않고 여행하다가 비를 피해 한 성에 들어간 적이 있었습니다. 많은 사람이 모여 있기에 물어보니 탑에 한 여자가 갇혀 있는데 내일이면 강물에 제물로 바쳐진다고 했습니다. 그 성 옆을 흐르는 강은 자주 범람하는데 성벽에 표시해놓은 눈금을 넘으면 강에 마지막으로 손을 넣었던 사람을 제물로 바친다는 것이었습니다. 그러면 물이 성벽을 넘어오지 않는다더군요. 여자는 전날 물을 길어 왔다는 이유로 제물로 뽑혔다는데, 사람들의 말로는 그런 건 관계없고 전부터 성주의 미움을 샀기 때문에 지목된 것이라 했습니다.”

다음날, 여자는 손발이 묶인 채로 성벽 위에 세워졌다. 그러나 여자를 강물에 밀어넣기 직전, 성벽에 올라간 수많은 사람이 다투어 물속으로 먼저 뛰어내려 맞은편 강둑으로 헤엄쳐 갔다. 그들은 아무런 주장도 하지 않았지만 그들 모두가 여자보다 나중에 손을 강에 넣은 셈이 되었기에 여자를 제물로 바쳐야만 한다는 명분은 힘을 잃었다.

샤를로트가 고개를 갸웃거렸다.

"성주가 그들에게 보복하지는 않았던가요?"

"너무 많은 사람이라 그러지 못했던 모양입니다."

"여자는요?"

"그후로 곧 비가 그쳤기 때문에 제물로 바쳐지지 않고도 비를 멈추게 한 존재라고 오히려 칭송을 받았지요."

"하지만 그 일은 안 좋게 끝날 수도 있었을 것 같아요. 성주가 좀더 고집불통이거나, 비가 그치지 않았더라면……"

"실은 비가 그칠 것 같다고 예측하긴 했습니다. 저는 멀리서 왔기 때문에 비구름의 방향을 알 것 같았거든요."

샤를로트가 콧잔등을 찡긋했다.

"역시 그랬던 거지요? 보아하니 대영주께서 그 사람들을 데리고 일을 만드신 것 같은데요?"

지스카르는 고개를 저었다.

"아닙니다. 성벽 위에 올라간 사람들이 해낸 일이지요. 제가 한 건 그저 몇 마디의 말이었을 뿐입니다."

"문제와 맞닥뜨렸을 때 무엇을 해야 할지 아는 사람은 흔치 않지요. 그래서 중요한 존재고요."

"그렇게 보십니까? 물론 말하는 사람도 필요합니다만 저는 물속으로 뛰어내린 사람들이 훨씬 더 중요하고, 또 큰일을 해냈다고 생각합니다."

"그런가요? 왜일까요?"

"왜냐하면 그들은 목숨을 걸었기 때문입니다. 저는 아무것도 걸지 않았고요."

샤를로트의 얼굴에 생각하는 기색이 스쳤다. 지스카르는 무심코 상대가 공녀라기보다 자신이 가르친 학생들 중 하나인 것처럼 느껴져 미소를 머금었다. 영리한 공녀는 어느 정도로 이해했을까?

샤를로트가 다시 물었다.

"그 성은 어디였나요?"

"티아 쪽이었습니다."

"옛일이라 하셨죠. 지금쯤은 어떻게 됐을까 궁금하네요."

"저도 모를 일입니다만, 성주가 그런 용기 있는 사람들을 다스릴 만한 품위를 갖추게 되었길 바랄 뿐입니다."

이 부분이 가장 위험한 발언이었는데 샤를로트가 의외로 쉽사리 고개를 끄덕이더니 놀랄 만한 말을 내뱉었다.

"그래요. 지배자가 나라를 망치려 들 때 목숨걸고 뛰어내릴 누군가가 있어야 하는데. 대공국에는 그런 사람이 있는지 모르겠네요."

너무 놀라운 나머지 오히려 저쪽에서 미끼를 던진 건가 긴장될 정도다. 슬슬 다시 안전 노선으로 돌아설 때라고 판단한 지스카르는 고개를 저으며 말했다.

"대공 전하께서는 이 땅을 현명하게 다스리고 계시지 않습니까?"

그러자 샤를로트가 반문했다.

"어떤 점에서 그렇다고 생각하세요?"

"대공 전하께서는 귀족들을 다스리는 법을 누구보다도 잘 알고 계시지요. 전하의 심중을 헤아리기 어렵기에 귀족들은 늘 행동을 조심할 수밖에 없습니다. 그 결과 제 영지에서 횡포를 부리기도 어려워지지요. 이를테면 외드 공 같은 사람이 제 영지에서 세금 항목을 멋대로 늘렸을 때 전하께서는 신년 연회에 그 가문의 누구도 초대하지 않으시고는 '가세가 기울었다고 들었으니 돈이 부족할 것'이라고 말씀하셔서 큰 창피를 주셨죠. 그뒤로 함부로 영지의 세목을 늘리면 가세가 기울었다는 표지라는 인식이 보편적이 되었습니다."

망설여서는 안 되는 순간이었기에 바로 답하긴 했지만 공화파의 사상적 대부나 다름없는 사람이 군주의 치적을 찬양하는 흔치 않은 광경을 동료들이 보았다면 폭소를 터뜨리며 두고두고 농담거리로 삼았을 것이다. 그런 진풍경을 봤다는 사실조차 모를 샤를로트는 생각에 잠겨 있다가 말했다.

"대영주께서 그렇게 말씀하시니 정말 그런 것처럼 느껴져요. 그 말씀이 맞겠지요. 하지만 귀족들이 그런 상황을 싫어하고 있었던 건 아닐까 싶어요. 그래서…… 이런 일을 벌였던 건 아닐까요?"

"이런 일이라 하시면……"

"대영주께서는 아무 소식도 전해듣지 못하신 건가요? 미르망드에서 벌어진 폭거에 대해서?"

"아니, 전혀 듣지 못했습니다. 혹시 대공 전하의 신변에 무슨 일이 생긴 것입니까?"

샤를로트는 지스카르를 정면으로 쏘아보았다. 정말로 모르는가 확인하고자 했다. 질문이 담긴 시선이 마주쳤지만 연기력 대결에서는 오십대가 아무래도 유리했다.

"틀림없이 무슨 일이 발생한 것이군요. 그래서 공녀 연하께서 이런 새벽에 홀로 먼 변경까지 걸음하셨던 것이고요. 아까도 말씀드렸지만 저는 무엇이든 도울 준비가 되어 있습니다. 보시다시피 워낙 바깥소식에 굼뜨다보니 먼저 알고 달려가지 못한 것이 송구할 따름입니다."

샤를로트가 고개를 끄덕이면서 조금 망설이다가 물었다.

"그렇다면 오늘, 나와 함께 미르망드로 가주실 수도 있겠습니까?"

입에 발린 말 이상의 의지가 있는지 떠본 것이었지만 생각 이상으로 즉답이 나왔다.

"기꺼이 모시고 출발하겠습니다. 언제든지 말씀하십시오. 또 무엇을 준비하면 되겠습니까? 로사 알브의 모든 것을 마음껏 사용하도록 하십시오."

의심을 피하고자 한 말이기도 했지만 그뿐만은 아니었다. 그보다는 마음이 움직였던 모양이다. 추운 새벽에 말을 달려왔으면서도 땀을 흘리고 있던, 수행원 하나 없이 먼지투성이 탁자 앞에 앉아서도 쾌활함을 가장하던 소녀의 모습이 애처로워서.

샤를로트가 온 힘을 다해 당당하게 회담하려 했을지라도 오랫동안 다양한 사람을 관찰해온 지스카르에게는, 특히 위기에 처한 젊은이들을 보호하고 이끌어온 그의 앞에서는 감추기 힘든 신호가 있었다. 바로 위험 신호다. 무슨 일에든 악착같이 뛰어든다, 그것이 인생 최후의 과제인 것처럼. 배수진을 치고 제 목숨을 체스 말처럼 다루려 든다. 내일이 없는 사람처럼 너무 열심히 울고 웃고 싸운다. 언뜻 열정적인 것처럼 보여도 그건 내부가 텅 빈, 종착지가 없는 열정이었다. 자신을 태워버리고 있기에.

샤를로트의 표정과 행동과 대화 모두에서 그 신호가 울리고 있었다. 그건 미르망드에서 벌어진 일 때문만이 아니었지만 수년간 계속되다보니 샤를로트의 평소 태도로 굳어져 가까운 사람들은 오히려 알아차리기 어려웠다. 만난 지 얼마 안 된 막시민만이 꿰뚫어보고 '느린 자살'이라고 불렀던, 바로 그것이다.

언젠가 무너뜨려야 할 대공가의 후계자를 돕겠다고 하다니, 이 얼마나 어처구니없는 일인가. 그러나 오늘 공녀를 돕지 않은들 대공국이 하루아침에 무너지겠는가. 다른 자가 대공위에 오른들 더 나은 나라가 되겠는가. 비록 불합리하다 하지만 다른 귀족들에 비하면 현재의 대공이 나은 군주인 것도 사실이며, 오늘 본 바로는 공녀 또한 그러하리라.

한때는 왕정을 빨리 무너뜨릴수록 더 많은 사람을 구한다고, 자신과 동지들에게는 그래야 할 의무와 그럴 힘이 있다고 믿었다. 하지만 서둘렀던 만큼 돌아가게 되고 나자 젊은 시절의 자신감을 얼마나 되씹으며 후회했는지 모른다. 지금 공녀를 도와 신뢰를 얻고, 장차 공녀가 대공이 되었을 때 점진적 변화를 추구하는 것도 하나의 방법이 아닐까. 또한 군주제의 구심점으로 태어난 아이의 행복과 불행은 오를란느인의 삶에 영향을 줄 수밖에 없기에……

그런 생각들을 하지 않은 것은 아니었지만 결국 결정적으로 마음을 움직인 건 기를 쓰고 아무렇지 않은 체하는 아이의 내면에서 울리고 있는 '도와줘'라는 외침이었다. 고위 귀족으로 태어나 스스로 공화주의자가 되었을 정도로 남의 고통에 민감한 지스카르에게 그건 마치 아기의 울음소리 같아서, 복잡한 사정을 다 제쳐놓고 일단 손을 잡아줄 수밖에 없는 신호였다.

하지만 그런 사정을 전혀 알 리 없는 샤를로트는 오히려 믿기 힘들어하는 눈빛으로 지스카르를 바라봤다.

"그 말씀, 진심이신가요?"

"그렇습니다."

"무슨 일인지 알지도 못하시면서요?"

"그게 무슨 일이든 연하께서 위협을 느꼈다면 연하를 지키고 부름에 응하는 것은 대공 전하의 신하로서 당연한 의무입니다."

이유를 설명할 수 없다보니 차라리 군주제의 신하로서 발언하는 것이 편리했다. 샤를로트는 자신의 무엇이 지스카르를 움직였는지 알지 못했기에 지스카르가 사건의 전말도 모르면서 조건 없이 돕겠다고 나서는 것이 믿기 힘들었다. 하지만 동시에 마음이 놓이면서 저도 모르게 한숨이 나왔다.

애초에 샤를로트가 하필 지스카르를 찾아온 이유는 로사알브의 지리적 조건 때문일 뿐이었다. 상대가 어떤 사람인지는 거의 알지 못했다. 지스카르가 샤를로트의 비밀을 모르는 것처럼. 그러므로 실은 두 사람이 감춘 비밀들이 그들 대신 손을 잡은 셈이다. 서로의 비밀을 모른 채로도 가끔은 그런 기묘한 일이 일어난다.

어느새 높아진 해가 탁자를 끝까지 밝혔다. 그 빛 속에 한쪽 팔을 얹어놓았지만 탁자 아래로 내려진 샤를로트의 왼손은 여전히 꽉 쥐어져 있었다.

"미르망드의 겨울 궁전에서 대공 전하의 존체에 불안한 변화가 발생했습니다. 그걸 기회로 본 알베르 공과 상리스 후작을 비롯한 귀족들이 전하의 뜻을 조작하여 랑부아즈의 필리프를 섭정으로 세우고, 장차 대공위를 잇게 하려 합니다. 현재 대공 전하의 생사는 불분명한 상황입니다."

샤를로트는 펠티에 부단장이 보낸 명단을 옮겨 적은 종이를 꺼내 지스카르에게 건넸다. 지스카르가 명단을 읽어내려가는 동안 샤를로트는 이 온후한 대영주가 자신을 어디까지 도와줄까 생각하며 탁자 곳곳에 흩어진 상처들을 바라보았다. 이 탁자는 무슨 세월을 견뎌왔는지 모르나 여전히 흔들림 없이 굳건하다. 자신도 그럴 수 있을까?

이윽고 지스카르가 종이를 접어 돌려주자 샤를로트가 말했다.

"대영주께서 나를 돕겠다 하신 것은 이들과 맞싸우겠다는 뜻이 됩니다. 그래도 괜찮으십니까?"

소문 이상으로 심각한 진상이었지만, 지스카르는 눈썹을 한 번 찌푸리고는 바로 말했다.

“명백한 반역이 아닙니까? 다른 선택은 있을 수 없군요. 무엇보다 믿기 힘들 정도로 어리석은 짓이 아닙니까? 아무리 욕심에 눈이 멀었다 한들 알베르 공이 그 정도로 판단력이 없을 줄은 상상하지 못했습니다.”

“반역이 실패할 거라고 생각하시나요? 왜죠?”

“궁정 반란이란 귀족들의 지지가 핵심인데 오를리에 남아 있는 귀족들이 안정적인 대공 전하의 통치를 버리고 새로운 세력의 손을 들어줄 이유가 없습니다. 아무래도 이 일은 겨울 궁전에서 생긴 돌발 사태 때문에 즉흥적으로 벌어졌을 가능성이 높아 보입니다. 그래서 필리프를 바로 후계로 발표하지 않고 섭정이라는 요식적 과정을 거치려는 것 같군요.”

대영주의 판단은 샤를로트가 내린 결론과 똑같았다. 샤를로트만큼의 정보가 없는데도 바로 짚어내는 판단력이 과연 범상치 않았다. 다만 이 발언은 대공가의 지배가 필연적이라기보다는 굳이 바꿀 이유가 없다는 말처럼 들리기도 했다. 그 둘은 비슷한 것 같지만 다르다. 뒤집어보면 이유가 생긴다면 바꿀 수 있다는 뜻이기도 하니까. 명확한 근거를 대고자 한 말이라는 걸 감안해야겠지만.

“무엇보다 귀족들은 대공 전하의 지배권을 당연하게 생각하는 만큼 다른 귀족들을 자신과 크게 다르지 않은 존재로 여깁니다. 비슷한 자들 중 하나가 대공 전하를 제치고 대공국을 다스리려 든다는 것은 불쾌감을 주겠지요. 만에 하나 성공한다 해도 곧 다시 뒤집으려는 자가 나타날 테니 결과적으로 대공국은 긴 내란에 휘말리게 될 가능성이 큽니다."

"그래요. 그들이 대공 전하가 필리프를 선택했다는 주장을 포기하지 못하고 섭정이라는 중간돌을 놓아보려는 이유이기도 하죠. 나는 필리프가 정식으로 섭정 자리에 오르기 전까지는 그들이 대공 전하를 시해하지 못하리라고 생각합니다. 그 사이를 이용해 내가 돌아가 오를리에서 섭정 취임 시도를 좌절시켜야만 하죠."

공녀는 상황을 제대로 판단하고 있다. 문득 학생들을 칭찬할 때 같은 심정이 된 지스카르가 빙그레 웃었다.

"옳은 말씀입니다. 그런데 연하께서 오를리에서 지지를 이끌어냈다는 소식이 들려오면 겨울 궁전의 반역 도당은 전하를 시해하고 저들의 근거지로 달아나 내전을 준비할 가능성이 큽니다. 아니, 사실상 그 길밖에 없지요. 그걸 막으려면 군사적 수단이 필수적일 것 같군요."

샤를로트는 미심쩍은 눈빛으로 지스카르를 올려다보았다. 저 말의 뜻은 혹시…… 대영주가 군대를 내주겠다는 걸까?

아까부터 무엇이든 돕겠다고, 영지의 모든 것을 마음껏 사용하라고 하긴 했지만 그게 군대를 포함해서 하는 말이라고 생각하지는 않았다. 영주에게 군대 출진을 요구할 권한은 대공에게만 있다. 아니, 자신이 요청할 수는 있어도 어차피 거절할 거라고 생각했다. 에투알이 영지를 통과해 국경을 넘는 것을 눈감아주고, 혹시 알베르 공 일파가 근방의 군대를 움직여 공녀의 행방을 추적할 때 비밀을 지켜주는 정도만으로도 괜찮은 협상이라고 생각하며 여기까지 왔다.

군대를 일으켜 돕는다는 것은 오를리 귀족들이 '필리프냐 샤를로트냐 둘 중 선택하라면 그래도 정당한 계승권자가 낫지 않겠나'라고 한마디 보태는 것과는 차원을 달리했다. 지지 정도가 아니라 사실상 후원자가 되는 것이며, 만에 하나 샤를로트가 질 경우에는 엄청난 후폭풍을 감당해야 한다. 대영주가 일시적 기분으로 그런 선택을 할 정도로 기분파는 아닐 텐데.

"대영주께서 말씀하신 대로입니다만, 군사적 수단을 동원하자면 규모가 반란 세력을 압도할 정도여야 하는데 내게 그런 군대는 없지요. 프롱티에르에 대공국 군대가 있지만 날 위해 움직여줄지 불분명하기 때문에 섣부른 시도를 할 수는 없고……"

샤를로트가 선뜻 말을 꺼내지 못하고 망설이는 동안 생각을 정리하듯 허공을 보고 있던 지스카르가 다시 샤를로트를 보았다.

“군대는 제 딸 레몽드가 관리하고 있고 저는 사실상 손을 뗐기 때문에 아주 자세하게는 모릅니다만, 로사 알브에서 유사시 편성 가능한 최대 병력은 일만 삼천 정도일 것입니다. 하지만 시간이 많이 걸릴 테고, 오천 명을 편성하려 해도 최소 보름은 필요합니다. 지금은 시간이 가장 귀하니 상비된 정예병으로만 움직이는 것이 좋겠습니다. 그럴 경우 최소한의 방어 병력을 제외하고 미르망드로 움직일 수 있는 병력은 이천입니다.”

“……”

정말로 군대를 빌려주겠다는 이야기였다. 은둔자이면서 군사적 판단력까지 갖추고 있을 줄이야. 전쟁에 참여한 적은 없다고 들었는데.

하지만 샤를로트가 모를 뿐 지스카르는 군대를 지휘한 적이 있었다. 로사 알브가 아니라 당스부르크 백작의 군대였지만. 이름 또한 가명을 썼기에 지금에 이르러 그 사실을 아는 사람은 거의 없었다. 당스부르크와 지스카르, 그리고 다그마르 슈라이버라는 목동이 셋으로 나눈 군대를 각자 운용해서 고작 사흘 만에 켈티카를 공화파의 손에 떨어뜨렸던 작전은 전광석화처럼 빨랐다. 십구 년 전의 일이긴 해도 지스카르는 군대라는 끔찍한 발명품이 꼭 필요해지는 시점이 언제인지 알고 있었다.

샤를로트는 바로 대답하지 못한 채 시선을 떨어뜨리며 생각했다. 이 제안은 무엇을 의미할까? 기꺼이 받아들여도 될까?

"대가로 무엇을 원하십니까?"

둘의 눈이 마주쳤다. 지스카르가 딱히 미소 짓지 않은 채 답했다.

"가서 대공 전하를 구하시고, 장차 대공국을 잘 이끌어주시는 것입니다."

지금과는 조금 다른 방식으로, 라는 말은 입속에 남겼지만 이 정도도 괜찮다고 생각했다. 꽤 영리한 공녀는 언젠가 이해할 것이다. 이해하고도 거부할 가능성이야 얼마든지 있지만, 그렇다면 오히려 이 빚은 그때를 위해 나쁘지 않은 투자가 되리라. 그런 날이 오기 전에 공녀가 자신을 다 태워버리지 않도록 잠시 초를 꺼둘 수 있다면. 망치가 아닌 촛불 덮개로.

"이 도움은 잊지 않겠습니다."

공녀의 얼굴은 오던 때보다 확실히 부드러워 보였다. 처음에 지스카르가 활기라고 생각했던 완벽한 가면이 옅어지자 얼굴이 훨씬 아이 같다. 어려서 보았던 아기의 얼굴이 그 위에 겹쳐지자 열아홉이라기에도 어려 보였다. 새삼스럽게 상기했다. 이런 아이의 어깨에 대공국이라는 짐을 올려야 하는 군주제는 그저 매번 운에 기대고 있을 뿐임을.

하지만 그들의 겉모습은 이제 어린 군주와 충신의 모습에 조금 더 가까워 보였다. 본질은 전혀 다를지라도 일시적 일치에 의미가 없지는 않다. 아니 어쩌면, 세상의 모든 합의는 일시적이다. 잠깐 동안 함께 춤을 추고 다음 상대를 향해 멀어져가는 군무처럼.

"출진 준비를 하도록 바로 전령을 보내겠습니다. 아, 직접 행차하고 싶으시다면 제가 모시고 출발하겠습니다."

"아뇨. 나도 그동안 할일이 있습니다. 글피 아침에 로사 데 이메르 성에서 뵙도록 하지요."

"만반의 준비를 갖추고 기다리고 있겠습니다. 그런데 에투알을 어디에 집결시키려 하십니까?"

대영주는 자신이 군대를 빌려주겠다고 제안하지 않았을 경우 샤를로트가 무슨 힘으로 반란 도당과 싸우려 했을지 예측하고 있었다. 샤를로트가 웃었다.

"이 근처라서 아마 로사 알브를 드나들게 될 겁니다. 웬만해서 사람들 눈에 띄지는 않을 테지만 만에 하나 문제가 될 경우 양해를 부탁드리겠습니다."

"에투알은 대공국 군대에 들어가 있으니 사라지는 순간 이탈이 알려질 테고, 연하가 그들과 함께하실 것을 예상하고 집중적인 추적을 할 게 틀림없습니다. 그러므로 타국 집결은 허를 찌르는 좋은 생각입니다."

샤를로트는 조금 놀라서 눈썹을 올렸다가 곧 생긋 웃었다.

"과연 대영주께 뭘 감추기란 쉽지 않군요."

"연하께서 평소 친분도 없던 저를 왜 찾아오셨을까, 그 생각을 하다가 떠올리게 된 것뿐입니다. 그런데 저에게 집결 장소를 밝히지 않으시는 것 또한 신중한 선택입니다. 볼수록 연하는 뛰어난 군주가 될 자질을 갖고 계신 것 같습니다."

지스카르가 주머니 속에서 작은 상자를 꺼내 샤를로트 앞에 놓았다. 끌어당겨 열어보니 반지 하나가 들어 있었다. 인장 형태로 연마된 표면에 밀 이삭 모양을 새겼고, 이삭 하나하나에 노란 보석이 박혀 있다.

"이건 가문의 문장 같은데……"

로사 알브의 문장에 밀 이삭이 있던 기억이 났다. 지스카르가 고개를 끄덕였다.

"맞습니다. 본래 제 딸아이의 것인데 지금은 쓰지 않으니 잠시 연하께 맡길까 합니다. 약속의 증표로 생각해주십시오. 영지를 통과하시거나 데이메르 성에 들어가실 때도 도움이 될 것입니다."

오늘의 대화는 어디에 기록된 것도 아니고 증인도 없다. 군사 지원이라는 중대한 약속을 받았지만 말만 듣고 돌아섰다가 혹시라도 약속이 어그러지면 이만저만 낭패가 아닐 수 없다. 무슨 용건으로 만나자고 하는지도 알지 못했을 대영주가 이런 상황을 예상하기라도 한 것처럼 증표를 가져오다니.

샤를로트는 반지를 집어들었다. 반지가 작은 것을 보니 가문의 일원임을 나타내기 위해 미성년 아이들이 끼는 반지인 듯했다. 그걸 들여다보던 샤를로트가 한숨을 내쉬더니 지스카르를 향해 어쩔 수 없다는 것처럼 웃었다.

"너무나 감사한 배려입니다. 이렇게까지 해주시니 나도 별수가 없군요. 나는 로사 알브의 군대와 함께 움직이지 않습니다. 그보다 먼저 에투알을 이끌고 출발해야 합니다. 사흘이나 기다리기에는 정세가 너무 불안합니다."

소집 가능한 에투알은 몇 명일까? 전부 다라고 해도 여든 명이 안 될 텐데 공녀는 그들을 이끌고 적들이 가장 철저하게 경계하고 있을 오를리까지 단숨에 돌파할 생각인 것이다. 지스카르도 사흘이 좀 길다고 생각하긴 했지만 반란 도당의 세력과 대공국 군대가 도처에 흩어져 있는 상황인 만큼 선뜻 권하지 못했는데 과연 공녀는 담대한 성미였다.

"그러므로 솔직히 말씀드리자면 사흘 뒤 로사 데이메르에는 내가 아니라 다른 사람이 가게 됩니다. 그 시점에 나는 오를리 근교에 가 있을 것입니다."

그걸 말하지 않았던 이유는 여전히 상대를 완전히 믿지는 않았기 때문이다. 공녀가 직접 가겠다고 약속하지 않는다면 그 군대는 정예병으로, 또 약속한 만큼의 규모로 준비될 것인가. 아니, 실제로 준비가 되긴 할 것인가.

그럴듯한 약속을 믿었다가 뒤통수를 맞은 적은 셀 수도 없다. 어린 공녀에게 떠벌린 허풍쯤이야 적당히 눙치고 넘어가도 제 명예에 실금 하나 갈 일 없다고 생각하는 자들, 변명이랍시고 화려하게 혓바닥만 놀리는 자들은 왜 그리 많았던가. 귀족들의 호언장담은 절반 이하로 꺾어 들으면 곤경에 빠질 일이 없다는 지혜가 몸에 익을 대로 익고 나서야 처음으로 믿을 만한 상대를 만났다. 눈앞의 사람을 믿을 것인가, 경험을 믿을 것인가.

지스카르도 나름 신선한 경험이라고 생각하며 샤를로트를 바라봤다. 그가 이 정도로 신의를 보여도 끝까지 주도면밀한 상대는 흔치 않았다. 특히 젊은이들 중에는. 지스카르 특유의 포용적인 태도는 때로 안이하다는 비판을 받곤 했지만 실제로는 상대가 경계를 풀고 속을 터놓도록 하는 데 탁월한 힘을 발휘했다. 늘 상대가 기대하는 것보다 더 주어야 하는 것이다. 줄 수만 있다면 가장 좋은 것을 주어야 한다. 그래야 협상의 진정한 성과가 돌아온다.

그런 것이 통하지 않는 상대도 있다.

대공이 속내를 보이지 않기로 유명하더니 공녀도 처세를 이어받은 것일까. 저런 나이에 실천하기는 쉽지 않은 것인데.

대공조차도 저 나이에는 그렇지 않았는데. 조금 전 마음을 놓은 듯 보였던 앳된 얼굴에 다시금 묘한 긴장감이 서려 있었다. 아까 본 것도 또다른 가면이었음을 그제야 알았다. 한 겹 아래 또 한 겹. 그 아래 얼마나 더 있을지, 맨얼굴이 있긴 할까? 가면이 여러 겹인 사람들은 자신의 맨얼굴을 구별하지 못하는 경향이 있다. 공녀도 그런지는 모르지만 하나는 확실했다. 아이로 대할 상대가 아니라는 것.

문득 이런 공녀가 후계권을 되찾도록 도와도 될지 의혹이 떠올랐다. 지나친 생각일까.

뛰어난 군주가 나라를 다스릴수록 공화정까지 가는 길은 멀어지고 심지어 가시밭길이 된다. 아노마라드에서 왕정이 뒤집혔던 것은 엘반트 3세가 무능하고 탐욕스러웠기 때문이다. 샤를로트가 다스리는 오를란느는 그 반대가 될 가능성이 높았다. 어쩌면 아노마라드까지도 휘말아 삼킬 가능성을 품고 있지는 않은가. 체첼 국왕의 어리석은 아들쯤은 상대도 안 될 텐데.

그때 샤를로트가 말했다.

"대영주께서 큰 호의를 베푸셨는데 내가 그에 걸맞은 신뢰를 보이지 않아 실망하셨지요. 죄송하게 생각합니다만, 내게도 이유가 없지는 않았습니다."

"무엇이었는지 듣고 싶군요."

"그건 대영주께서 내게 아무것도 요구하지 않으셨기 때문입니다. 만약 무엇이든 요구하셨더라면 나는 이 대화를 협상으로 이해했을 것입니다. 하지만 아무 대가도 없는 호의란……"

작다면 동정심이겠고 크다면…… 그 말을 뱉으려다가 망설여져 입안에서 한 번 굴리는데 지스카르가 말했다.

"속임수를 감싼 당의糖衣임을 경험하셨던 거겠지요. 이해했습니다. 충분히 그러실 수 있었겠습니다. 제 생각이 짧았습니다."

그 말은 진심이었다. 지스카르는 상대가 도움이 필요한 아이라고 느끼면서 자신이 오히려 협상의 기본을 지키지 못했음을 깨달았다. 협상이란 주고받는 것이다. 줄 것과 받을 것이 있는 자만이 협상 자리에 앉을 수 있다.

공녀는 자신에게 동정심을 기대하고 찾아온 것이 아니었다. 공녀가 스스로를 길 잃은 어린아이나 구조가 필요한 소녀로 느꼈을 리 없다. 유서 깊은 대공가의 공녀로 태어났고, 아버지를 구하겠다고 단신으로 말을 달려 와 낯선 대영주와 협상하려 하는 젊은이의 자부심을 자신이 가볍게 보았던 것이다. 이만저만 무례가 아닐 수 없다.

동시에, 무엇보다 이런 결과가 온 진정한 이유는 지스카르 본인에게 있었음을 직시하게 되었다. 공녀가 자신에게 작은 전략을 숨겼다고 실망할 일인가? 자신은 공화주의자임을 숨기고 대공의 충성스러운 신하인 체하고 있으면서?

다시 말해 조금 전, '제가 바라는 것은 대공 전하를 구하시고, 장차 대공국을 잘 이끌어주시는 것'이라고 했던 말에는 진실이 담겨 있었는가? 그렇지 않았다. 그랬기에 공녀는 의구심을 품었던 것이다. 그리고 간파했다. 무엇을 감췄는지는 모르나 뭔가를 감췄음을. 그렇다고 협상을 깨뜨려서는 안 되었기에 감춰진 것을 캐내려 드는 대신 대응 수준을 미세하게 조정했다.

거기까지 생각하자 진심으로 감탄이 나왔다. 이런 것이야말로 진정한 정치적 감각이었다. 공녀는 백 년 전에만 태어났어도 오를란느를 위대하게 만들었을 군주의 재목이 틀림없었다. 시대를 잘못 타고나 아쉽기 그지없지만…… 아니다. 이런 재능은 오히려 공화국 시대에 더욱 잘 쓰일 수 있지 않을까? 신분과 명예의 값이 떨어지고 온갖 이해관계를 가진 자들의 뜻을 협상으로 모아야 하는 시대에 빛을 발할 인재를 발견했는데, 하필이면 군주제의 후계자라니.

아쉬운 마음에 온갖 생각을 해보아도 대공국의 후계자를 공화파에 투신하게 만드는 건 연금술사라 해도 불가능한 일이었다. 지금껏 많은 학생을 가르치며 종종 똑똑한 학생에게 놀라곤 했지만 공녀는 자신을 토론으로 이긴 학생이 아니었다. 실제 협상 상황에서 벌어진 일인 것이다.

그런 생각을 하는 동안 샤를로트가 웃을까 말까 하는 얼굴로 지스카르의 눈치를 살피다가 말했다.

"대영주께서 선택하는 단어들은 항상 훌륭하네요. 내가 먼저 말하지 않길 잘했어요."

지스카르는 제 생각에 사로잡히는 바람에 샤를로트가 감탄한 단어가 무엇인지 바로 떠올리지 못하고 잠시 얼떨떨한 표정을 지었다.

"아, 그 말씀이 무엇일지……"

"그걸 말해버리면 안 되죠. 제가 잘 묻어둘게요."

하마터면 '협잡'이라고 뱉어버릴 뻔했네, 라고 생각하며 샤를로트는 계면쩍은 미소를 지었다. 이윽고 지스카르도 고개를 끄덕이며 말했다.

"연하의 말씀이 진실로 옳기에 지금이라도 제 협상 조건을 말씀드려야겠습니다."

"사양치 마시고 무엇이든지."

지스카르는 정말로 그럴 생각이었다. 공녀에게 감탄하고 공녀가 대공국을 이어받은 뒤를 기대하는 만큼 진정으로 하고 싶었던 한마디를 하리라.

"제가 언젠가 아주 어려운 부탁을 드릴 것인데 거절하지 않겠다고 약속해주십시오."

샤를로트의 얼굴에 잠시 생각하는 빛이 스쳤다. 그러나 오래 망설이지는 않았다.

“그러겠습니다.”

공녀는 이 약속에 무엇이 들어 있는지 모르리라. 그것도 속임수인가 싶어 부끄럽기도 했지만 지금은 여기까지가 최선이었다. 그리고 공녀는 용감하게 약속을 받아들였다. 공녀가 그에게 완전한 신뢰를 줄 수 없었던 이유를 밝히기 전, 자신은 스스로의 모순을 알아차리지 못하고 순간적으로 공녀를 돕는 것이 맞을지 다시 저울질하기까지 했다. 누가 더 속이 좁았단 말인가.

한때 그들은 구슬을 달라고 손가락을 하나씩 잡아 펴던 아기와 손에 감춘 구슬을 사탕으로 바꿔치기하던 친척 아저씨였다. 그때로부터 오늘까지 이십 년도 흐르지 않았다. 세월은 진정 한 손으로 아이들을 죽이면서 다른 한 손으로 키우며, 어른이라 해서 영원히 현명하지도 않은 것이다.

이윽고 두 사람은 요새를 빠져나와 계단을 내려갔다. 처음 왔을 때처럼 힘을 합쳐 문을 닫으면서 샤를로트가 말했다.

“말씀대로 이 요새를 다시 사용할 일은 없어야 하겠지만, 요새가 아니라 역사를 간직한 성으로 활용해도 좋지 않을까요?”

로사리아의 저항의 상징인 알빈느를 다시 사용해도 좋다는 것은 오를란느가 로사 알브의 대영주를 진정한 변경백으로 믿겠다는 의미로도 해석될 수 있었다. 지스카르가 답했다.

"연하께서 대공위에 오르신 뒤에 그렇게 해보겠습니다. 한때 샤를 1세가 닫았던 알빈느의 문을 같은 이름을 가진 분께서 열어주시는 것도 의미가 있을 것 같군요."

이제는 대공이 되어 왕호를 쓰지 않지만 옛날 기준으로라면 샤를로트 1세가 되었으리라. 막 문을 닫고 손을 털어낸 샤를로트가 웃었다.

"그거 근사하네요. 참, 그런 날이 와서 성을 깨끗이 고치시더라도 아까 그 탁자만은 보존해주시면 좋겠어요. 흥미로운 역사를 품은 물건 같았거든요. 오늘의 만남도 함께 기억된다면 더욱 좋겠고요."

"그거 좋은 생각이십니다. 그리고 역사를 품은 물건도 맞습니다. 그렇군요, 그 탁자에 만찬을 준비해 연하를 모셨을 때 제가 샤를 1세와 로사리아의 귀부인에 얽힌 재미있는 이야기를 들려드리겠습니다. 취미 수준이지만 지역 역사가 노릇을 하다보니 수집한 이야기가 좀 있습니다."

"그 두 사람은 생전 모르는 사이가 아니었던가요?"

"그게 꼭 그렇지는 않았던 모양입니다. 꽤 복잡한 이야기가 얽혀 있지요."

"아, 그런 말씀을 하시니 벌써부터 궁금한데 너무 오래 기다려야 하네요."

무심코 그렇게 말하던 샤를로트가 멈칫하더니 표정이 굳어졌다. 버릇처럼 먼 일로 말했지만 그건 눈앞에 닥친 일일 수도 있었다. 미르망드의 대공은 과연 살아 있을 것인가?

자물쇠를 잠그고 돌아선 지스카르가 샤를로트의 기색을 눈치채고 부드럽게 말했다.

"그렇군요. 그러면 다음번에, 오늘보다 조금 더 여유 있게 방문하신 날로 하시지요. 지금은 워낙 할일도 생각할 일도 많으시니까요."

샤를로트는 깊이 숨을 들이쉰 다음 고개를 끄덕였다.

"그래요. 그 정도면 기다릴 수 있겠어요."

12
장

EDGE

정체불명의 바닷가 도시

노래 같기도 하고 비명 같기도 한 목소리가 뚝 그치고, 막시민은 눈앞을 의식했다.

자신이 누구이고 여기서 뭘 하고 있는지 떠올리기까지 약간의 시간이 걸렸다. 몇 초에 불과하긴 했지만 마치 책 한 권을 손끝으로 훑는 것처럼 그렇게 차례로 떠올랐다. 코츠볼트 출신의, 막시민 리프크네는, 고향을 떠나, 네냐플에 들어갔다가, 켈티카로 보내졌다가, 납치됐다가, 전이문을 통과해, 어딘가에 도착했다. 여기는……

빛이 새어든 먼지투성이 풍경은 어쩐지 익숙했다. 귀퉁이가 찢어져 썩은 밀기울이 흘러나오는 자루, 망가진 편자, 곰팡이 슨 가죽띠, 녹슨 쇠를 두른 물통. 고향에서 뭔가 그럴싸한 것을 훔쳐먹은 날 집으로 찾아올 사람들을 피해 하룻밤 잠자리로 곧잘 써먹던 꼬마 마스네 헛간처럼 생겼다.

그렇다. 헛간이다. 헛간이란 대륙 어디를 가나 비슷하기 마련이다. 다시 말해 막시민이 고향 코츠볼트로 왔을 리는 없었다. 눈앞에서 미간을 찡그리고 팔짱을 낀 채 대화를 나누고 있는 두 사람만 봐도 그랬다.

"어휴…… 그 인간. 이런 식으로 골탕을 먹이냐."

"정식으로 항의해야 할 문제입니다. 다른 의도가 있었는지도 확인해봐야 하고요."

다비드와 비비엔은 뭔가에 짜증이 난 듯했지만 막시민은 영문을 몰랐으므로 그냥 주위를 둘러봤다. 헛간 왼쪽의 선반에는 조금 전 막시민이 봤던 온갖 잡동사니가, 오른쪽에는 밀짚이 쌓여 있었다. 맞은편에는 금이 간 여물통과 부러진 쇠스랑 따위가 보인다. 그런 현실적인 쓰레기들을 보고 있자니 조금 전 들은 목소리며 기괴한 내용 모두가 전날 꾼 악몽처럼 어색하기 이를 데 없었다.

그건 프시키의 목소리가 맞았을까? 전이문을 통과하던 도중 어디선가 새어든 잡음은 아니고? 따지고 보면 엄청 긴 거리를 통과한 셈이니까 그사이에 길 가던 누군가가 떠들어대던 얘기를 슬쩍 엿들은…… 것이라기에는 너무 생생하게 잘 들렸는데.

내용이 뭐였던가 되새겨보려 했다. 요점만 간추려보자면…… 욕이었지. 차라리 쌍욕을 할 것이지 아주 그냥 고차원적으로 근사한 저주를 퍼붓더구먼. 그리고……

—느린 죽음이 세상을 덮치리라.

마지막 말이 떠오르는 것과 함께 목덜미가 선뜩해졌다. 뜻을 알아서가 아니라 뼛속 깊은 증오심이 느껴져서였다. 프시키가 이런 증오심을 품을 수가 있나? 인간처럼 생각할 줄은 모른다고 하지 않았나? 하지만 그놈들은 회의장에서도 비슷한 소릴 했었는데. 여왕한테 구해달라는 둥 어쩌고 하면서 뭘 해달라고 했더라?

—그자를 송곳니로 찢어발겨 들판에 뿌려주세요.

막시민은 멍하니 헛간 구석의 잡동사니를 쳐다보며 생각했다. 이 여왕은 누구인가? 왜 그렇게 찢어발기고 싶은가? 하여튼 그 얘길 왜 나한테 하는가?

세번째가 가장 궁금했지만 알 길이 없으니 넘어가고, 찢어발기고 싶은 상대는 역시 아이언페이스려나? 그런데 프시키들은 왜 그렇게까지 그자를 증오하는데? 그동안 부당 노동이라도 강제당했나? 또는 프시키 나라에도 허공에 국경 같은 게 있어서 나름대로 피 터지게 싸우고 있나? 킵에서 날아다니던 쇳조각들과 이 노래 부르기 좋아하는 놈들로 갈려서? 그러다가 걔들의 전쟁이 심각해지면 이 세상도 덩달아 망하고 그러는 거야?

이렇듯 막시민이 진지해지기가 어려웠던 이유는 사실 냄새 때문이었다. 결국 더 견딜 수가 없어 코를 틀어막은 막시민이 물었다.

"여긴 뭡니까? 이 냄새는 또 뭐고……"

입구를 찾으려고 벽을 따라 한 바퀴 돌며 다비드가 대꾸했다.

"잘못된 도착지, 거기까지밖에 모르겠네요. 아, 냄새요? 그거 전이문 똥냄새예요. 이 정도면 상당히 양호한 편이죠."

직후, 마지막으로 도착한 로랑이 관자놀이를 누르면서 주위를 빠르게 둘러봤다. 그의 미간에도 주름이 잡혔다.

"이게 어떻게 된 겁니까?"

"나도 모른다. 심볼리온 마법사가 우리를 골탕 먹인 건지, 전이문이 우릴 골탕 먹인 건지, 아니면 마담 아르망주 말대로……"

그때 문짝을 찾아낸 비비엔이 한 발짝 물러났다가 밀어차기를 날렸다. 퍽 하는 소리와 함께 어설프게 생긴 문이 앞으로 넘어가고 뿌연 빛이 쏟아져들어왔다. 비비엔이 돌아보며 말했다.

"감금 목적은 없었던 것 같습니다."

"어이구, 다행이네요. 그럼 어디 보자, 여긴 또 어딘지……"

다비드가 먼지가 풀풀 날리는 입구 쪽으로 다가가는데 갑자기 로랑이 막시민의 팔을 낚아채 바깥으로 밀쳐냈다. 얼떨결에 바깥으로 던져지고 보니 헛간인지 외양간인지 모를 건물은 불안정하게 흔들대다가 곧 한쪽 벽체와 지붕이 무너져 내렸다.

마찬가지로 비비엔의 손으로 내던져진 다비드가 엉덩이를 문지르다가 기가 막힌지 헛웃음을 뱉어냈다.

"감금이 아니라 살해 목적이 있었네!"

"보고서에 그렇게 반영하겠습니다."

"잠깐만, 마담. 제 의견이라고 쓰시지는 말고요."

예상 범위에는 없던 방법이지만, 어쨌든 밖으로 나오게 된 막시민은 다시 주위를 둘러봤다. 한 가지는 쉽게 알았다. 여긴 마을이고, 텅 비었다. 아니, 기껏 대여섯 채 정도의 집들이 산자락에 모여 있을 뿐이라 마을이라 할 규모가 아니긴 한데 어쨌든 어디서도 연기 한줄기 오르지 않았다. 인기척도 없었다. 산속에서 화전이나 숯가마 같은 것으로 살아가던 사람들이 무슨 이유로든 마을을 비운 듯했다. 즉, 여기가 어딘지 알려줄 사람이 아무도 없다는 뜻이다.

나머지 셋도 같은 감상을 느낀 듯했다. 다비드가 중얼거렸다.

"이거 큰일이네. 어느 쪽으로 가야 하는지 어떻게 안담."

이로써 전이문을 타고 이동한다는 최첨단 기술의 크나큰 난점을 알게 됐다. 잘못 도달했을 경우 주변을 파악할 지식이 전혀 없다. 여기가 어느 나라인지, 대륙의 동부인지 서부인지, 그런 거시적 정보조차 없다. 심지어 어느 무인도에 떨어진 건지 알 게 뭐겠는가. 날씨가 온난해서 북부는 아닌 것 같긴 한데.

왜 이런 일이 벌어진 걸까? 하이스미스가 들어갈 문을 잘못 알려줬을까? 아니면 전이문이 오작동했을까? 필요에 따라 전이문 연결지를 바꾼다고 했던 것 같은데 누가 슬쩍 다른 데로 연결해놨나? 그도 아니면…… 악의적으로 엉뚱한 데로 날려보낸 걸까?

첫번째 경우가 가장 나은 가능성이었다. 네라소가 아니면 시오르일 테니까. 엘윙이 아니라는 건 오를란느인들이 잘 알았다. 오를란느에서 킵으로 갈 때 거쳐가는 소도시여서 모두가 가봤기 때문이다. 전이문 도착지는 어느 저택 내실이어야 했다.

하지만 네라소든 시오르든, 눈에 띄지 않는 곳으로 전이문을 연결하는 것이 상례라고 해도 하필이면 금세 무너질 듯한 헛간 속을 택했을까? 그래서 속편하게 네라소나 시오르일 거라고 추측하기보다 두번째나 세번째, 그리고 네번째 가능성까지도 떨칠 수가 없었다. 아무 정보 없이 미로에 떨어진 거나 다름없었다.

"햐, 심의회에서 진 걸 이런 식으로 보복을 하네."

"논리도 명분도 말재주도 필요 없고 최첨단 저능만 있으면 충분하네요."

이리하여 막시민에게도 각자 갈 길로 간다는 선택지는 없어졌다. 여기가 드라켄즈 산맥 깊은 곳이라 수십 일쯤 걸어도 사람 사는 곳이 나오지 않는다면 어찌되겠는가. 불쾌하니까 헤어진다는 선택도 도시에서나 가능하지 대자연 앞에서는 사치일 뿐이다.

그리고 해가 기울고 있었다.

당장 갈 길을 정해야 했으므로 전이문을 타고 이동하며 들었던 목소리를 오를란느인들도 들었는지, 전이문을 통과하다 보면 종종 목소리가 들리는지, 그런 질문은 일단 미뤄두기로 했다. 네 사람은 실마리라도 찾고자 집들 사이를 두리번대며 걸었다.

"오를란느는 아닌 것 같지만."

로랑이 중얼거렸다. 그렇게 먼 곳까지 이동됐을 리 없기도 했지만 어쨌든 집 생김새가 눈에 익지 않았다. 하지만 그것조차 확실한 정보는 아니었다. 뭐라도 정보를 얻어보려고 집을 지은 재료가 흙인지 돌인지, 목조인지 반목조인지, 마당이 집 안에 있는지 노출되어 있는지, 울타리는 뭐로 만들고 가축은 뭘 키웠는지 온갖 것을 주의깊게 봤지만 로랑이라고 오를란느 전역을 가본 것도 아니고 확실한 건 아무것도 없었다.

"아닌 거 같긴 해. 아까 보니까 우물에 각이 있더라. 너도 알다시피 우물을 각지게 만들면 각진 곳을 좋아하는 요정이 와서 앉잖아. 그러다가 동그란 사람 뒤통수를 보면 물속에 처넣고 싶어하고…… 하여간 뭐 오를란느일 리는 없다 그거야."

오를란느인만 알 법한 이야기를 지껄이다 말고 다비드는 막시민을 힐끔 봤다. 아노마라드인의 입에서 '아노마라드는 아닌 것 같네요'만 들어도 약간의 판단 준거는 될 테니까. 아노마라드는 오를란느보다 훨씬 넓고 기후와 지형도 어마어마하게 다양하다는 점을 무시한 처사였지만 다른 두 명도 힐끔 봤으므로 무슨 의견이든 내놔야 할 것 같은 상황이라 막시민은 간단히 말했다.

"두르넨사 같네요."

"뭐라고요?"

뜻밖의 구체적인 지명에 놀란 세 사람이 막시민을 제대로 돌아봤다. 집을 척 보기만 해도 대륙 어느 지역의 양식인지, 그런 것도 네냐플에서 가르치나?

비비엔이 미심쩍은 눈빛으로 물었다.

"무엇을 보고 판단한 것입니까?"

막시민은 조금 전 지나온 집의 뒤뜰을 가리켰다. 버려진 상자 몇 개를 본 비비엔이 울타리를 넘어갔다. 그중 하나에 불로 지진 범선 모양 낙인이 있었고 아래에 희미하게 '칼라이소 선박 조합, 922년 설립'이라고 찍혀 있었다.

비비엔이 상자를 들고 돌아와 막시민의 얼굴을 뚫어져라 보더니 물었다.

"안경 쓰면 이런 것도 보입니까?"

"글자는 안 보였고, 마크가 익숙해서요. 예전에 돈을 좀 뜯겨봐서."

돈 뜯긴 상대를 절대 잊는 법이 없는 막시민이 아련한 원한을 떠올리며 그렇게 말했지만 오를란느인들은 복잡한 표정이 되었다. 아노마라드 출신 학생이 두르넨사까지 와서 돈을 뜯겨봤다니 대체 무슨 경험을 하고 다닌 건가……

다비드가 얼른 실용적인 의견을 냈다.

"칼라이소가 두르넨사에 있는 항구 이름인 거죠? 그럼 우린 역시 네라소로 나온 거야? 어휴 다행이다. 근데 네라소가 어딘지는 아직도 모르네."

로랑이 말했다.

"일단 저쪽으로 내려가봅시다. 능선의 형태로 보아 저쪽에 강이 있든 마을이 있든 할 것 같아 보입니다. 해가 질 때까지 한 시간쯤 남은 것 같으니 아무것도 발견하지 못하면 이리로 돌아와서 하룻밤 야영하는 것이 좋겠습니다."

되돌아올 가능성이 높은 비탈을 한 시간이나 내려가다니, 막시민의 상식으로는 이해가 가지 않는 의견이지만 아무도 대안이 없었기에 결국 그들은 내려가기 시작했다. 그러나 다행스럽게도 되돌아갈 필요도, 한 시간이나 내려갈 필요도 없었다. 푸른 벼랑을 반 바퀴 돌자마자 눈앞에 탁 트인 평야와 바다가 나타났다. 평야 너머에 자리잡은 커다란 도시를 보자 모두 다행스러워하는 기색이 역력했다.

다비드가 말했다.

"두르넨사라 그랬죠? 그럼 저긴 두르넨사인가?"

언뜻 멍청하게 들리는 말이어도 두르넨사는 도시국가로 시작했고 그 도시가 현재는 수도가 되었기에 틀린 말은 아니었다. 로랑이 중얼거렸다.

"두르넨사가 맞습니까? 하이아칸을 그린 그림도 꼭 저랬던 것 같은데."

"남부의 큰 도시들은 주로 바닷가니까. 비슷하게 보일 수도 있지 뭐."

"아까 상자에 적혀 있던 거기는 아니고요?"

막시민이 고개를 저었다.

"칼라이소는 저렇게 하얗지 않거든요. 상당히 너저분한 데라고요."

"저긴 질서 정연해 보이는데 같은 나라가 아니라 아예 다른 곳일 가능성도 생각해야 할 것 같습니다. 애초에 수도가 해안가에 있는 것도 이상하니까."

"그보다 남부 바다는 새파랗다던데 저건 갈색이네요. 애초에 남부가 아닐지도 모르겠습니다."

"아니 저기……"

다비드는 동료들의 잘못된 상식을 어디부터 고쳐줘야 하나 생각하며 막시민을 건너다봤지만 도와줄 기색이 아니었으므로 평소대로 실용적인 결론을 내버렸다.

"아 뭐! 내려가보면 알겠죠. 어서들 가십시다!"

일단 내려가면 아무리 남부라도 해질녘에는 바닷물 색이 칙칙하게 보이고 수도가 해안에 있어도 불법은 아니라는 걸 납득시켜줄 사람도 있겠지, 그런 생각으로 걸음을 재촉해 내려가자 곧 새로운 것이 나타났다.

"어, 저기 도로가 있잖냐. 도시로 가는 길 같은데."

내려오던 방향을 가로지르듯 나타난 도로는 널찍하게 잘 닦아놓은 것치고 다소 이상한 데가 있었다. 바닥에 불규칙한 형태의 큰 자갈을 깔았는데 여기저기에서 자갈이 빠져나가 표면이 상당히 울퉁불퉁했다. 마차가 지나가려면 매우 흔들릴 테고 말발굽도 미끄러져 다칠 확률이 높았다. 그렇다고 걷기에 좋은 것도 아니다. 이걸 길이라고 닦았다니.

다비드가 중얼거렸다.

"이거 엄청 오래된 거 같은데. 거의 유적이야. 우리 나라에도 이 비슷한 게 있을 거야. 북부 쪽에. 고대에 깔렸던 도로라고 들은 적이 있어. 이젠 거의 사라졌지만."

"혹시 몽타뉴 쪽 아닙니까?"

로랑이 불쑥 묻자 다비드가 고개를 끄덕이며 반문했다.

"너 본 적 있냐?"

"그런 것 같네요. 왜인지 바다를 향해 이어져 있어서 이상하다고 했던 기억이 납니다. 그쪽엔 도시는커녕 이렇다 할 것이 전혀 없었거든요."

"그러고 보니 이것도 바다를 향해 깔려 있네."

그렇게 말하니 무슨 비밀이라도 숨겨진 느낌이라 어쩐지 거슬렸다. 로랑이 도시 쪽을 힐끗 보고는 말했다.

"이건 도시로 이어지고 있다고 봐야 하는 것 아닙니까?"

"그 도시 너머가 바다잖아. 모르긴 해도 이 도로가 저 도시보다 먼저 있었을걸. 그 시절에는 바다 너머에 뭐 중요한 게 있었나본데?"

"그 고대란 건 언젭니까? 여기가 가나폴리 땅도 아닌데요."

"듣고 보니 그러네. 그게 언제람."

그들의 이야기를 듣던 막시민은 무심코 레오멘티스 교수가 보여줬던 지도 위 흰빛을 떠올렸다. 남부 해안 쪽에서 뻗어오다가 사그라지던 빛……

도로를 따라 가 도시 근처에 이르고 보니 이곳은 보기 드문 계획도시였다. 성벽은 직선이고 활짝 열린 성문 안쪽으로 보이는 도로도 일직선, 좌우의 집들도 대칭적으로 생겼다. 그런데 성문에 파수병이 없었다. 성벽도 마찬가지였다. 네 사람은 아무런 제지도 받지 않고 성문을 통과했다. 누가 불쑥 나타나지는 않나 좌우를 힐끔거렸지만 안쪽 큰길로 접어들고도 지나가는 사람 한 명 없었다. 상점처럼 보이는 집들도 문이 닫혀 있었다.

"이게 대체 무슨 일이냐. 해가 지면 나다니는 게 불법은 아닐 테고."

"도시에 무슨 일이 생겼나본데요."

"그게 웬만한 일은 아닌가보다."

이렇게 되자 내려가기만 하면 뭐든 설명해줄 사람쯤은 널려 있겠지, 라고 생각한 다비드의 계획도 실현되기 힘들어졌다. 똑바르게 뻗은 길을 한참 따라 갔지만 어린애 한 명 발견하지 못했다. 이만한 규모의 도시가 텅 비다니, 대체 무슨 일이 벌어진 것일까?

사거리에 이르렀을 때 비비엔이 문득 걸음을 멈췄다. 로랑도 마찬가지였다. 두 에투알의 반응을 본 다비드가 긴장해서 주위를 살폈지만 새롭게 나타난 것은 없었다.

"왜 그래?"

로랑은 바로 대답하지 않고 잠시 후 질문하듯 비비엔을 봤다. 비비엔이 대답했다.

"네."

"뭔데요, 마담?"

로랑이 다비드를 보며 입술에 손가락을 대 보이더니 앉아서 돌바닥에 손을 댔다. 그즈음 막시민은 조금 다른 것을 깨달았다. 주머니 속에서 뭔가가 진동하고 있는 느낌이다. 손을 넣어보려다가 멈췄다. 주머니엔 바이올린 현밖에 없는데.

로랑이 일어섰다.

"땅이 울렸습니다. 지진 같기도 하고."

"그래서 사람들이 대피한 것일지도 모르겠네요."

"아직 확실한 건 아닙니다. 우연일 수도 있으니."

"하지만 마을에도 사람이 없었고, 여기도 너무 고요한 데는 무슨 이유가 있겠죠. 지진은 가능성이 높은 추론입니다."

로랑과 비비엔이 대화하는 동안 다비드만은 끝내 깨닫지 못했는지 주변을 두리번대기만 했다. 에투알의 감각은 역시 따라갈 수가 없다고 생각하고 있는데 비비엔이 진지한 눈빛으로 말을 이었다.

"역시 카스티유 경 말씀대로 바닷가에 수도가 있으면 안 되는 것 같습니다."

"아니, 저기, 그게, 마담……"

"아직까지 파괴 흔적은 없었습니다. 사람들이 앞으로 지진이 일어날 것을 알고 미리 대피했다는 뜻이겠죠."

그때 막시민이 불쑥 물었다.

"앞으로 일어날 지진을 어떻게 압니까?"

다비드도 비비엔을 돌아봤다. 그렇긴 하다. 지진을 어떻게 예측한담? 비비엔은 그것도 모르느냐는 눈빛으로 막시민을 쏘아보더니 답했다.

"별들의 움직임을 관찰하면 알잖아요. 네냐플에서는 안 배웁니까?"

"……"

네냐플에서 정말로 안 가르쳤던 것인가, 단지 막시민이 모르는 것인가? 너무 단호한 대답에 조금 헷갈려하는 표정을 짓던 로랑이 다비드를 힐끔 보자 다비드가 한숨을 내쉬고는 허공을 봤다. 외국인 앞에서 자국의 엘리트 군인을 헐뜯기도 그렇고, 그렇다고 맞장구치기도 그렇고.

"그게 뭐, 별을 보다보면 여러 가지를 알게 되기는 하는데 주로 인간의 성격과 운명이라든가…… 성격 나쁜 인간이 많이 모여 있는 데는 피하는 게 좋겠죠. 그야 지진이란 건 언제 어디서 일어날지 모르니까 거기도 당연히……"

다비드가 세상 어디서든 지진은 일어날 수 있기 때문에 점성학에 따른 사람들의 성격을 기준으로 피하는 것도 사실상 피할 가능성이 똑같다는, 어쩐지 막시민이 했어야 할 것 같은 말을 허공에 대고 중얼거리고 있는데 진동 때문인지 문이 열리며 사람들이 나타나기 시작했다. 말을 끝까지 맺을 필요가 없어진 다비드가 반색했다.

“오우, 드디어 뭘 좀 물어볼 수 있겠는데.”

그러나 그럴 수 없었다. 사람들은 눈앞의 네 사람은 거들떠보지도 않고 도로를 따라 뛰다시피 가버렸다. 심지어 뭔가에 화가 난 것처럼 저들끼리 떠들고 있었으므로 ‘여기가 어딘가요?’ 같은 일견 멍청한 질문을 할 기회는 좀처럼 없었다. 그리고 무엇보다 그들의 언어를 이해할 수가 없었다. 방언인가 싶어 열심히 귀를 기울여봤지만 몇몇 단어 말고는 아예 다른 언어인 듯했다.

별수 없이 그들을 뒤따라가며 다비드가 말했다.

“우리도 몽타뉴 쪽에 가면 다른 언어 쓰는 사람들 있잖냐. 그런 사람들인가?”

“수도에서 쓰는 언어는 보통 그 나라의 공용어입니다만.”

“그럼 두르넨사는 공용어가 두 갠가?”

“일단 두르넨사가 맞는지도 알 수 없고요.”

“그럼 공용어 두 개를 쓰는 나라가 어디더라……”

거기까지는 예전원에서 온갖 잡다한 상식을 익힌 다비드도 몰랐다. 그런데 언어가 다르다는 사실을 알아차린 후로 로랑과 비비엔은 긴장도가 한층 높아져 함부로 말을 붙이기도 어려워졌다.

한참 가다보니 멀리서 군중이 내는 소음이 들려왔다. 광장 같은 곳에 대략 수백 명은 모여 있는 듯했다. 로랑이 사거리에서 일행을 멈춰 세웠다.

"사람들이 많고 또 흥분한 것 같으니 둘씩 떨어져 접근하는 편이 낫겠습니다. 마담 아르망주가 비서관님을 맡으시고 리프크네 씨는 저와 함께 가시죠. 우리는 저쪽, 동쪽 거리로 들어가겠습니다. 마담은 북쪽을 택하는 것이 좋겠습니다. 유사시 집결지는 이 자리로 합시다."

"네, 알겠습니다."

비비엔이 대답하자 로랑이 막시민을 향해 돌아섰다. 미처 입을 열기도 전에 막시민이 먼저 말했다.

"굳이 나까지 신경쓸 필요 없습니다. 여긴 도시니까 이제 각자 행동하면 됩니다."

"그럴 수 없습니다. 그러니까……"

산 위의 전이문 앞에 섰을 때와는 또 달랐다. 로랑은 다소 사람 같은 표정을 지어 보이더니 말을 이었다.

"제가 물어보고 싶은 것이 있어서 그렇습니다. 잡아둘 권리는 없으니 제가 따라가는 걸로 생각하셔도 됩니다. 좀 열심히 따라갈 거라서 그 점만은 양해 부탁드립니다."

막시민은 이게 뭔 소린가 싶어 상대를 빤히 봤다. 그러니까, 가도 되지만 계속 뒤를 따라오겠다고? 게다가 이런저런 구실을 대는 대신 저런 소릴 대놓고 하면서?

로랑이 따라가기로 한다면 막시민이 피해서 도망갈 가망은 없다는 걸 로랑도 알고 막시민도 알았다. 그러니 막시민을 설득하려 들 것 없이 궤변을 늘어놓으며 동행을 요구해도 어쩔 도리는 없을 터였다. 하지만 그래서는 동행은 가능할지 몰라도 질문에 답하게 하는 건 불가능하다.

로랑이 그냥 솔직하게 털어놓자고 마음먹은 건 여기까지 오는 내내 고민한 결과였다. 막시민처럼 복잡한 인물을 요령 좋게 설득해서 속내를 털어놓게 한다든가, 그런 건 로랑의 능력 밖이었다. 타고나기를 직선적인 그가 애들 상대로도 가망 없을 구슬리기를 시도하느니 차라리 정직하게 구는 편이 신뢰 점수 1점이라도 더 따는 길이 아닐까 싶었던 것이다.

그러나 막시민은 역시 만만한 상대가 아니었다.

"따라온다고요? 감시가 아니고?"

"감시할 이유는 없습니다. 죄인은 아니니까요."

"그러쇼? 거 고맙네. 어차피 내가 댁을 피해 도망갈 재주도 없고 뭐 맘대로 하시면 되겠는데, 쫓아와서 뭘 물어보면 내가 대답할 거라고 생각하는 이유는 뭔지 모르겠네요? 생각해보니 당신네 공녀님도 그렇게 집요하게 쫓아오시더니 오를란느 사람들은 다들 스토킹 좋아하시나? 그래도 그분은 두둑한 돈주머니라도 들고 오셨는데 댁은 뭔 자신감으로 공짜 상담을 하려 하시는지?"

막시민은 휙 돌아서서 먼저 걸어가기 시작했다. 로랑은 잠시 당황한 얼굴로 서 있었지만 곧 황급히 뒤따라가며 중얼거렸다.

"……그게 그런 문제야?"

두 사람이 가고 나자 뒤에 남은 다비드가 중얼거렸다.

"근데 왜 갈라져야 하냐? 뭉쳐야 안전한 게 아니고?"

비비엔이 대신 대답했다.

"우리는 외지인이니까요. 모여 있으면 시선을 끌게 되고 수가 많을수록 경계도가 올라갑니다. 자, 따라오세요. 쌍방 원호가 가능하려면 늦으면 안 됩니다."

"원호라고요? 싸울 일도 생깁니까?"

"다시 말씀드리지만 여긴 타국입니다."

"그건 저도 아는데, 두르넨사는 수교국이에요. 우리가 공녀 연하의 명을 수행중이라면 이곳의 관리들은 당연히 편의를 봐주어야 합니다. 우린 공관만 찾으면 된다고요."

"관리들은 그럴지 몰라도 흥분한 군중은 아닙니다. 우리가 두르넨사에 대해 아는 것이 없듯, 두르넨사 사람들도 오를란느에 대해 아무것도 모르겠죠. 그리고 말이 안 통하는 상대란 짐승과 다름없습니다."

"짐승이라고요? 아니 마담, 그렇게까지 극단적인 생각을 할 필요는……"

"사전에 파악되지 않은 지역에서 작전을 펼 때는 최악의 상황에 대비하는 것이 기본입니다."

내근직과 군인의 상황 인식이 평행선을 달리는 가운데 로랑과 막시민은 동쪽 도로로 접어들어 수십 명의 사람과 함께 광장으로 걸어갔다. 에투알 정복 차림인 로랑은 이곳 사람들이 보기에도 군인 같은지 몇몇이 미심쩍은 눈빛으로 흘끔거리는 것이 느껴졌다. 반면 나란히 걷고 있는 막시민은 누가 봐도 온 대륙에 흔해빠진 한량이었으므로 로랑을 보고 '뭔 일 있나?' 하던 사람들이 '별일 아닌가보다'가 되는 효과를 자아냈다. 그렇듯 적절한 상쇄 효과를 일으키는 짝이었지만 둘은 각자의 생각에 잠겨 한마디도 주고받지 않았다.

막시민은 조금 전 자신이 뱉어버린 말을 되씹고 있었다. 당신네 공녀님이라, 그런 말이 이젠 잘도 나오네. 더이상 생각하지 않으려고 애를 썼더니 효과가 있는 모양이야. 집요하게 쫓아와서 돈주머니를 쥐여주려고…… 그것도 다 맞는 말이 아니던가. 실제로 그러지 않았던가. 사실을 말한 것뿐인데 왜 안 그래도 끝나버린 관계를 관짝에 처넣고 못이라도 박는 기분이 드는 건가.

반면 옆의 로랑은 어처구니없는 심정을 누르며 그 돈이란 대체 얼마를 말하는 것일지 추측해보는 중이었다. 상대의 뻔뻔스러운 태도로 볼 때 그게 만만한 금액은 아닐 것 같은데 공녀 연하가 주신 사례금으로 갈음하면 되는 것인가, 아니면 그건 별도고 추가로 필요하단 말인가, 그나저나 여기서 당장 돈을 구할 데는 없을 것 같은데……

목적지에 가까워질수록 사람들이 불어나 어깨를 부딪치지 않고 걷기 힘들어지자 로랑은 생각을 떨치고 막시민을 보호하려 했다. 막시민은 그럴수록 사람들 틈으로 비집고 들어가려 애썼지만 큰 성과는 없었다. 열심히 쫓아가겠다는 말은 헛말이 아니었기 때문이다.

그런 식으로 병목현상이 일어난 입구를 통과해 광장으로 접어든다 싶을 무렵 갑자기 눈앞이 탁 트였다. 계단형 구조 아래로 불그레하게 물든 하늘, 수평선, 바닷가까지 이어지는 도시의 전경, 그 모두를 배경으로 우뚝 선 하얀 탑이 나타났다.

주변을 살펴보니 그들은 다섯 단으로 이뤄진 계단형 반원 구조물의 두번째 단 귀퉁이쯤으로 들어선 참이었다. 전체적 구조는 야외극장을 연상시켰다. 좌석이 없고, 무대가 있어야 할 위치에 광장이 있다는 점이 달랐지만. 모든 단은 사람들로 꽉 차 있었는데 그러고도 계속해서 새로운 사람들이 밀려들어왔다. 이미 들어온 사람만 해도 수백이 아니라 수천은 넘어

보였다. 광장을 내려다보니 삼각 박공지붕에 열주 회랑을 두른 직사각형 건물 두 채가 좌우 대칭형으로 광장의 경계를 이루며 서 있었다. 탑은 그 뒤였다.

탑은 인상적인 건물이었다. 사각 기단에 모서리마다 네 기둥을 세운 구조로 7층까지 솟았고 꼭대기에는 둥근 지붕을 씌운 종루가 있었다. 하지만 저 종루가 건립 목적이라 보기에는 여기 모인 모두가 그 탑을 바라보도록 만들어진 이곳의 구조가 신경이 쓰였다. 대체 무슨 용도일까? 탑의 균형잡힌 형식미나 햇볕에 바랜 흰빛이 꽤 아름답긴 했지만 관람석을 두고 볼 이유까진 없을 테고, 저 광장에서 무슨 공연을 한다면 그럴 수도 있겠지만 지금은 아무 구경거리도 없어 보이는데.

광장에는 누가 잡아당길까 걱정스러운 의상을 입은 십여 명의 사람이 탑 쪽을 보며 쑥덕거리고 있었다. 거 누구냐, 튀오스라는 자도 저런 걸 입었던 것 같은데. 계단에 선 사람들을 향해 무어라 외치는 자도 있었는데 물론 내용은 알아들을 수 없었지만 추측건대 광장으로 들어오지 말라는 게 아닐까? 맨 아래쪽 계단에 선 사람들조차 광장으로 내려가는 대신 저들끼리 밀치며 다닥다닥 붙어선 것을 보면.

그때 막시민의 머릿속에 수상한 옛일이 떠올라왔다. 몇 년 전 조슈아, 그리고 리체라는 또다른 친구와 함께 갑작스럽게 공연을 준비해야 했던 때의 이야기다.

그때 공연에 참여했던 지오반 한트케라는 안무가가 있었다. 그는 어느 날 저녁 후식을 먹다 말고 난데없이 흥이 나서 먹다 남은 과자를 테이블에 늘어놓으며 자신이 성공시켰다던 군무 공연의 구성을 설명해준 적이 있었다. 그 이야기 속 광장에도 탑이 있었고 저런 기둥이 있는 건물도 있었던 것 같고…… 어쩐지 꼭 여기였을 것만 같은 느낌이 드는데.

게다가 저 탑 기단부, 한트케 씨가 조슈아가 건드리지 않았던 푸딩에 꽂아서 세워놓았던 대롱과자처럼 생겼잖아.

평소 남의 자랑에 진지하게 귀를 기울이는 편이 아닌 막시민은 골치 아픈 표정으로 조각난 기억을 더듬어보았다. 그 공연을 했다는 곳이 어디였던가에 대해서. 무슨 광장이었는데…… 축복의 광장? 은혜의 광장? 그래서 그 광장이 있는 나라는 어디였냐면……

루그란 아니었나?

거기까지 생각했을 때 갑자기 맨 아래쪽 계단에 있던 사람들이 노래를 부르기 시작했다. 그러자 계단 위쪽의 사람들도 따라 했고, 삽시간에 계단과 광장은 노랫소리로 가득찼다.

가사는 뜻도 모르겠고, 그걸 적당히 부르는 것도 아니고 누구한테 호소하듯 애절하게 뽑다가 눈물까지 글썽거리고 있으니 그 사이에 끼인 막시민과 로랑은 남의 장례식장에 잘못 찾아온 사람들처럼 무슨 표정을 지어야 할지 몰랐다. 심지어 소리가 너무 커서 대화도 차단되었다. 로랑이 심각한 표정으로 세 번이나 말했지만 전혀 알아들을 수가 없었다.

"뭐라고요? 뭐가 어쨌다고요?"

로랑도 알아듣는 기색이 아니었으므로 막시민은 제 귀를 가리켜 보이고, 고개를 흔들었다. 로랑이 한숨을 쉬더니 전혀 내키지 않는 표정으로 막시민의 귓가에 입을 가까이 댔다.

"저 밑에서 무슨 일이 생길 것 같습니다. 여길 빠져나가는 편이……"

뒷말은 듣지 못했다. 제아무리 입을 바짝 갖다댔다 한들 차단하고 남을 굉음이 울렸기 때문이다.

쿵!

모든 사람이 놀라 노래를 멈췄다. 소리가 난 쪽은 광장이었다. 그러나 정확히 무엇이 낸 소리인지는 판단하기 어려웠다. 사람들은 모두 탑을 바라보았는데 그야 탑이 가장 큰 구조물이기 때문이었을 뿐 탑에 무슨 변화가 일어난 건 아니었다.

그러나 로랑은 바로 돌아서더니 발 디딜 틈 없는 사람들 틈새를 막무가내로 파고들어갔다. 계단 하나는 허리 높이쯤 되었는데 그걸 한 손으로 짚고 훌쩍 올라가서 막시민의 손을 잡아주며 올라오게 했다. 옆으로 밀려난 사람들이 째려보면서 알아듣지 못할 말로 소리쳤지만 아랑곳도 하지 않아서 막시민이 오히려 상대적 상식인이 되어 눈치를 보았다.

"아니, 이런 식으로 하면……"

로랑은 대꾸도 없이 막시민을 한 팔로 감싸안다시피 해서 또다시 사람들 틈새로 파고들었다가 다음 계단에 올라섰다. 어떤 남자가 밀려 떨어질 뻔하며 비명을 지르자 그 사람도 잡아서 세워주었지만 사과의 말은 하지 않았다.

"그게, 저 미안하게 됐……"

그런 막시민의 말도 소용은 없었다. 사람들은 다시 노래를 부르기 시작했다. 이젠 거의 악을 쓰는 듯했다. 모두가 탑을 향해 목을 뺀 가운데 뒤로 빠져나가려 드는 사람은 로랑과 막시민뿐이었다. 대화도 차단되어 로랑한테 불평을 한들 소용도 없었다.

마지막 계단까지 올라가자 그 뒤는 벽이었다. 벽에서 창인지 화살구멍인지 모를 것을 발견한 로랑은 그걸 한 손으로 잡고 몸을 솟구치면서 한 발로 디딘 뒤 다음 발로는 벽 위로 올라갔다. 그리고 아래로 손을 내밀었다. 막시민은 기가 막힌 표정을 했다.

"그런 건 당신들이나 할 줄 알거든요?"

로랑은 막시민의 말을 알아듣지 못했지만 표정만 보고도 재킷 안쪽에 찬 주머니에서 가느다란 밧줄을 꺼내 풀더니 한쪽 끝을 던져주었다. 대체 왜 여기서 나가야 하는지 모를지라도 이쯤 되면 올라가서 물어보는 수밖에 없었다. 막시민은 밧줄을 두 손에 감아 잡았고, 로랑은 반대쪽 줄을 벽 위의 요철에 한 바퀴 감은 다음 한 손으로 밧줄을 잡고 다른 손으로 신호를 보냈다.

"하나, 둘, 지금."

막시민이 줄에 매달려 창턱을 디디며 간신히 올라오는 동안 로랑은 요철의 도움만 받아 그 무게를 그대로 버텨냈다. 올라서고 보니 바람이 불어오는 가운데 벽 위는 고작 반걸음 너비라 이런 데서 사람을 끌어올렸다는 사실이 더욱 어처구니없었다. 하지만 로랑은 오히려 밧줄을 회수하며 말했다.

"잘하셨습니다."

일반인치고 잘하는 게 맞았지만 어차피 막시민에겐 안 들렸다. 벽 너머로 좁다란 거리가 내려다보였는데 거기부터 여기까지는 건물 3층쯤 되는 높이였다. 보는 것만으로도 긴장해서 휘청하는 막시민을 잡아준 로랑이 바로 그곳을 가리키며 물었다.

"저기로 뛰어내릴 수 있겠습니까?"

"왜, 그다음부터는 업고 가시게?"

사실 둘의 대화는 서로에게 들리지 않았지만 표정만으로도 소통은 잘된 모양이었다. 로랑은 뛰어내린다는 계획을 포기하고 다른 길을 찾으려 주위를 살폈다. 그사이 막시민은 광장 쪽을 돌아보다가 이상한 것을 목격했다. 광장 한가운데를 통과해 탑을 향해 가고 있는 아이였다.

그건 누가 봐도 이상한 광경이었다. 사람들은 악을 쓰며 노래를 부르고 벗겨지기 쉬운 옷을 입은 사람들 또한 쑥덕대기만 하는 가운데 단 한 명이 탑을 향해 걸어가는데 그게 아이라니. 너무 멀어서 나이도 모르겠고 보이는 건 금빛 머리뿐이었다. 아이는 금세 탑 앞에 도착해 위를 올려다보았다. 그때 로랑이 소리쳤다.

"앉으십시오!"

엉겁결에 몸을 숙였을 때였다. 저 멀리, 탑 쪽에서 검은 연기가 일어났다. 아니, 그건 연기가 아니었다. 허공으로 피어올라 고리 형태가 되더니 빙글빙글 돈다. 춤추듯 너울대다가 뱀처럼 가늘게 변하기도 하고, 갈라졌다가 합쳐졌다가 하며 온갖 형태로 바뀐다.

동시에 탑이 진동하기 시작했다. 수많은 돌이 덜걱대며 부딪는 소리가 들려온다.

쿠구구구……

이어 일어난 일은 순식간이었다. 하얀 탑의 외벽이 껍질 벗겨지듯 무너져내렸다. 그러자 파란 돌로 만들어진 일종의 기둥이 드러났다. 매끈하고, 둥글고, 아무런 무늬조차 없어 마치 연마된 보석 같은 표면 위로 윤슬처럼 자디잔 반짝임이 흘렀다. 수평선에서 밀려오는 마지막 햇빛을 받아 빛나는 기둥의 모습은 이런 상황만 아니라면 감탄할 만큼 아름다운 광경이었다.

그리고 다음 순간, 그것은 산산조각났다.

무너진 탑

"아!"

사람들이 비명을 내질렀다. 주먹을 부르쥐며 떨었다. 곧이어 뭔가에 항의하는 듯한 외침이 쏟아졌다. 수많은 사람이 1층에서 뛰어내려 광장으로 쏟아져들어갔다. 몇몇은 탑을 향해 달려가고 다른 사람들은 그들을 제지하던 사람들을 둘러쌌다. 여기저기에서 고성이 오가는 가운데 더 많은 사람은 그저 우뚝 서 있었다. 저들이 눈으로 본 것을 믿지 못하면서.

그들은 저들이 무엇을 보았는지 알지 못한다.

그러나 막시민은 알 것 같다고 생각했다. 아니, 명백히 알았다. 회의장에서 레오멘티스 교수가 말했던 이 세상을 지킨다는 다섯 개의 기둥 중 하나, 바로 그것이다.

그것이 어디에 있다거나 어떻게 생겼다고 말해준 사람은 없었다. 하지만 보는 순간 알 수밖에 없었다. 쥬스피앙은 기둥의 붕괴가 임박했다고 말했다. 그들이 할 수 있는 일은 없다고도 했다. 그 말이 맞았던 것일까. 이제 세상은 끝장이란 말인가.

하필 자신이 이 자리에 와서 무너지는 광경을 목격하다니, 우연치고는 기묘하기도 했다. 쥬스피앙은 포기하고 떠나버렸는데 어쩌자고 전이문이 잘못 작동해서 자신은 이리로 오게 된 것일까? 이제부터 세상은 어떻게 되는 걸까? 이것이 마지막 기둥일까? 아니면 어딘가에 하나쯤은 또 남아 있나?

쥬스피앙은 이 사실을 알고 있을까?

이 자리에 누구든, 이 사실을 아는 사람이 하나라도 있을까?

그런 생각을 하고 있는 막시민의 눈에 기이한 것이 들어왔다. 돌무더기가 되어버린 기둥에서 다시 검은 연기가 솟아올랐다. 가늘고 긴, 갈댓잎 같은 모습으로 피어올라 허공에 있던 연기와 합쳐지며 더욱 거대한 고리로 변하고 맹렬한 속도로 돌기 시작했다. 그러다가 풀어져 거대한 그물처럼 하늘을 뒤덮는다. 다시 머리 수십 달린 뱀처럼 갈라지고, 광장을 넘어 새떼처럼 날아온다. 어둑해져가는 하늘을 가로질러, 계단에 모인 인파를 향해서.

막시민의 머릿속에 비슷한 풍경이 떠오른 것은 순간이었다.

지평선 너머에서 철새처럼 무리 지어 몰려들던 쇳조각……

"으아아악!"

그때는 그게 덮치면 어떻게 될지 명확하게 상상하지는 못했던 것 같다. 책장 넘기듯 단번에 저것들을 없애버리던 대마법사는 떠나고 없었다. 모든 것이 비현실적일 정도로 한순간이었다. 쇳조각들이 수만 개의 칼날처럼 날아들어 밀집된 사람들을 덮친다. 베고 찌르고 죽인다. 피보라가 사방에서 튄다. 도망치려고 서로를 밀치고 짓밟을 틈도 없었다. 언어를 모르는데도 알아듣고도 남을 외침들이 울려퍼졌다. 살려주세요, 사람 살려, 도망쳐, 제발……

말 그대로의 살육이었다. 너무 빨라 비명조차 순식간에 사그라들었다. 누군가가 마법으로 방어막을 만들었다. 누군가는 또다른 마법을 썼다. 그러나 체감할 만한 변화는 없었다. 학살은 계속되고 핏물이 계단을 타고 흘러 떨어졌다. 광장까지, 붉은 잉크처럼 흐르고 있다.

넋이 나간 막시민의 손을 누군가가 낚아챘다. 로랑의 고함이 들렸다.

"정신 차리고! 저쪽으로!"

왜 저쪽으로 가라는 것인지, 알아차릴 틈도 없이 벽을 따라 후들후들 뛰었다. 좁다란 벽 위인데 속도가 빠를 리 없다. 다급한 로랑이 잡아끌고 가려 하자 오히려 걸음이 엉켜 떨어질 뻔했다. 로랑은 생각을 바꿔 먼저 벽이 낮아지는 지점까지 한달음에 달려간 다음 검을 뽑아들었다. 여기까지 약 삼 초. 이대로라면 저 쇳조각들은 막시민과 거의 동시에 도착하리라. 여기서 조금만 버틴다면……

막시민이 거의 다다를 무렵, 피 묻은 쇳조각 대여섯 개가 한꺼번에 날아들었다. 로랑의 한쪽 발이 비스듬하게 벽 모서리를 딛고, 빠르게 뻗어간 검이 다섯을 모조리 반으로 갈랐다. 불티가 튀며 흰 기운이 번진다. 잘린 조각은 힘을 잃고 아래로 떨어졌다. 서임식 때 받은 검이 트랑샹이라는 것을 알고는 있었지만 그후 큰 싸움에 사용한 적이 없었기에 진정한 효과는 실감하지 못했는데 상상 이상으로 쉽게 잘린다. 이 정도라면 어떻게 되지 않을까?

"저기로!"

뒤이어 도착한 막시민에게 벽 아래, 약 두 걸음 아래로 벽돌이 튀어나온 지점을 가리켰다. 이 벽 아래에 뚫린 아치형 문의 문틀에 해당하는 벽돌이다. 그러나 고작 한쪽 발을 디딜 정도의 너비에 불과해서 거기로 뛰어내리기는커녕 두 발로 올라서는 것도 불가능했다. 그러므로 로랑의 주문은 저길 한 발로 디디고, 그다음은 바닥으로 뛰어내리라는 것이었다. 평범한 인간의 한계를 무시한 처사로서 평소라면 미쳤냐고 반문했겠지만 지금은 선택의 여지가 없었다.

뒤따라 몇 배로 늘어난 쇳조각들이 눈앞을 뒤덮으며 날아들었다. 막시민이 내려갈 곳을 가늠하며 이를 악물고 용기를 짜내는 동안 로랑은 반걸음 두께의 벽 위에서 두 번이나 회전해가며 곡예나 다름없는 활약으로 쇳조각들을 박살냈다. 쇳조각들이 전세를 가다듬듯 조금 물러났을 때 막시민은 입속으로 욕을 하면서 미끄러져내려가 벽돌 모서리를 딛고, 다시 바닥으로 뛰어내렸다.

"윽!"

중심을 잡지 못해 앞으로 넘어지는 바람에 무릎이 찢어지고, 손바닥도 쓸려 피가 맺혔지만 다행히 부러진 곳은 없었다. 뒤를 돌아보니 로랑이 검을 꽂는 것과 동시에 몸을 돌려 같은 과정으로 뛰어내렸는데 막시민의 눈에는 거의 날아서 착지한 게 아닌가 싶은 몸놀림이었다.

당장 쇳조각들이 뒤따라오는 기색은 보이지 않았다. 로랑이 소리쳤다.

"다치지 않았죠? 갑시다!"

"그런데 당신 동료들은……"

그때까지 굳은 무표정이던 로랑의 얼굴이 일순 흔들리며 눈썹이 경련했다. 그러나 곧 입술을 꽉 다물더니 말했다.

"알아서 헤쳐나갔을 걸로 믿습니다."

로랑이라고 다비드와 비비엔이 걱정되지 않을 리 없었다.

처음 광장에 도달해 사람이 예상보다 열 배나 많은 걸 봤을 때부터 갈라져 움직이자 한 것이 실수가 아닐까 싶었지만 돌이킬 수 없는 일이었다. 지금도 로랑 혼자라면 당장 그들을 찾으러 돌아갈 것이다. 하지만 그의 곁에는 막시민이 있었다. 물론 로랑에겐 동료들이 훨씬 소중했지만 공녀에게는 이 사람이 중요한 것 같다는 생각을 떨치기가 어려웠다.

공녀는 막시민을 어디로든 보내주라 했지만 위험한 곳에 놔두고 모르는 체하라는 말은 아니지 않았을까? 직접 명령받지 않았더라도 이 사람을 지키는 것이 의무라는 직감에 따라 여기까지 움직였다. 지금은 비비엔을 동료로서 믿는 수밖에 없다. 제발, 잘해냈기를.

어느 쪽으로 가야 할까? 광장과 멀어질 작정으로 길을 따라 달려가다보니 금세 아까 오던 큰길과 합쳐졌다. 돌아보니 당장 쇳조각들이 뒤쫓아오는 것 같지는 않았지만 언제 어디서 튀어나올지 모를 일이었다. 새가 나는 것만 봐도 긴장으로 몸이 굳어졌다.

큰길을 메웠던 사람들은 그때까지도 영문을 몰라 웅성거리고 있었다. 일부는 계속해서 광장 쪽으로 가려 했다. 답답해진 막시민이 말이 통하든 말든 도망치라고 소리를 지르자 놀랍게도 누군가가 공용어로 반문했다.

"무슨 일이 났소?"

"저쪽은 다 죽었다고요! 도망쳐요!"

그러자 여기저기에서 공용어 대답이 들려왔다.

"뭐라고요?"

"죽어?"

"무슨 일 났는데요?"

이자들은 본래 공용어도 쓸 줄 알았던 것일까? 하지만 그런 질문을 하고 있을 겨를은 없었다. 그리고 로랑은 한시바삐 큰길에서 벗어날 작정이었다. 아까 광장에서 벌어진 일을 생각할 때 사람 많은 곳이 더 위험했다. 쇳조각들의 정체는 모르지만 그놈들은 이동하다가 맞닥뜨린 자들을 공격한 것이 아니라 사람들을 목표로 달려들었다. 그것들이 벽을 넘어오기까지…… 그리 긴 시간이 걸리지는 않을 것이다.

사람들이 막시민 주위로 모여들자 로랑이 재빨리 앞을 막아 차단하며 말했다.

"얘기할 새가 없습니다. 이쪽으로!"

로랑에게 이끌려 달려가는 동안 멀리서부터 비명 소리가 공기를 찢기 시작했다. 방금 전에 봤던 광경이 망막을 뒤덮으며 몸이 떨렸다. 제발…… 누군가가 저들을 도와주기를, 우리도 도와주기를, 우리를 발견하지 않기를…… 저들을 죽이느라 너무 많은 시간이 걸리기를……

로랑은 달리는 내내 줄곧 입술을 꽉 다문 채 뭔가를 찾고 있었다. 마침내 찾던 것을 발견하자 멈춰 서며 막시민을 돌아봤다.

"여기서 기다리십시오."

로랑이 가리킨 것은 석조 건물의 한쪽에 붙은 문이었다. 물론 쇠빗장이 걸려 있었지만 로랑이 검을 내리쳐 쉽사리 잘라내더니 문을 열고 막시민을 안에 밀어넣으려 했다. 안쪽은 좁은데다 빛 한 점 없이 캄캄했다. 영문을 모르는 막시민이 로랑의 손을 뿌리치며 물었다.

"어쩌려는 겁니까?"

"여긴 전체 석조니까 안전할 겁니다. 문을 봉쇄할 테니 조용히 있기만 하면 됩니다. 곧 돌아오겠습니다."

"아니, 그러다가 당신이 돌아오지 않으면 난……"

당연한 질문이었지만 초조한 나머지 좋게 설득할 여유가 없었던 로랑은 자신을 밀어내려 하는 막시민의 손을 비틀어 떼어내고 힘으로 밀쳐넣어버렸다. 밀려 넘어진 막시민이 일어나기 전에 문을 걷어차 닫은 다음 자신의 특기인 결정 방벽을 시전해 입구를 완전히 봉쇄했다.

"휴……"

호흡을 고르느라 한숨을 내쉬는 사이 막시민의 외침이 들려왔다.

"이게 무슨 짓입니까! 당신은 어딜 가는데요!"

"거칠게 해서 미안합니다. 전 동료들을 찾아오겠습니다."

"그렇다고 사람을 가둬버리면 어떡하냐고!"

문을 마구 두드려대는 소리가 나자 로랑도 침착함을 잃고 표정이 흐트러졌다. 로랑이라고 두렵지 않은 것이 아니었다. 적은 정체를 알 수 없고, 검으로 베어 죽일 수 있는지도 알 수 없다. 쇳조각들이 적들의 전부인지도 알 수 없다. 무너진 탑과 기둥…… 그것들이 대체 무엇인지 그는 아무것도 모른다. 불안감을 누르기 힘든 나머지 날카로워진 외침이 튀어나왔다.

"…… 그냥 기다리고 있어요, 꼭 돌아올 테니까!"

자신이 정말로 돌아올 수 있을까? 그러지 못한다면 이 사람을 가둬 죽이는 거나 다름없다. 하지만 다비드와 비비엔을 두고 갈 순 없다. 그들 모두가 자신의 책임이다. 그러니 무조건 살아서 와야 한다. 적이 무엇이든, 어떻게 싸워서든!

로랑의 발소리가 멀어지자 막시민은 문을 흔드는 것을 포기하고 바닥에 주저앉았다. 손목에 힘이 들어가지 않아 부러졌나 하고 내려다보니 검붉게 변한 것이 제대로 멍이 든 것 같았다. 조금 움직여보니 부러진 건 아니었지만 이스핀이 헬레나를 위협할 때 손목에 냈던 손자국이 떠오르는 바람에 기가 막혀 헛웃음이 나왔다. 감옥에 갇힌 꼴도 헬레나랑 똑같네. 이런 상황에서 웃음이 나오는 걸 보니 제정신이 아닌 것도 똑같고.

막시민이라고 로랑의 심정을 모를 리 없었다. 로랑에게 막시민이 무슨 의미가 있겠는가? 냉정히 생각하면 만난 지 하루도 안 된데다 좋은 대화라고는 한마디도 나눈 적 없는, 그저 업무의 일환에 불과한 인간이다. 그따위 인간보다 동고동락해온 동료들이 훨씬 중요할 텐데 로랑은 막시민을 일찌감치 버리고 가는 대신 여기까지 데려다놓기 위해 갖은 노력을 다했다.

무엇보다 광장에서 로랑이 제 직감에 따라 막시민을 끌고 계단 꼭대기까지 올라가지 않았더라면 첫 학살의 순간 그 틈바구니에서 꼼짝없이 죽었을 것이다. 그것만으로도 생명의 은인이고 일생 감사해도 모자란다. 여기서 더 바라는 것도 사치스럽다.

그러나 동시에 광장에서 본 끔찍한 광경이 떠오르자 입술이 떨리고 뺨에 소름이 끼쳐왔다. 여긴 정말 안전할까? 로랑의 실력은 아까 봤지만 검 한 자루로 대결하기에는 쇳조각들이 압도적으로 많은데, 그런 곳으로 되돌아간 로랑이 살아 돌아올 수 있을까?

돌아오지 못한다면 자신은 어떻게 될 것인가.

일어나 이 창고인지 뭔지 모를 공간의 벽을 더듬어보았다. 다른 문을 하나 더 발견하긴 했지만 똑같이 잠겨 있었다. 몇 번 걷어차봐도 아무 소식이 없었다. 결국 손목을 늘어뜨리고 벽에 기대앉아 허공을 올려다보는 것 말고는 할 수 있는 일이 없었다.

그런데 주머니 쪽에서 다시 울림이, 그리고 재깍거리는 듯한 소리가 들려왔다. 막시민은 손을 움직이기도 귀찮아 그저 곁눈으로 내려다보기만 했다. 별다른 기대 없이, 또 프시키들이구나 생각하면서.

그런데 목소리가 들리는 게 아닌가.

'잡아. 여기, 여기, 여기, 여기.'

골목으로 접어들고 보니 길이 제법 어지러웠다. 다비드, 비비엔과 헤어졌던 장소로 가기 위해 큰길을 찾으려던 로랑은 두 번이나 길을 잘못 들었다. 정확히는 잘못 든 것이 아니라 틀림없이 이어질 법하게 생긴 길인데 끝까지 가보니 제멋대로 지은 건물로 막혀 있었다. 두번째로 가로막히자 로랑은 되돌아가는 대신 옆 건물의 담을 딛고, 처마를 잡고, 지붕으로 올라갔다. 본채와 별채, 헛간을 차례로 건너뛰자 넓은 길이 나왔다.

수많은 사람이 길을 타고 허둥지둥 달아나고 있었다. 저들을 헤치고 혼자서 반대쪽으로 가는 것은 쉽지 않을 듯했다. 그러다가 쇳조각들이 날아들기라도 하면 검을 휘두를 공간도 모자란다.

높이 올라온 김에 광장 쪽을 바라보며 거리를 가늠해보니 집결지로 정한 장소까지는 담을 타고 갈 수 있겠다는 판단이 섰다. 집결지에 다비드와 비비엔이 와 있지 않으면 광장까지 되돌아갈 참이었다. 동료를 버려두고 그냥 도망친다는 선택지는 그의 머릿속에 없었다. 그건 에투알에게 있을 수 없는 일이다. 다른 더 중대한 임무가 있지 않은 한.

담을 타고 한 블록을 달려갔을 때였다. 어디선가 날카로운 비명이 울리더니 사람들이 갈팡질팡 흩어지기 시작했다. 돌아보니 예상대로 쇳조각 수십 개가 길을 따라 날아드는 중이었다. 아직까지 쇳조각의 위력을 보지 못해 멈칫거리던 사람들은 한순간에 쓰러졌다. 로랑은 담에서 뛰어내려 도망치는 사람들의 뒤를 막아섰다. 정의감이라기보다는 일단 눈에 띈 건 처치해야 자신도 운신이 편해지니까, 그렇게 생각했다.

왼손에 쥔 검을 올려 에투알 기본자세 2번을 취했다. 검은 새떼 같은 쇳조각들이 길을 타고 일렬로 날아온다. 피범벅이 된 쇳조각들을 보고 본능적으로 일어나려 하는 분노를 억눌렀다. 냉정해야만 수천 번에 걸쳐 연습했던 그 상태, '아포제'라고 부르는 에투알 훈련 목표의 정점에 들어갈 수 있다. 적을 쏘아보며 정확한 순간을 가늠하다가 세 호흡의 연속 동작이 머릿속에서 그려지는 순간, 달려나가며 검을 휘둘렀다. 돌파한다!

싸악, 소리를 내며 검이 쇳조각을 연이어 벤다. 쇠가 흡사 무른 과일처럼 잘려 날아간다. 마력이 불티를 날리고 거무스름한 얼음이 번져간다. 돌아서자 쇳조각의 수는 절반으로 줄었지만 공격은 끝나지 않았다. 이번에는 로랑을 둘러싸고 어지러운 궤적을 그리는 쇳조각들을 연속해서 쳐내고, 막고, 베어냈다. 한 번의 실수도 없이 모든 쇳조각을 바닥에 떨어뜨리고서야 큰 숨을 한 번 뱉어냈다.

그사이 사람들은 모두 달아났고 거리는 텅 비었다. 잘린 쇳조각은 바닥에서도 여전히 꿈틀거리며 움직였다. 거슬리긴 해도 날아올 때처럼 위험하지는 않으니 일단 무시하기로 하고 다시 달려가려던 참이었다. 귓가에 이상한 목소리가 들려왔다.

'우리 구면 아닌가……'

'말만 잘하는 건 아니었군.'

'곧 다시 만나세.'

로랑은 이미 달리고 있었기에 되돌아가 확인하지 못하고 자기 귀를 의심했다. 혹시 담 너머에 숨어 있던 사람들이 나눈 이야기가 들린 건가?

나아갈수록 거리 곳곳에 핏자국이 늘어나고 나뒹구는 시체들이 많아졌다. 살아 있는 사람은 없었다. 그보다는 조각난 신체가 너무 많아 집중력을 유지하기 어려웠다. 경계 태세로 전진하려면 주위의 사물들을 놓치지 않고 포착해야 했기 때문이다. 군인이라 해도 아직껏 전쟁에 참여한 적이 없었으니 로랑도 이런 광경은 처음이었다.

약속한 사거리에 도착하기까지, 로랑은 혼란과 두려움을 떨치고 자제심을 발휘하려 너무 애를 쓴 나머지 오히려 기이할 정도로 평온해져 있었다. 에투알 훈련에서 '상 프루아'라고 부르는, '아포제'에 들어가려면 반드시 선행되어야 하는 단계다.

주위를 휘둘러보았지만 예상대로 산 사람은 없었다. 혹시 건물 안에 숨었을까 싶어 한 바퀴 돌다가 모퉁이 상점의 계단 앞에서 멈칫하며 허리를 굽혔다. 계단 위에 피로 그려진 별 모양이 있었다. 일곱 개의 가지를 가진, 에투알의 견장에 붙이는 별이다.

"……"

다시 심장이 빠르게 뛰기 시작했다. 두 사람은, 아니 적어도 비비엔은 이곳에 돌아왔다. 피로 그린 걸 보면 공격이 시작된 후다. 그러나 로랑이 와 있지 않았기에 표지를 남겼을 것이다. 그리고 어디로 갔을까? 다른 표지는 없나? 살아 있긴 할까? 죽었다면?

로랑은 이를 악물고 차마 눈뜨고 보기 힘들었던 시체들로 돌아가 일일이 얼굴을 확인했다. 동료들의 시신은 없었지만 조각난 신체들이 모조리 그들로 보여 더 미칠 지경이었다. 성과 없이 다시 사거리로 돌아온 로랑은 이성적으로 판단하려 애썼지만 실제로는 눈가가 붉어졌고, 지나치게 빨라진 호흡을 누르지 못했다. 그런 채로 광장으로 돌아갈 필요는 없다는 생각을 했다. 비비엔이 다비드를 광장에 내버려두고 혼자 여기까지 왔을 리 없다. 만약 비비엔이 그랬다면 다비드가 이미 죽었기 때문일 것이다.

혹시 비비엔은 아직 근처에 숨어 있지 않을까?

"마담 아르망주! 비비엔!"

소리를 듣고 쇳조각들이 찾아올지도 모를 일이지만 이젠 아무래도 좋았다. 아니, 차라리 와주었으면 했다. 모조리 박살내버릴 수 있도록. 아무리 많더라도, 수만 개가 날아올지라도 다 베어버릴 것만 같다.

몇 번 더 불러봤지만 대답은 들리지 않았다. 마지막 수단으로 집결용 호각을 꺼내 불었지만 텅 빈 거리를 울릴 뿐이었다.

이제 어쩔 수 없다. 막시민에게 돌아가야 한다. 로랑은 계단 위에 검 끝으로 칠각별 하나와 완전 퇴각을 의미하는 깨진 방패, 즉 반원 두 개를 그려놓고 돌아섰다. 비비엔이라면 이게 처음의 마을로 돌아가자는 의미임을 알아볼 것이다. 이 지역에서 최초로 도착한 지점이 거기니까.

왔던 길을 되짚어 달리기 시작했다. 거리는 고요했다. 쇳조각도 더이상 나타나지 않았다. 그게 더 미심쩍었다. 그 많던 쇳조각들이 어디로 갔을까? 사람들을 죽이는 게 목적이라면 지금쯤 거리 전체를 덮치고도 남을 시간이 흘렀는데 어찌 된 일일까? 어디에 숨어 있나? 아니면 다른 목적이 있단 말인가?

먼발치에서 여자의 비명 소리가 들리자 로랑은 그쪽으로 방향을 틀었다. 비비엔이 저런 비명을 지를 것 같진 않지만 그래도 혹시 모르니까……

막 골목을 꺾자마자 바닥에 넘어지거나 구석에 웅크린 사람들이 수십 명 보였다. 그런데 이번에는 모두 살아 있는 것이 아닌가?

"으으윽……"

"흐흑……"

로랑은 그들에게 뭐라도 물어보고 싶었지만 모두 정신을 잃을 정도로 공포에 질려 있어 불가능했다. 그러다가 문득 상황을 깨달았다. 뭔가 끔찍한 것이, 이들을 죽일 줄 알았던 것이 그대로 지나간 것이다. 그렇다면 사람들이 쓰러진 길을 따라 가면 그게 뭔지 나올 것이다.

달려가며 다시 생각했다. 그게 쇳조각들이라면 이번에는 왜 사람들을 외면하고 그냥 지나갔을까?

다시 먼 곳에서 비명 소리, 허둥거리는 발소리가 들려온다. 뭔가가 와장창 무너진다. 로랑의 귀에 익은, 쇳조각이 바닥에 떨어지는 소리도 난다. 무슨 일이 벌어지고 있다. 그런데…… 방향이 막시민을 가둬둔 그 집이 있는 쪽이다.

로랑은 곧 문제의 건물이 포함된 저택의 반대쪽 외벽에 도착했다. 벽을 뛰어넘고 안뜰을 가로질러 달리다가 눈을 크게 떴다. 저만치 보이는 석조 건물 위에 적어도 수백은 넘어 보이는 쇳조각들이 까마귀떼처럼 새카맣게 모여 있는 것이 아닌가?

머릿속이 하얘지면서 로랑은 걸음을 멈췄다. 저 정도는 자신이 혼자 어떻게 할 수 있는 숫자가 아니었다. 그런데 저들이 왜 한곳에 모여 있는지 이해가 가지 않았다. 무엇보다 그 밑에 막시민을 가둬둔 문이 있는 건 우연일까?

우연이 아니라면……

그때 쇳조각들 중 일부가 건물 너머 한쪽으로 쏠리듯 내려가는 것이 보였다. 그 밑에서 검으로 베는 듯한 소리가 났다. 로랑은 두 번 생각하지 않고 달려가 건물 위로 뛰어올라갔다. 예상대로 그곳에 비비엔이 있었다. 쇳조각들을 모조리 때려부술 기세로 검을 휘두르면서.

"비비엔!"

너무 반가워 이름을 부른 줄도 몰랐다. 비비엔도 로랑을 보자 얼굴이 확 풀어질 정도로 반색했다. 그런데 비비엔은 혼자였다. 로랑이 뛰어내려 가세하자 쇳조각들은 다시 그물 걷히듯 스르르 올라갔다. 비비엔이 위를 쳐다보며 욕을 퍼부었다.

"이 개같은 것들이! 쇳덩어리 따위가! 내가 다 깨부숴줄 거야! 누가 이기나 보자고!"

두 에투알은 만나자마자 본능적으로 등을 맞대며 공동 방어 자세를 취했다. 비비엔은 평소답지 않게 몹시 흥분해 있었다. 늘 바짝 잡아맸던 머리는 풀려 흐트러졌고 이마는 땀으로 번들거렸다. 얼굴과 옷은 피범벅이었다. 그런 채로 로랑을 향해 웃는 것을 보자 불안한 예감이 밀려왔다. 설마……

"살아 계셨네요. 하긴 죽을 분이 아니죠."

"다쳤습니까?"

"아뇨. 전혀."

"……비서관님은?"

"놓쳤습니다. 저를 벌하세요. 죽이시든 말든 맘대로 하세요. 그전에 저것들만 없애고요. 내가 저것들, 전부 다 짓이겨줄 거라고요."

"……"

로랑은 떨리는 입술을 깨물었다. 다비드는 싸움은 전혀 모른다. 검도 없다. 에투알이 두 명이나 곁에 있는데 호신 무기 같은 건 필요 없다고 믿었을 것이다. 빨리 뛰지도 못하는 다비드가 학살 현장에 있다가 휘말렸다면 살아남았을 가능성은…… 없다.

그래, 에투알이 둘이나 되는데 이 꼴이다. 평소 인원을 배분할 때 정식 에투알 둘이면 스무 명은 갈음한다고 계산하는데, 그런 주제에 사람 하나를 살려내지 못하다니 에투알 역사에 남을 치욕이 틀림없다. 이대로 살아 돌아가더라도 조안느의 얼굴을 어떻게 본단 말인가.

로랑이 아무 말도 못하자 비비엔이 문짝을 봉쇄한 결정 방벽을 턱짓했다.

"저기, 저거 카스티유 경이 한 거죠? 저 안에, 그 네냐플 학생 있는 거 맞죠?"

"……네."

"역시 저 같은 쓰레기랑은 다르시네요. 전 놓쳤는데. 저 따위는 에투알도 아니지. 고작 한 명도 못 지키는 주제에. 하도 사람이 많아서, 다들 미쳐서 뛰니까, 순식간에, 떠밀려가서……"

비비엔이 반쯤 정신이 나간 이유도 알 법했다. 다비드를 놓친 것이 분해서 자괴감을 가누지 못해 악에 받친 것이다. 그 와중에 약속 장소에서 로랑과 막시민도 만나지 못하자 그들도 죽었으리라는 생각에 될 대로 되라는 심정으로 이쪽으로 이동하는 쇳조각들을 뒤따라와 공격한 듯했다.

로랑은 냉정해지려 애썼다. 상황이 종료되기 전에는 아무리 치명적인 실수일지라도 과감히 털어버리고 동료가 눈앞의 임무에 집중할 수 있도록 격려해야 한다. 잘 알고 있는데도 도저히 말이 나오지 않았다. 그는 다비드를 좋아했다. 지금에야 실감한 거지만 꽤 많이 좋아했던 것 같다. 누구든 그 상황에선 어쩔 수 없었을 거라고, 그만 잊으라고 말해야 하는데 실은 왜 구하지 못했느냐고, 나라면 그러지 않았을 거라는 말밖에 나오지 않을 것 같아 입을 열 수가 없었다. 하지만……

"내려오라니까!"

씨근덕대며 거의 울 것같이 된 비비엔이 위를 노려보며 발을 굴렀다. 그러자 도발에 응하기라도 하듯 쇳조각들이 대형을 바꾸며 내려올 태세를 갖추었다. 불쑥 뭔가가 떠오른 로랑이 말했다.

"마담, 특기 한번 써봅시다. 제가 저 모서리로 몰 테니까 마담이 다음에……"

"네. 뭐든지 시키세요. 미끼로 쓰셔도 좋아요."

"아니, 뭐든지는 아니고, 일단 해봅시다. 알겠죠?"

두 사람이 막시민이 갇힌 문짝에서 조금 떨어진, 움푹 들어간 모서리를 향해 이동했을 때 허공에서 원을 그리며 돌고 있던 쇳조각들이 갑자기 쏟아지듯 쇄도해 내려왔다. 로랑이 검을 빠르게 움직여 십여 개를 떨어뜨리자 쇳조각들은 망설이듯 조금 물러나며 모서리 쪽으로 몰렸다. 예상대로다. 지금껏 싸워본 경험으로 이 쇳조각들은 무모한 듯해도 죽음을 피하려는 의지가 있다. 마치 프시키처럼…… 그래, 프시키처럼.

쇳조각의 대열이 깃발처럼 너울거리며 다시 위로 솟아오르려 할 때, 로랑은 최소한으로 약화시킨 결정 방벽을 지면과 나란하게 내뻗으며 외쳤다.

“지금!”

결정 방벽에는 수분이 함유되어 있다. 그걸 약화시키자 사실상 물을 끼얹은 것과 비슷한 효과가 일어나고 그 위로 비비엔의 특기, 전격 충격이 뻗어나갔다. 날카로운 번쩍임이 물 묻은 쇳조각들로 한순간에 번지며 쩌적 하고 번개가 떨어진 듯한 소리가 공기를 울렸다.

“휴우……”

모서리에 몰렸던 백여 개의 쇳조각이 우박 조각처럼 떨어져내렸다. 그 광경을 쏘아보며 어깨가 들썩일 정도로 가쁘게 숨을 몰아쉬던 비비엔의 눈이 새빨개지더니 이윽고 한줄기가 주룩 흘렀다.

“내가 너네 다 처죽여준다고 했잖아……”

기묘하게 다정해진 말투로 그렇게 말한 비비엔이 몇 발짝 다가가더니 바닥에 떨어진 쇳조각을 냅다 걷어찼다. 조금 전까지 수많은 사람을 학살한 정체 모를 존재가 길에 떨어진 고철 조각인 것처럼. 그리고 실제로도 그렇게 날아가 벽에 부딪친 것이 전부였다. 혹시나 하고 긴장했던 로랑이 비비엔을 향해 고개를 끄덕여 보이며 말했다.

"잘했습니다."

"제가 뭘 잘해요."

"아니, 정말로 잘했습니다."

비비엔이 숨을 삼키더니 한결 침착해진 목소리로 말했다.

"고마워요."

수십 개쯤 남은 쇳조각들은 경계하듯 높은 허공으로 올라가 빠르게 빙글빙글 돌고 있었다. 여전히 위험하긴 해도 이제 비비엔도 냉정을 되찾은 것 같고, 이만하면 승산이 있으니 막 시민을 데리고 여길 뜰 수 있겠다고 생각한 로랑이 문으로 다가갔을 때였다.

"카스티유 경! 저기!"

등뒤에 서 있던 비비엔이 건물 너머를 가리키며 소리쳤다. 뒷걸음질치며 고개를 쳐든 로랑은 순간 심장이 얼어붙는 듯했다. 하늘을 뒤덮다시피 한 검은 점들이 시시각각 가까워지고 있었다. 저 정도면 일만 개는 되리라.

"……"

두 사람은 입술을 굳게 다물고 각자 검을 세워 들며 기본자세 2번을 취했다. 이제는 싸우다가 죽는 것밖에 없다. 로랑은 문을 흘낏 보면서 저 문을 열어주고 죽는 것이 맞는지 그대로

두는 것이 맞는지 고민했다. 갇혀서 죽는 편이 낫나, 잘려서 죽는 편이 낫나……

석조 건물 위로 새카맣게 몰려든 쇳조각들이 맹렬히 회전하며 점차 길쭉해지더니 거대한 회오리바람 같은 형태를 이뤘다. 가까이에서 보니 더욱 어마어마한 규모였다. 마치 검은 커튼이 휘감겨 펄럭이는 육중한 기둥 같다. 비비엔이 시선을 위에 둔 채 말했다.

"고생 많으셨습니다."

"수고했습니다."

기계적으로 중얼거리면서 로랑은 오래전, 사과의 섬에서 샤를로트와 갇혔던 때를 떠올렸다. 그날처럼 죽음을 가깝게 느낀 일은 그후로 다시는 없었다. 이제 또 다가왔지만 그때처럼 귀가 교란된 느낌은 없다. 아마 할 수 있는 일이 없어서겠지. 기껏해야 조금 오래 버티다가 광장에 있던 사람들처럼 조각나는 것이 전부니까.

하지만 그날은 아득바득 자신을 지켜주겠다고 우기는 무모한 수련병을 지켜내야 했다. 부족한 능력이지만 할 수 있는 건 정말로 다 했다. 나중에 에투알 동료들을 여럿 붙들고 물어보았지만 농 레투르를 실전에서 느껴봤다는 사람은 한 명도 없었다. 훈련 속에만 존재하는 개념 아니냐고, 그런 반응뿐이었다. 반박하진 않았지만 내심 약간의 자부심도 느꼈던 것 같다. 샤를로트 공녀를 자신 이상으로 잘 지킬 사람은 없을 거라고, 능력을 떠나 의지는 적어도 그렇다고.

하지만 오 년이 흘러 그 끝이 이렇다니. 후회 없이 해냈다는 확신도 없이 죽을 텐데 그날 충성할 자격을 달라고 한 건 잘한 일이었을까. 결국 아무 도움도 되지 못했는데. 샤를로트 공녀는 자신이 왜 돌아오지 않는지 알지도 못할 텐데.

휘감긴 검은 커튼이 서서히 풀려난다. 물속으로 쏟아진 포도주처럼 너울너울 풀어진다. 지붕을 향해 잉크처럼 흘러내린다. 그렇게 봐선지 몰라도 쇳조각들이 그들 둘을 향해 이를 갈고 있는 느낌이 든다. 죽을 때가 되면 별 능력이 다 생기는 모양이다. 이젠 얼굴도 없는 쇳덩어리의 기분까지 느낄 수가 있다니.

그때 갑자기 커튼이 찢어지는 것 같은 소리가 울리며 쇳조각들이 일제히 사방으로 흩어져 날아올랐다.

콰광!

바로 밑에서 지붕이 박살나며 수백 가닥으로 나뉜 광채가 솟아올라 그것들을 뒤쫓았다. 폭죽처럼 솟구치며 포물선을 그린다. 광채가 쇳조각을 따라잡아 휘감자 둘은 상쇄되듯 녹아버렸다. 녹았다는 말은 사실 정확하지 않았다. 그냥 사라져버렸다. 눈으로 보면서도 믿을 수가 없었다.

쇳조각들이 모조리 사라지고 나자 로랑의 시선이 아래로

떨어졌다. 석조 건물, 저 안에서 광채가 솟아났다. 지붕을 뚫고서. 그리고 이 문 안에는……

"아까부터 저것들이 왜 여기로 몰려드는지 궁금하긴 했는데 말이야."

로랑은 검을 들어 문을 막은 결정 방벽을 부수기 시작했다. 이어 비비엔이 문짝을 뜯어내다시피 열어 내던졌다.

안쪽은 아까처럼 어둡지 않았다. 그야 지붕에 구멍이 뚫렸기 때문이다. 지붕에서 떨어진 잔해가 발밑에 흩어진 가운데 흙먼지를 덮어쓴 막시민이 넋이 반쯤 나간 표정으로 우뚝 서서 그들을 보고 있었다. 한 손에 가느다란 줄을 들고서.

공녀 연하가 선택한 자들

막시민은 밖으로 나오자마자 잘라 말했다.

"내가 한 거 아닙니다."

그럼 누가 했단 말인가? 프시키다. 바이올린 현에 숨어 있던 그놈들.

한때 위대한 마법이 깃들었다지만 마력을 다 소모해버린 바이올린, 그 속에 숨어 있다가 현 한 가닥에 붙어 따라온 프시키들은 조금 전 막시민에게 말을 걸어오더니 정체 모를 문구를 따라 하도록 했다. 시키는 대로 한 결과 이런 일이 벌어졌다.

현 한 가닥에서 마력이 뿜어져나와 지붕이 터져나가고, 폭풍에 휩싸인 기둥 같던 쇳조각들은 모조리 사라지고, 스스로 생각해도 어처구니가 없는 일이었다. 누구인들 쉽사리 납득이 될 이야기가 아니다.

그나마 그걸 납득되게 하려면 카프리치오 바이올린의 유래부터 시작해서 그게 왜 힘을 잃어버렸고, 프시키는 어쩌다가 거기 붙었고, 왜 현 한 가닥만이 막시민의 손에 있게 됐고, 프시키들은 평소 무슨 소릴 해왔고…… 그런 것들을 차근차근 이야기할 필요가 있었다. 다시 말해 인생을 요약 설명해야 할 판이고, 갑자기 일어난 일로 그럴 정신이 모자랐던 막시민은 손에 쥐고 있던 현을 로랑에게 보여준 다음 간단히 내뱉었다.

"얘가요."

막시민이 머리에 덮어쓴 먼지를 터는 동안 로랑은 그걸 내려다봤지만 시커멓게 변한데다 여러 번 꺾이기까지 한 그것이 본래 무엇이었는지도 알기 어려웠다. 어쨌든 이 안에 마법이라도 들어 있었단 말인가? 이런 물건에도 마법을 담을 수가 있나?

마법사가 아니니 그야 모를 일이지만 그런 엄청난 마법을 갖고 있으면서 아까는 왜 도망치기만 했는가, 그게 문제였다. 막시민을 먼저 구해놓고 다비드와 비비엔을 구하러 간다는 어려운 결단을 내린 결과 다비드가 죽었다. 그 상황에서 이런 숨겨진 힘을 보게 된 로랑의 기분은 뭐라 말하기 어려웠다.

"이런 걸 할 수 있었다면 진작 말해주었으면 좋았을 겁니다."

"몰랐는데 어떻게 말해줍니까?"

"갖고 있다는 걸 잊었다는 이야깁니까?"

"아니 그게, 알고는 있었지만 이게 이렇게 되리라곤 예상을 못했다고요. 그리고 말했다시피 내 힘도 아니고……"

사정을 모르는 로랑에게는 그저 면피하려는 변명처럼 들릴 뿐이었다. 지금까지는 이 사람의 성격이려니 생각하며 넘겼던 막시민 특유의 태도도 이런 상황이 되자 더 참기가 힘들었다. 결국 듣다못한 로랑이 한 발로 바닥을 걷어차며 소리쳤다.

"당신한테 이런 힘이 있는 줄 알았더라면…… 당신을 놔두고 바로 비서관님을 구하러 갔더라면 그분도 살았을지 모르는데!"

막시민은 흠칫하며 말을 멈췄다. 비서관? 다비드가 죽었다고?

비비엔이 와 있는 걸 봤기에 다비드도 당연히 살아 왔으리라 생각하고 있었다. 비비엔을 돌아보자 그녀도 시선을 피하며 고개를 돌렸다. 사실이라는 뜻이다.

"어떻게……"

입을 열려다가 다시 삼켰다. 무슨 할말이 있겠는가. 그리 잘 아는 사람은 아니니 자신의 감정은 애통함보다 충격에 가까웠고, 따져보자면 대신 살아난 셈이니 위로를 할 입장도 아니었다. 얼굴이 창백해진 로랑을 보자 더욱 할말이 떠오르지 않았다. 로랑은 막시민을 살리기 위해 최선을 다했고, 약속한 대로 돌아오기까지 했다. 그 결과 동료가 죽어버렸다. 대신 인연도 쓸모도 없는 인간은 눈앞에 멀쩡히 살아 있다. 그런데 그 인간한테는 사실 쇳조각들을 다 없애버릴 힘이 숨겨져 있었고?

거기까지 생각하자 막시민의 입에서 드물게, 어쩌면 평생 처음일지도 모를 즉각적인 사과가 나왔다.

"미안합니다. 전부 내 잘못입니다."

"……"

로랑은 입술을 꾹 다문 채 바닥을 내려다보고 있었다. 다비드가 죽은 이유는 자신이 잘못된 판단을 내렸기 때문이라고 생각하면서. 갈라지자 한 것도, 누구를 먼저 구할지 선택한 것도 전부 잘못됐다. 하긴 늘 아슬아슬했지. 몇 번이나 큰 사고로 번질 뻔했다가 겨우겨우 봉합되곤 했는데, 결국 돌이키지 못할 사태에 이르렀다.

매번 잘해내려고 애쓰지만 자신에겐 한계가 있는 것 같다. 아무래도 머리가 나쁜 거겠지. 위에서 내린 지시를 따르기만 하면 되는, 그런 역할이나 어울릴 수준인데 감당 못할 책임을 지고 어설픈 판단을 내리느라 늘 갈팡질팡할 뿐이다. 이런 자신이 가장 믿을 만하다고 생각해 여기까지 파견한 공녀님은 얼마나 안됐는가.

"당신 잘못 아닙니다. 제가 멍청한 것뿐입니다. 소리질러서 미안합니다. 덕택에 살았는데 오히려 감사 말씀을 드려야죠."

그런 말을 하고 있지만 얼굴은 굳을 대로 굳어 더 말을 붙일 수도 없었다. 로랑은 비비엔을 향해 돌아섰다.

"돌아가서 시신이라도 찾아 거두어야겠습니다. 이제 안전해진 것 같으니."

"네."

로랑은 발을 떼려다가 눈을 한 번 꾹 감았다 뜨고는 막시민을 봤다. 이 순간 막시민의 머릿속에는 다시 한번 따로 가자는 말이 떠올랐지만 제정신을 차리고 삼켜버렸다. 잘 알지도 못하는 사람한테 큰 신세를 지게 되어 난처하고 불편한데다 더이상 기대고 싶지도 않지만, 그런 희생을 치르고 살려낸 자가 도로 혼자 가겠다 하는 건 상대의 성의를 아예 짓밟는 꼴이다. 그리고 다비드의 시신을 거둔다면 자신도 거드는 것이 마땅했다.

로랑이 먼저 출발하고 막시민이 뒤따라 걷는데 비비엔이 걸음을 약간 늦춰 막시민과 나란해지더니 나직이 말했다.

"덕택에 살았습니다. 감사합니다."

"그런 거 아니고…… 하여튼 내가 한 일 아닙니다. 감사할 필요 없어요."

비비엔은 들은 체도 하지 않고 이어 말했다.

"네냐플의 마법은 대단하네요. 경의를 표합니다."

"네냐플에선 이런 거 안 가르쳐요. 가르쳤더라도 내가 안 배웠고."

"그럼 당신의 잠재력이었군요. 세상 어딘가에는 그런 천재가 있다더니."

"……"

막시민이 뭐라든 위대한 마법을 보았다고 굳게 믿고 있는 비비엔은 들은 척도 하지 않았다. 그럴 법도 한 것이 고작 저 가느다란 현 하나가 그런 엄청난 일을 해냈다는 이야기를 누가 믿겠는가?

카프리치오와 프시키가 어쩌고 하는 이야기를 길게 늘어놓을 기분도, 상황도 아니었기에 막시민은 손에 들고 있던 바이올린 현을 비비엔에게 건네줬다.

"이 안에 프시키가 들어 있었고, 걔들이 한 겁니다."

비비엔은 건네받은 현을 집게손가락으로 집어 조심스럽게 눈높이로 들어올렸다. 그리고 유심히 들여다봤지만 이젠 현도 아닌 우그러진 폐품 나부랭이일 뿐이니 별다른 점이 눈에 띌 리 없었다. 비비엔이 물었다.

"당신이 프시키한테 명령을 내린 것입니까?"

"그 반대죠. 프시키가 나한테 명령을 내렸네요."

"당신은 프시키와도 대화가 됩니까?"

"항상 되는 건 아니고…… 도대체 그걸 대화라고 불러도 될지 모르겠네."

그러자 비비엔은 다시 심각한 눈빛으로 현을 들여다보다가 말을 건네보았다.

"여보세요?"

그런 다음 귀를 기울여봤지만 아무 소리도 들려오지 않자 고개를 갸우뚱하며 중얼거렸다.

"역시 마법사가 물어야만 대답하나보네."

"그거 아니고……"

부인하려던 막시민은 이미 아니라는 말을 다섯 번도 넘게 했음을 깨닫고 하려던 말을 관두었다. 자신이 하지도 않은 일로 경외의 시선을 받는 것이 달갑지 않아도 두 사람 다 화가 난 것보다는 나을지 모른다.

다비드가 사라지고 나니 그간 분위기가 어색해질 때마다 그가 제법 많은 일을 했다는 것도 실감했다. 이대로라면 로랑과 화해하기는 틀린 모양이고, 물어보고 싶은 것이 있다 했으니 시신을 수습한 후에 그거나 대답해주고 헤어지면 되리라.

가는 동안 기이할 정도로 길던 남부의 해가 드디어 지고 주변이 어두워졌다. 내내 쇳조각은 나타나지 않았고 마찬가지로 산 사람도 없었다. 온 도시가 불길할 정도로 고요했다. 어디에도 불빛 하나 없었다. 사람들이 다 죽은 건 아니겠지만 살아서 숨어 있다 한들 불을 켤 용기는 없을 것이다.

앞장 선 로랑은 발밑을 확인해가며 천천히 걸었다. 그도 빛 막대를 갖고 있었지만 만일을 대비해 켜지는 않았다. 골목 쪽으로 돌아서 가면 시체가 적을 테지만 약속 장소였던 사거리를 한번 더 확인하고 갈 작정이라 큰길을 택할 수밖에 없었다. 정말로 쇳조각들이 사라진 거라면 어둠이 오히려 나을지도 모른다. 군인인 자신도 훼손된 시체들을 보기가 힘들었는데 민간인은 오죽하겠는가.

사거리에 도착한 로랑은 표지를 남겼던 계단으로 가서 혹시 다른 표지가 추가되었나 확인하려 했다. 곁에서 비비엔이 빛 막대를 밝혀 들자 로랑이 손을 내저었다.

"잠깐, 표적이 될 수 있으니 불은 켜지 맙시다."

잠깐 비춰진 빛 아래 로랑이 그려놓은 표지가 드러났지만 추가된 표지는 없었다. 비비엔이 막 빛 막대를 껐을 때 계단 맞은편 건물 안쪽에서 수상한 소리가 들려왔다. 마룻바닥이 삐걱대는 듯한 소리였다. 로랑이 재빨리 일어나 손을 검자루에 갖다대며 말했다.

"마담, 민간인을 맡으십시오."

"네."

로랑은 경계 태세로 문가로 다가갔다. 문고리를 잡고 당겨

보았지만 열리지 않았다. 안에서 잠근 누군가가 있다는 의미다. 그렇다면 쉿조각은 아니지 않을까? 쉿조각을 피해 들어간 시민일 가능성이 크다. 그때 비비엔이 빛 막대를 다시 켜서 위층을 비추어보고 바로 끄면서 말했다.

"저 덧창들, 아까는 닫혀 있지 않았습니다."

시민들이라면 더 신경쓸 필요는 없을 것이다. 그러나 묘한 예감이 든 로랑은 고개를 들고 소리쳐 물었다.

"안에 누가 있습니까?"

그러자 위층에서 몇 사람이 옥신각신하는 소리가 들려왔다. 뒤이어 덧창 하나가 덜컥 열리더니 익숙한 목소리가 외쳤다.

"로랑! 너구나!"

한달음에 계단 위로 올라간 로랑은 검을 뽑아 문에 걸린 빗장부터 내리쳐 잘랐다. 문을 열어젖히고 위층으로 뛰어올라가 좁다란 거실에 이르자 왼쪽 방문이 열리며 다비드가 뛰어나와 팔을 활짝 벌리며 소리쳤다.

"내 평생 이렇게 반가운 사람은 처음 본다!"

로랑은 아무 말도 못하고 다비드를 껴안았다. 다비드는 옷이 피투성이였지만 크게 다친 곳은 없어 보였다. 뒤따라 올라온 비비엔까지 다비드를 얼싸안자 한 팔에 한 명씩 안은 꼴이 된 다비드가 어색하게 웃었다.

"야, 에투알 두 명이 나 하나를 애타게 찾았나보네. 이게 웬 호강이야. 오오, 리프크네 씨도 살아 계셨네. 아이고, 반가워라.”

그러면서 계단 입구가 막혀 엉거주춤 서 있는 막시민에게 한쪽 손으로 인사를 보냈다. 이윽고 두 사람이 다비드를 놓아주자 길이 열려 올라온 막시민은 옆방을 봤다. 낯선 사람 둘이 엉거주춤 그들을 보고 있었다. 그쪽을 본 다비드가 말했다.

“아, 이 도시의 현명한 시민들이셔. 덕택에 살았지.”

그러자 그들 중 한 사람이 공용어로 말했다.

“아니에요. 이분 덕택에 저희가 살았죠.”

다른 사람도 말했다.

“여러분이 그 뭐냐…… 에투알인가 하는 분들이군요? 에투알이라면 절대로 죽었을 리도 없고, 포기할 리도 없고, 반드시 찾으러 올 거라더니, 전부 사실이었네요.”

그러면서 악수를 청해오는 바람에 거절할 수도 없고, 악수를 하면서 또다시 존경심 어린 눈빛을 받게 된 막시민은 자신은 에투알이 아니라고 말하려다 그냥 포기했다. 막시민 다음으로 비비엔과 악수한 그들은 로랑에게도 악수를 청하려고 다가가다가 멈칫하더니 서로 눈치를 보았다. 막시민이 돌아보니 어둑한 거실 구석에 선 로랑은 고개를 숙인 채 두 손에 얼굴을 파묻고 있었다. 아무 소리도 나지 않았지만 왜 그러는지 누구라도 모를 리 없었다.

“야, 근데 여기 두르넨사 아닌 거 알았냐? 어쩐지 뭔가 이상하더라. 여기는……”

“루그란이겠죠.”

다비드가 놀라며 막시민을 보더니 미심쩍은 눈빛을 했다.

“이번엔 또 어떻게 알아내셨습니까?”

“예전에 누가 이 동네 얘기를 실컷 해줬던 생각이 뒤늦게 났네요.”

다비드와 함께 숨어 있던 두 사람은 부부 사이로 엘리사벳과 야니스라고 했다. 광장에서 다비드와 함께 숨는 바람에 알게 됐다고 했는데 그 잠깐 사이에 벌써 친구나 다름없는 분위기였다.

“원래 위험한 데서 만나면 빨리 친해지는 법이잖냐. 게다가 이분들은 주점을 운영하시거든? 그야말로 누구나 사귀고 싶은 최고의 친구가 아니겠어?”

부부는 북쪽 거리에서 큰 주점을 운영하고 있었고 일행은 막 그곳에 도착해 홀로 안내받은 참이었다. 테이블이 서른 개쯤 되는 상당한 규모에 사람들이 붐빌 저녁 시간이었지만 당연히 손님은 한 명도 없었다.

쇳조각들이 광장을 덮쳤을 때 다비드와 비비엔은 계단에

막 접어든 참이었다고 했다. 말다툼을 하느라 로랑과 막시민보다 늦게 출발했기 때문이다. 쇳조각들이 덮쳐오자 도망치려는 사람들과 영문 모르고 계속 밀려드는 사람들 때문에 두 가지 강력한 흐름이 생겨났고, 그 바람에 순식간에 비비엔을 놓친 다비드는 계단 밑으로 밀려 떨어진 김에 광장의 경계를 이룬 건물 안으로 도망쳤다. 그를 뒤따라온 사람이 십여 명쯤 있었는데 모두 살아남았다고 했다.

"쇳조각들이잖냐. 눈은 달려 있지 않은 것 같았지. 그러니 걔들 뒤쪽으로 가면 좋을 것 같더라고."

그러나 다비드가 동료들과 약속한 사거리로 돌아가려고 했을 때는 사정이 달랐다. 사람들은 겁을 집어먹고 밖으로 나가려 하지 않았다. 그러나 이 부부만은 어린 자식들이 걱정되어 애가 탄 나머지 집으로 돌아가고 싶어했다. 얼마 뒤 쇳조각이 막시민이 갇혀 있던 건물로 몰려가 주변이 조용해졌을 때 다비드는 건물 높은 곳으로 올라가 주변을 살펴본 다음 텅 빈 거리를 주파하는 데 삼 분이면 될 거라고 판단하고 부부를 설득해 사거리로 건너왔다.

"와서 네가 계단에 남긴 표지를 발견했는데 내가 뭐 뜻을 알아야지? 그래서 여기서 기다리라는 건가보다 하고 이 집에 들어온 거야. 그래서 오히려 잘된 거 아니냐? 에투알 표지는 앞으로도 모르고 살련다. 하마터면 도로 산골 마을까지 기어올라갈 뻔했네."

어두워진데다 부부의 집은 멀었으므로 다비드는 자신의 '엄청나게 강한' 동료들이 오면 함께 가자며 그들을 설득했던 모양이다. 일은 실제로 그렇게 풀렸고, 안전함을 한껏 누리며 집으로 돌아가 아이들과 재회한 부부는 기뻐하며 일행에게 묵고 갈 것을 청했다. 이만하면 누구라도 쉬어야 할 상황이었으니 나쁜 제안은 아니었다.

잠시 후, 부부는 벽난로 불을 한껏 돋워놓고 저녁 영업에 쓰려던 식재료를 듬뿍 퍼부어서 양고기 꼬치구이, 오징어 튀김, 페타 치즈와 꿀을 얹은 샐러드, 시금치 파이, 신선한 올리브 따위를 내놓은 뒤 아이들과 함께 있어줘야겠다며 자리를 피해주었다. 술집 주인답게 눈치도 빠른 사람들이었다.

어느새 아홉시가 가까웠다. 아주 긴 하루였다.

심볼리온 회의장에서 신경을 곤두세우고 논쟁하다가 또 낯선 땅에 떨어져 긴장하고, 뒤이어 정체 모를 끔찍한 학살극에서 분투해 간신히 살아남았다. 하루를 되새기려고만 해도 머릿속이 요란할 지경인데 밤은 아이러니하게 고요했다. 휑뎅그렁한 홀은 물론이고 지나가는 사람 한 명 없는 거리도 마찬가지다. 벽난로에서 기분좋은 온기가 밀려오고 맛있는 냄새가 풍기는 음식이 앞에 놓였지만 다들 맥이 풀렸는지 선뜻 손대는 사람이 없었다.

막시민은 눈앞에 놓인 포도주병을 보고 있었다. 병목은 가늘고 밑은 널찍한 항아리 모양인데 요즘 아노마라드에서는 이런 형태의 술병을 보기 힘들었다. 어릴 때 수도원에서 몇 번 본 기억이 있다. 서고에 숨어 날이 저문 줄도 모르고 책을 읽다가 뒤늦게 살금살금 도망 나오는데 수도사들이 저녁을 차리려고 미리 꺼내놓은 항아리 모양 병이 보였다. 배도 고프고 목도 마르고 해서 멋도 모르고 한 모금 꿀꺽 삼켰다가 놀라서 헛구역질까지 했다. 하지만 밖에 나오니 얼굴이 달아올라 추위가 느껴지지 않았다. 눈 섞인 바람이 매섭게 몰아치는 밤이었는데. 이거 되게 좋은 거구나, 맛만 견디면 되겠네.

그날을 떠올리자 처음 훔쳐 마셨던 시고 떫은 술맛이 되살아나 입안을 맴돌면서 턱 언저리가 아릿해졌다. 그러면서 막시민은 현실감을 되찾았다. 다급하게 쫓기던 본능이 가라앉자 반쯤 마비됐던 뇌도 제대로 움직이기 시작했다.

안전해졌다고 느낀 후로도 여기까지 오는 내내 눈앞의 일들밖에 생각하지 못했다. 그야 광장에서 본 학살극이 머릿속에서 쉬지 않고 반복되고 있어서다. 거기에 너무 많은 정신력이 소모되고 있어서 다면적인 생각을 해낼 여력이 부족했다.

정말 많은 사람이 죽었다. 아무런 이유도 모른 채. 끔찍하고 슬픈 일이다. 하지만 오늘 벌어진 일은 그 이상의 것이었다. 그가 본 것은 세상의 멸망이 아닌가?

고개를 들고 안경을 밀어올리자 술병 너머에 앉은 사람들에게 초점이 맞으며 또다른 생각이 또렷해졌다. 이들은 기둥의 붕괴가 무엇을 의미하는지 모를 것이다. 레오멘티스 교수의 초대를 받지 못했으니까. 갑작스러운 재난의 이유도, 쇳조각의 정체도 모를 것이다. 그렇다면 얘기해줘야 하지 않을까? 비록 레오멘티스 교수가 엄선한 몇 명 안에 들지 못했을지라도 여기까지 와서 직접 사태를 목격한 이상 이제는 알 자격이 충분한 게 아닐까?

다음 생각은 좀더 미묘한 것이었다. 저들의 공녀가 내린 명을 따라 자신을 구하러 왔을 뿐인 저 사람들, 그리고 자신은 전이문의 오작동으로 이 도시에 떨어졌다가 기둥의 붕괴라는 중대한 사건을 목격하고 곧이어 죽을 뻔했다. 이게 전부 우연일까?

기둥의 붕괴를 보았을 때도 조금쯤 의심했지만 곧 아닐 거라고 생각을 떨쳐냈었다. 이 세계의 운명과 관계된 사건에 특별히 초대될 만큼 자신이 중대한 존재라는 생각은 막시민의 평소 인생관과 심각하게 부딪쳤기 때문이다. 그러나 현에 깃들어 있던 프시키들이 쇳조각들을 모조리 없애버리고 나자 그도 마음이 흔들렸다. 혹시 그들 모두를 여기로 데려온 것이 이 프시키들이 아닐까? 왜냐하면…… 바로 아까 같은 일을 하려고.

이 프시키들은 하필 막시민의 바이올린을 다람쥐통 삼아 숨어 있다가 돼지 뒷다리 햄을 구조하는 등 시시한 참견이나 하며 지내고 있었지만 실은 수상한 힘을 감추고 있었던 것 같다. 추측건대 심의회에서 들었던 목소리, 그리고 전이문을 통과할 때 들었던 목소리도 이들이었을 것이다. 이들은 한때 동사 변화나 연습하고 있더니 갑자기 말을 청산유수로 잘하게 되었다. 때로는 어린애처럼 떼를 쓰며 저주를 퍼붓고, 그러다가 시인이나 다름없는 언사를 내뱉는다. 이토록 제멋대로인 존재에 대해 합리적 추측을 해보자면 그들은 각자 다른 프시키가 아닐까. 그것도 아주 많은 숫자의.

이스핀은 그들을 단순히 귀여운 말썽꾼들인 양 대하곤 했지만 오늘 벌어진 일을 보자면 그들은 단순하지도 귀엽지도 않았다. 수천 명을 학살한 쇳조각들을 단번에 없애버리는 힘이란 대마법사 쥬스피앙과도 맞먹을 정도다. 마력이 다 고갈된 카프리치오의 현 한 가닥에서 그만한 힘이 나올 리도 없고, 그런 프시키가 한둘도 아니고 세상 곳곳에 퍼져 있고……

그런데 이스핀은 그런 놈들을 다루는 힘을 가졌고?

그제야 막시민은 이스핀이 '자신만이 아이언페이스를 상대할 수 있다'고 했던 말을 납득했다. 막시민이 지금까지 판단한 바로 아이언페이스는 일종의 변종 프시키였다. 쇳조각들은 그의 일부, 또는 그가 남긴 잔해였다. 이스핀은 다른 프시키들을 다루는 자신의 힘으로 그것들과 대결하고자 했다. 그 힘은 아직 한정적이지만 언젠가는 현에 든 프시키들처럼 그런 일도 해내게 되리라. 아마도, 말이 통하게 된다면……

말이 통하는 것이 핵심인가 생각하고 보니 다시 의아해졌다. 이놈들은 왜 막시민에게만 말을 하는가? 그런 주제에 이쪽에서 하는 말에 제대로 대답한 적은 한 번도 없다. 가만히 보면 이스핀은 프시키에게 명령하지만 프시키는 막시민에게 명령하는 것 같은데?

막시민은 힘이 폭발했던 순간을 다시 차근히 되새겨보았다. 하지만 자신이 프시키를 이용해서 마법을 썼다든가, 그런 생각은 조금도 들지 않았다. 마법에는 의지력이 든다. 자신은 그저 구경꾼이었을 뿐이다. 한 일이라고는 단 하나, 프시키가 시키는 말을 앵무새처럼 따라 한 것뿐이다.

그런데 그게 프시키 고유의 힘이라면 막시민에게 말을 따라 하도록 하는 과정은 왜 필요한 것일까?

우리의 이름을 녹여다오
시체를 먹고 자라난 아이들아
너와 나는 소멸되어야 한다
룬은 아이들만의 것이기에

그리고 그들은 이제 대답하지 않는다. 비록 근거는 없지만 막시민은 프시키들이 사라진 것 같다는 기묘한 확신을 느꼈다. 마치 쇳조각들과 상쇄되기라도 한 것처럼.

마지막으로 떠올린 생각은 이스핀이 오를란느의 샤를로트 공녀라는 사실이 갖는 의미였다. 감히 자신과 어울릴 수 없는 높은 신분이라는 사실도 물론 놀랍지만 전부터 귀족일 것 같다고 생각해왔기에 그것까지는 넘어갈 수 있다. 숨길 수밖에 없었다는 것도 어찌 보면 납득할 만했다. 켈티카는 타국의 수도가 아닌가? 공녀가 밀입국을 한 처지에 남에게 신분을 밝히고 다닌다면 그게 더 놀랄 일이겠지. 하지만 그애가 오를란느 대공국을 이어받을 하나뿐인 후계자라는 것을 알고 나자 좀더 중대한 사실이 눈에 들어왔다.

한때 자신은 세상에 위기가 닥쳐온다면 그건 자신이나 이스핀 같은 사람들의 몫이 아니라고 생각했다. 하지만 그건 자신에게만 해당되는 말이었다. 장차 오를란느의 대공이 되어야 할 그애는, 적어도 오를란느 사람들을 지켜야 할 의무가 있었다. 대부분의 대공들은 그럴 필요가 없었을 테니 억울할지라도 하필 이 시대에 닥쳐온 이상 어쩔 수 없는 일이다. 심지어 힘도 갖고 있다. 그럼 이제 자신은 열심히 해보라고 손뼉이나 쳐주고 물러나면 될까?

아니, 이 사실을 알았기 때문에…… 더더욱 그럴 수가 없다.

이스핀이 아이언페이스와의 싸움에 제 목숨을 던져버릴지도 모른다는 느낌이 전에는 추측이었다면, 이제는 진짜로 근거가 있는 이야기로 변했다. 이스핀에게는 자기 나라 사람들을 지킬 의무가 있었고 힘이 있었다. 심리적 이유만으로도 위험천만해 보였는데 지위도 조건도 그애를 밀어붙이고 있다. 그처럼 팽팽하게 당겨진 시위라면 언제 화살이 날아가도 이상하지 않다. 당장이라도, 기회만 온다면.

저기 앉은 오를란느인들은 이 사실을 알까?

저들의 공녀에게 어떤 능력이 있으며 무엇을 하려 하는지, 안다면 어디까지? 말리지는 않는 건가? 돌이켜 생각해보면 켈티카에도 협조자가 있었던 모양인데 이들이든 그들이든 누구도 말리지 않고 조력만 하고 있다는 건 그리 많은 사실을 알지 못한다는 방증이 아닐까? 그렇다면 이들에게 진실을 말해주어서 이스핀이 시위를 놔버리지 않도록……

거기까지 생각하다가 이스핀이 자신과 손을 끊으려 한다는 것을 떠올리고 저도 모르게 이를 악물었다. 이제 분명히 알 것 같다. 이 위험한 일에 끼어들지 말라는 그애의 마음을. 그래, 자격이 없지. 무슨 쓸모가 있겠어. 오늘도 로랑의 도움이 아니었다면 죽었을 처지인데. 짐이나 되면 모를까.

그래, 필요 없는 난 사라져주는 게 맞을지도 모른다. 하지만 너 혼자 멋대로 불구덩이로 걸어가라고 그러는 건 아니다.

내가 아니라 해도 너한텐 도움이 필요하다. 이들도 자신이 설명만 잘한다면……

그때 부부를 따라가 피 묻은 옷을 이 동네 전통 의상 같은 것으로 갈아입은 다비드가 돌아왔다. 의자를 끌어당겨 앉으면서 말 없는 세 사람을 둘러보더니 한숨을 한 번 내쉬고 이어 피식 웃었다.

"어이구, 다들 날 기다린 거야? 먼저 먹고 있어도 되는데."

막시민은 머릿속을 가득 채운 엄청난 생각들을 주체하려고 애쓰며 다비드를 보았다. 웃고 있는 그를 보니 갑자기 이런 충격적인 사실들을 털어놓아도 곧이들을지 의심스러웠다. 자신이라면 못 믿을 것 같은데.

당장 이곳의 쇳조각들은 사라졌지만 킵에는 얼마나 많은 쇳조각이 있을지 모른다. 아이언페이스가 얼마나 더 만들어낼 수 있는지도 모른다. 아무리 떨치려 애써도 검은 새떼 같은 그놈들이 광장을 뒤덮으며 날아오던 광경은 끝없이 되살아나고, 사람들이 피 흘리며 쓰러진 계단에 이스핀이 홀로 서서 그들과 맞서려 하는 상상도 억누를 수가 없다.

그때 누가 곁에 있어줄 수 있을까? 오를란느인들은 그들의 공녀를 돕고자 최선을 다할까?

막시민은 로랑을 흘끔 보았다. 자신과 전혀 안 맞는 종류의 인간이긴 해도 기분 나쁜 소리만 지껄여대던 자신을 끝까지 살려내려 애쓴 것을 보면 책임감이 투철한 사람이다. 믿을 만한 상대로 분류해도 될 것이다. 반면 저쪽은 자신을 전혀 신뢰하고 있지 않을 텐데 사실상 잘 지내보려고 시도한 적도 없으니 당연한 일이다. 똑같은 말도 어떤 사람이 하느냐에 따라 다르게 들리는 법인데 이제 와서 어떻게 접근해야 한담. 갑자기 친해보자고 실실 웃었다간 미쳤나 하는 눈빛이나 받을 테고.

그러다가 다시 다비드를 보니 마음이 푸근해지며 시시한 대화를 시작하기에는 역시 이쪽이 최선이구나 싶었다. 어색한 분위기를 깨려고 늘 최선을 다하는 사람인데다 죽은 줄 알았다가 살아 돌아와서 그런가 왠지 잘해줘야 할 것 같은 느낌까지 든다. 마침 다비드가 막시민이 보고 있던 술병을 쓰다듬으며 동료들을 돌아봤다.

“내가 친구 하나는 참 잘 사귀지 않았냐? 이 술도 그렇지. 난 냄새만 맡아도 술 가격을 알아낼 수 있거든. 이거 한 병에 50엘소는 될 것 같은데. 어때요, 리프크네 씨?”

다비드가 한 방울도 마셔보기 전에 비싼 술이라고 단언한 것은 새로 친구가 된 사람들을 칭찬하고 싶어서였겠지만 하필 막시민에게 동의를 구하려 든 이유는 두 에투알은 술맛을 모를 것이 틀림없었기 때문이다. 반면 막시민은 좀 알 것 같은 느낌이 있었는데 다비드의 예상은 맞아떨어졌다. 막시민이 포도주병을 만져보며 고개를 끄덕였다.

“어, 그 정도는 되겠네요.”

그러자 비비엔이 네냐플 출신의 천재적인 마법사는 술병만 만져보고도 술맛을 아는 것인가 생각하는 눈빛으로 쳐다봤으므로 막시민은 오해를 피하고자 술병을 들어서 바닥을 보여줬다.

“이게 깊게 파이면 보통 비싸요.”

다비드가 얼른 손을 내밀어 술병 바닥을 만져보더니 감탄했다.

“우와, 진짜 그러네요. 오늘 술맛을 제대로 아는 분을 만났네. 오늘 같은 날은 좀 마셔줘야 하는데 이런 분이 계셔서 다행이지 뭐냐. 이쪽 둘은 술 상대로는 영 아니거든요.”

다비드가 줄곧 너스레를 떨며 분위기를 바꾸려 애써도 동료들은 영 호응이 없었다. 비비엔은 워낙 그런 일에 쓸모 있는 상대가 아니었고, 사람들 앞에서 울어버리고 난 뒤로 로랑은 묘하게 말이 없어졌다. 왜인지 뻔히 알 테지만 이런 상황일수록 적극적으로 타개해야 한다고 생각하는 다비드가 로랑을 툭툭 쳤다.

“넌 왜 이렇게 새침해졌냐. 그런 캐릭터 아니면서.”

새침하다는 말에 어처구니가 없어진 로랑이 다비드를 쏘아보자 다비드가 킬킬 웃었다.

"열받게 하니까 정신이 돌아왔지? 그럼 너부터 이 술 받고. 자, 자, 다들 받아요."

모두의 잔에 포도주를 따라주고 잔을 들어 부딪쳤다. 그러나 술잔을 입에 댄 건 다비드와 막시민뿐이었다. 비비엔은 술 대신 양고기 꼬치를 입에 물고 있었는데 다비드가 재차 권하자 한 모금 삼켰지만 로랑은 여전히 마실 분위기가 아니었다.

"오늘은 너도 그냥 마셔. 원래 이런 날은 좀 마시고 자야 해. 그래야 쓸데없는 꿈에 안 시달려."

로랑이 고개를 저었다.

"아뇨. 이젠 술에 손 안 대겠습니다."

술주정뱅이의 반성 같은 소리를 들은 다비드는 황당한 얼굴로 웃었다. 일생 마신 술이 두 병은 될까 싶은 녀석이 뭔 소리야.

"왜?"

"저번에 마시고 좀 별로였지 않습니까."

"저번이라면 그때? 뭐가 별로야. 아주 잘했지. 난 그날 일 생각할 때마다 히죽히죽 웃음이 나온다. 안 그래요, 마담?"

비비엔이 술을 한 모금 더 마시며 로랑을 힐끔 보더니 말했다.

"드시는 것도 좋겠죠. 술을 드시면 복잡한 문제를 간단하게 해결하시잖습니까."

다비드가 손뼉을 쳤다.

“그렇지! 지금도 뭐 복잡한 문제 있지? 한 잔 쭉 마셔. 그러면 술 마신 카스티유 경이 간단히 해결할 거야.”

다비드는 여기까지 오는 동안 로랑과 막시민이 싸운 것 같다고 추측했다. 둘 다 다비드나 비비엔에게는 대꾸해도 그들끼리는 말은커녕 쳐다보지도 않았기 때문이다.

물론 전이라고 분위기가 좋았던 건 아니지만 그건 억지로 오를란느인들과 동행하게 된데다 뭔가 심상치 않은 생각에 잠겨 있는 막시민 때문이었지 로랑은 나름 막시민의 눈치를 좀 봤었다. 사근사근하게 굴지 못한 건 친해진 사람한테만 풀어지는 성격이라 그런 것이고, 로랑을 잘 아는 다비드의 눈에는 저 사람과 어떻게 해야 가까워질까 조바심을 내는 것이 다 느껴졌다. 그런데 그사이 무슨 일이 있었기에 저렇게 됐을까? 해결하자면 일단 말을 트게 해야겠지. 말을 트는 데는 술이 최고 아니겠어.

그런데 로랑이 막시민을 힐끗 본 다음 말했다.

“저더러 지금 검 뽑아서 문제 해결하라고 추천하시는 겁니까?”

“아니, 야…… 술 마셨다고 꼭 검을 뽑으란 법이 있어?”

다비드가 움찔하며 막시민의 눈치를 살피자 비비엔이 말했다.

"그때 그 자식은 카스티유 경이 오랫동안 죽여버리고 싶어 했던 사람이었던 걸로 아는데요."

비비엔이 캉페슈 후작을 '그 자식'이라고 대놓고 지칭하는 바람에 예전원의 영혼이 남아 있던 다비드는 또 한번 움찔했지만 생각해보니 그걸 듣는 귀족도 자신뿐이었다.

"어, 맞아요. 그…… 인간하고는 다르죠. 리프크네 씨는 그래도 연하를 돕던 사람이잖아. 그러고 보니 잘 지낼 이유가 있는 사이네. 뭣 때문에 싸웠는지는 모르겠지만 심각한 거면 빨리 털어놓으시고, 시시한 거면 화해들 하세요. 연하를 생각해서라도."

그러자 비비엔이 치즈를 입에 넣으며 말했다.

"그거 비서관님 때문인데요."

"나?"

다비드가 둘을 번갈아 보더니 곧 커다랗게 웃음을 터뜨렸다.

"아니, 나란 인간이 워낙 매력이 넘치긴 하지만 그렇다고 날 두고 싸우시면 어쩝니까? 비록 재처럼 고향에 약혼녀는 없어도 부모님이 만나보라고 추천한 아가씨가 한둘이 아니고 일곱까지 세다가 말았는데 하여간 그걸 다 마다한 건 나보다는 그 아가씨들의 장래를 생각해서였고, 이렇게 줄을 설 가치는 없는……"

둘을 웃겨서 화해시켜보려는 다비드의 노력이 가상해서였

든 황당해서였든 두 사람의 딱딱한 표정이 약간 풀리려 했을 때 다음 말이 이어졌다.

"……인간이라서 갑자기 선택하려니 고민되네. 어느 쪽을 택한담."

"네?"

"이런 건 신중한 문제잖아. 비록 로랑 네가 나랑 친하고 또 유능하긴 하지만 그것만으로 결정할 순 없지. 이럴 때는 우리 연하의 까다로운 취향을 참고하는 것도 괜찮거든. 저쪽은 공녀 연하께서 직접 고른 사람이잖냐? 근데 넌 에투알이라서 자동으로 선택됐단 말이지."

"지금 무슨 소리를 하시는 겁니까?"

다비드의 말이 은근히 거슬린 로랑이 미간을 찌푸리자 다비드가 킬킬거리며 술잔을 들어올렸다.

"누구랑 마실지 정하려고!"

그러면서 마침 마시려고 술잔을 들고 있던 막시민과 잔을 부딪친 다음 말끔히 비워버렸다. 그런 뒤 막시민을 건너다보며 '그쪽도 다 비우지 그러슈'라는 눈빛을 보냈는데 마침 막시민도 그럴 참이었던지라 권하는 대로 비워버린 셈이 되었다. 다비드가 눈을 찡긋거렸다.

"자, 더 드십시다. 요즘 에투알이랑 다니느라 강제로 깨끗하고 맑은 정신으로 거듭날 뻔했는데 역시 그래서야 추밀원 최고의 헛소리꾼 다비드가 아니지. 적당히 너저분한 정신일 때 머리가 더 잘 돌아가잖아요. 안 그래요?"

막시민이 동의했다.

"그렇죠."

"그러다가 막 기막힌 해답도 나오고!"

"옳은 말씀입니다."

"와, 나랑 정말 잘 맞으신다. 그런데 좀 이상해. 낮엔 안 그렇더니 아까부터 왜 이렇게 날 좋게 봐주시지."

"죽었다가 살아서요."

다비드는 황당해했지만 술이 오른지라 금세 다시 낄낄댔다.

"그런 거네! 죽은 줄 알았다가 다시 보니까 막 갑자기 소중해 보이고 아껴주고 싶고, 그런 거구나. 그거 해볼 만하네요. 쟤는 아까 날 봤다고 울지를 않나. 오우, 감동했지 물론. 난 네가 공녀님 일쯤은 되어야 그러는 줄 알았다."

"저기, 비서관님……"

로랑이 미간을 찡그리며 다비드에게 한마디하는 사이 막시민은 심의회에서 있었던 일을 떠올렸다. 렘므 국왕에 대한 피스커 부사령관의 태도를 지적하면서 로랑은 대공이 아닌 공녀한테 주군이라는 말을 쓴 적이 있었다. 다비드도 '공녀님 일쯤은 되어야'라고 하는 걸 보면 둘은 단순한 관계가 아닌 것 같은데.

그사이 어느새 또 술잔을 비운 다비드가 막시민에게 다가앉으며 사근사근하게 물었다.

"이제 친해졌으니까 물어봐야지. 우리 공녀님은 어쩌다가 만나게 되셨어요? 아 참, 공녀께서 쫓아다니셨다고 그랬던가? 진짜 그랬어요?"

그건 사실이었으므로 막시민은 긍정했다.

"그런 셈이죠."

"우리 공녀님이 맘에 들면 좀 잘해주시지 않아요? 어때요?"

막시민은 공물선 위에서 있었던 일을 떠올렸다. 그 시절은 그나마 심적 고통 없이 되새길 수 있었다.

"보수도 많이 준다 하시고, 뭐 선물도 이거저거 사주시고, 그러다가 비싼 저녁을 사주셔서…… 말려들었네요."

"아하, 물질에 약하시구나."

"엄청 약하죠. 주머니에 먼지뿐이라서 돈이라면 사족을 못 쓰죠."

이스핀이 준다고 했던 네냐플 일 년 치 수업료 생각을 하자 쓴웃음이 났다. 자신은 그 돈이 정말로 탐났던가? 그래서 그렇게 열심이었던 건가? 비밀을 털어놓지 않고 간단한 의뢰로 끝내려 하는 애의 마음속을 파헤쳐서 여기까지 오게 된 지금, 처음 약속했던 그 돈은 까마득히 비현실적인 뭔가로 느껴졌다. 막시민은 조금 남은 술을 마저 비운 다음 자조적으로 덧붙였다.

"돈만 아니었으면 이럴 일 없었는데."

다비드는 "맞아, 마법에는 비용이 좀 든다더라" 하고 중얼대며 다시 제 잔과 막시민의 잔에 술을 따랐다. 한편 로랑은 막시민이 하는 말을 듣다가 다시 판단이 흔들렸다. 심의회장에서는 혼자 목숨을 걸려 하는 한 사람을 도와야 한다고 힘주어 말하더니, 실은 돈 때문이란 말인가. 하긴 낮에도 공짜 상담이 어쩌고……

그런 생각에 잠긴 로랑의 옆얼굴을 힐끗 본 비비엔이 갑자기 커다랗게 웃음을 터뜨렸다.

"아하하하……"

비비엔은 어느새 채운 술잔을 로랑의 잔에 멋대로 부딪친 다음 시금치 파이를 집어 베어 물고, 다시 포도주를 한 모금 부어서 괴상한 배합으로 씹어 삼키고는 말했다.

"카스티유 경, 그거 아십니까? 제가 웃는 걸 봤을 때 재빨리 술을 마시면 저주가 풀린다고 합니다."

"……마담, 지금 취하신 겁니까?"

"글쎄요. 그건 잘 모르겠는데 확실한 건 하나 있네요. 제가 보기에 지금 경은 '상 프루아'가 풀리지 않고 있습니다. 잘 아시겠지만 그거 푸셔야 합니다. 그냥 두면 내일 아주 힘드실 겁니다."

상 프루아는 사실상 억지로 감정을 억누르는 것인지라 필요한 순간이 지나면 긴장을 푸는 과정이 반드시 필요했다. 로랑은 미심쩍은 표정으로 눈을 몇 번 깜빡이다가 물었다.

"잘 모르겠는데, 뭘 보고 하시는 말씀입니까?"

"지금 배도 안 고프고 목도 안 마르시죠? 여기 와서 술은 커녕 물에도 손을 안 대셨습니다."

그건 사실이었다. 그제야 로랑도 조금 당황하며 눈앞의 물컵을 보았다. 지금껏 음식이든 술이든 아무것에도 손을 안 댄 사람은 로랑뿐이었다. 하지만 앉은 지 얼마 안 되지 않았던가?

그의 마음을 읽은 것처럼 비비엔이 말을 이었다.

"그뿐이 아니에요. 오늘처럼 이런 일을 겪고 사람이 아무렇지 않을 수가 없습니다. 저만 해도 아까 잠깐 정신이 나갔었잖아요. 그런데 경은 지금까지도 정신 차리고 실수 없이 판단하려고 너무 애쓰고 있어요. 저와 비서관님이 죽은 줄 알았던 것 때문인가 싶기도 하고, 뭐 다른 이유가 있을지도 모르겠지만 심지어 스스로 의식도 못하고 있네요. 아까 울음 터지기에 풀린 줄 알았는데 그걸로도 안 되는 걸 보니 상태가 심각한 것 같습니다."

"하…… 그 얘기는 그만할 수 없겠습니까?"

"왜요? 앞으로 삼십 년 동안 우려먹겠습니다."

비비엔은 로랑의 표정을 곁눈질하며 양고기를 한 입 더 뜯더니 덧붙였다.

"빨리 안 드시면 알리스 공녀 연대에도 다 퍼뜨려야지."

"아니 저……"

로랑이 항의하려 하자 비비엔은 얼른 제 입에 포도주를 부어넣어서 대꾸를 회피했다. 그사이 다비드는 얼른 더 마시라고 막시민에게 손짓하며 슬슬 궁금한 이야기를 꺼냈다.

"근데 말이죠. 우리 공녀께서 인재 보는 눈이 좀 있긴 한데 그래도 그렇게까지 막 쫓아다니시는 일은 별로 없거든요? 체통이 있으시잖아요. 역시나 평범한 인재가 아니신 거 같아요. 듣자니 네냐플 학생이라고……"

"퇴학 예정요."

심의회에서 들은 말을 떠올린 다비드가 고개를 갸웃했다.

"아이고, 그게 그냥 해본 말이 아니었나? 근데 거기 교수님들은 퇴학 예정인 제자를 구하러들 단체로 출동하시다니 제자 사랑이 대단하시네. 뭐 그렇긴 해도 또 대마법사의 유일한 제자시라더라고요?"

"제자 아닙니다. 그냥 아는 사이입니다."

이들은 쥬스피앙이 회의장까지 쫓아와 '내 장학생 1호'라고 부르는 장면을 보지 못했으므로 막시민이 그렇다니 납득하는 수밖에 없었다. 다비드가 뒷머리를 긁적였다.

"음…… 아노마라드 분이셨죠? 대단한 친구도 많으시고, 역시 가문의 뒷받침이 좀 있으셔서……"

"시골 거지 출신요."

"아아, 그러시구나. 아니 잠깐, 뭐라고요? 그럼 우리 공녀님 곁에서 무슨 일을 하신 겁니까?"

"심부름요."

"저기, 뭐라더라, 탐정인가 그런 일 하셨다고 하지 않았습니까?"

"탐정이 심부름꾼 비슷한 거지 뭐 있겠습니까?"

이야기는 점점 이해할 수 없는 것이 되어갔다. 다비드는 난감해져서 미간을 찡그렸다가 한숨을 쉬었다가 하더니 결국 잔을 내려놓으며 단도직입적으로 물어봤다.

"저, 그럼 뭘 잘하시죠?"

막시민은 들고 있던 잔을 마저 비우며 대꾸했다.

"보시다시피 술은 잘 마십니다."

"……"

이자는 정체가 뭘까? 심의회에서 그렇게까지 공들여 구할 가치는 있었던 건가? 다비드가 로랑을 건너다보자 그의 표정에서 질문을 읽은 로랑이 대꾸했다.

"우리가 판단할 필요는 없었습니다. 연하께서 내리신 명령이었으니까요."

"그래. 근데 연하의 생각이 궁금해 죽겠잖아. 너는 연하의 최측근이니까 그분 마음을 잘 알 거 아니야. 뭐 짐작 가는 거 없어?"

로랑이 막시민을 바라보았고, 막시민도 로랑을 봤다. 막시민은 '연하의 최측근'이라는 말에 드디어 로랑에게 말을 꺼내볼 마음을 굳혔다. 이 책임감 있는 군인이 광장에서 자신을 구했듯 이스핀도 지켜줄 수 있길 바라면서.

로랑의 마음속에서는 불길한 예상이 떠오르는 중이었다. 저자는 정말로 아무 쓸모가 없는 자일지도 모른다. 이 년 전, 쇼몽 저택에서 벌어진 사건 직후 자신은 샤를로트에게 충동적인 조언을 한 일이 있었다. 열일곱 살이란 얼굴만 멀쩡한 멍청이를 만나봤다가 너무 멍청하면 엉덩이도 걷어차버리고 그러면서 보내는 겁니다……

설마 이자가…… 얼굴만 멀쩡한 멍청이?

로랑은 정량적 가치판단을 내리고자 막시민을 머리부터 발끝까지 주의깊게 훑어봤다. 물론 지금껏 함께 다니며 충분히 살펴볼 기회가 있었지만 이번에는 기준이 달랐다. 그러니까 이성적 매력이라는 점에서, 그렇게까지 절세미인이 맞나? 우리 공녀님이 바쁜 와중에 만사 제쳐놓고 따라다니다가, 납치를 당하자 네냐플과 공조를 펴고 측근들을 모조리 동원해가며 구해주라고 할 정도로?

그럼에도 불구하고 구해낸 이자를 그냥 가고 싶은 데로 보내주라고 한 이유는…… 저자가 공녀님의 사랑을 받아주지 않아서?

"……"

그런 생각을 하며 봐서 그런지 무엇 하나 마음에 드는 구석이 없었다. 집에서 직접 잘랐다가 망친 채로 방치한 듯한 머리 모양, 피곤해서 까칠해진 얼굴, 한때 고급이었던 셔츠와 바지는 심각하게 구김이 갔고, 구두는 구겨 신지 않은 것이 용하다 싶을 정도다. 한눈에 반할 미남이어도 용서할까 말까인데, 그러기는커녕 일생 용모를 가다듬어본 적이 있기나 한가 싶은 꼬락서니라니. 그야 대기실에 처박혀 있다가 나와 세수 한번 할 시간이 없었기 때문이었지만 로랑이 그런 영문을 알 이유는 없었다.

그나마 네냐플 시절처럼 썩은 코트를 걸친 것은 아닌데도 로랑은 정체 모를 호흡 곤란을 느끼며 자신이 섣불리 했던 말을 후회했다. 조언도 아무나 하는 게 아니지. 공녀가 아무리 단정한 사람들한테 싫증이 나고 궁정의 예의범절에도 진절머리가 났을지라도 그렇지, 어떻게 저렇게까지 상식적으로 납득할 수 없는 미감의 인간을 고를 수가.

막시민은 영문도 모른 채 그런 눈빛을 받고 있다가 목에 걸린 크라바트를 벗어 얼룩덜룩한 안경을 닦아서 쓰는 것으로 나름대로 준비를 한 뒤 입을 열려 했다.

"당신네 공녀님 말인데……"

그때 다비드가 불쑥 물었다.

"야, 로랑. 너 뭔 생각 하냐? 표정이 안 좋네."

로랑은 잠깐 기다려보라는 듯 손을 흔든 다음 막시민에게 대뜸 물었다.

"공녀께서 켈티카에서 두 달 가까이 당신을 곁에 두신 이유가 뭡니까?"

켈티카라는 말을 듣자 애써 생각하지 않으려 하던 기억이 치밀어올라 막시민도 저절로 로랑을 쏘아보게 되었다. 그래, 한 달 반이나 있었지만 별로 한 건 없었어. 그저 멍청한 짓을 하다가 잡혀온 것뿐이야. 아무것도 해결하지 못했어. 아이언페이스가 어디 사는지 집주소인들 알아냈냐고.

"글쎄요. 시시한 일을 좀 시키셨을 뿐이네요."

"그걸 할 사람이 하필 당신이어야 했던 이유는?"

"그것까진 잘 모르겠고요."

"고작 심부름을 했을 뿐인 당신을 구하라고 우리를 보내신 이유는?"

"그걸 내가 압니까?"

"좋습니다. 당신 말대로라면 당신한테는 아무 능력도 없고, 이렇다 하게 한 일도 없지만 그저 공녀께서 당신을 곁에 두고 싶어하셨을 뿐이라는 건데……"

둘의 눈이 마주쳤다. 로랑은 막시민을 위협적으로 쏘아보며 말했다.

"샤를로트 공녀 연하는 대공국의 고귀한 후계로서 그분의 생명과 명예야말로 제가 첫번째로 지키는 가치입니다. 그런 분께 조금이라도 무례한 짓을 한 일은 없길 바랍니다. 나중에라도 알게 되면 살려둘 일은 없을 테니까."

그쯤 되자 막시민도 로랑이 자신과 이스핀의 관계에서 뭘 추측하는지 알아차리고 황당한 표정이 되었다. 당신들은 일국의 공녀님이…… 시골 거지랑 뭘 어쨌을 거라고 생각하는 거야?

놀란 건 다비드도 마찬가지였다.

"로랑, 너 지금 뭔 소릴 하는 거야. 우리 공녀께서 아노마라드 출신의…… 그런 사람하고 뭐냐, 사귀셨다고? 그게 최측근으로서 네가 추측하는 공녀님의 마음이야?"

"그럼 왜라고 보십니까?"

"아니, 야. 말이 안 되잖아. 신분 차이만 해도……"

그렇게 말하며 다비드가 자세를 돌려 막시민을 유심히 보더니 고개를 갸웃했다.

"불장난하신 건가?"

울컥한 로랑이 막시민을 째려봤다.

"그것도 상대를 좀 골라가며 하실 일이지, 도대체 이런 자하고……"

"음, 공녀님 취향은 좀 방탕한 분위기인가봐. 몰랐는데. 대공국엔 저런 스타일이 별로 없긴 해. 아하, 그래서 혼담 들어온 것마다 쳐내신 건가. 근데 엄청 바쁘신 줄 알았더니 연애하실 겨를이 다 있었네."

"제가 해보시라 했습니다. 저런 상대일 줄은 상상도 못했지만."

"네가? 너야말로 여자 한 명 안 만나고 사는 주제에 별소릴 다 했다. 약혼한 지 오 년째면 사실상 깨진 거 아니고?"

로랑이 순간 멈칫하는데 얼굴을 찌푸린 막시민이 끼어들었다.

"이보쇼, 다들 이상한 상상을 하는데 공녀쯤 되는 분이 나같은 놈하고 무슨 놈의…… 연애질 같은 걸 할 거라고 생각하는 이유가 뭡니까? 그 나라에서는 원래 사람 갖고 노는 걸 좋아합니까?"

"그래요? 그럼 우리 공녀님이 일방적으로 좋아하셨나?"

다비드까지 그렇게 말하자 순간 화가 치밀어오른 로랑은 저도 모르게 눈앞의 술잔을 집어 쭉 마셔버리고는 막시민을 봤다. 그러자 잠든 것처럼 의자 등받이에 비스듬히 기대어 눈을 감고 있던 비비엔이 곁눈을 뜨고 막시민을 향해 중얼거렸다.

"조심하세요. 이제 당신도 카스티유 경이 술 마시면 없애버리고 싶어할 인간이 되신 거 같은데."

하지만 막시민과 로랑은 서로를 노려보느라 주변에 귀를 기울일 겨를이 없었다. 막시민은 자신이 오해를 사게 말한 것은 깨닫지 못한 채 측근이라는 자들이 이스핀이 어떤 상황인지도 모르면서 쓸데없는 상상이나 하고 있구나 싶어 화가 났다. 이런 자들에게 이스핀을 부탁한다고? 웃기지 마라. 차라리 내가 가서 하지. 휘두를 건 가방밖에 없어도 너희보다는 낫겠다. 적어도 그애가 무슨 생각을 하는지 놓친 적은 한 번도 없었어.

실망감이 치밀자 차근차근 하려 했던 말이 그대로 쏟아져 나왔다.

"당신네 공녀께서는…… 그런 시시한 일에 정신을 팔 겨를이 없을 겁니다. 걔가 무슨 상황에 처해 있는지 알긴 합니까? 이미 기둥은 무너졌고, 그놈과 싸울 힘을 가진 건 걔뿐이고, 이제 싸움이 시작되면 당신들이 돌아가기도 전에 목숨을 내던져버릴지도 모르는데, 참 한가로워서 좋겠습니다. 정말로 당신네 공녀님은…… 혼자뿐이었네요. 주변에 아무도 없었네요. 왜 도움받지 않고 그놈과 혼자 맞서려 하는지 아주 잘 알겠네요."

로랑의 표정이 그대로 굳어졌다. 막시민의 말을 대부분 이해할 수 없었지만 '주변에 아무도 없다'는 말만은 아니었다. 오를리 귀족들은 늘 그렇게 말했다. 공녀 주변에는 아무도 없다. 도움 줄 사람 하나 없이 혼자뿐이다.

그걸 부인하려고 지금껏 얼마나 기를 쓰고 노력해왔는지 모른다. 그런데 그 말이 외국인의 입에서 튀어나와 그를 후려칠 줄이야. 심지어 그렇게 말한 이유는 더욱 당혹스러웠다. 막시민이 공녀를 '개'라고 지칭한 것조차 귀에서 흘렸을 정도다. 샤를로트 공녀가, 목숨을 내던져버릴지도 모른다고?

"지금 뭐라 하셨습니까?"

미르망드의 새벽

새벽 네시. 동남쪽 산에서 내려오는 바람이 살얼음이 낀 듯 뺨을 엔다. 깃을 여미며 고개를 들자 초승달 모양을 한 숲이 내려다보였다. 그 너머에 겨울 궁전이 있다. 낮에는 은회색 석벽이 빙벽처럼 흐릿하게 빛나는 곳이지만 지금은 달빛을 받은 첨탑 몇 개만 웃자란 전나무처럼 솟아 있었다.

지열로 데워지는 온천 위에 세워진 겨울 궁전은 주변보다 지대가 낮아 방어에 취약했다. 그래서 성벽을 높이 둘렀지만 전쟁이 잠잠해지자 궁전의 규모를 키워 개축하고 싶어한 대공들이 성벽 일부를 허물고 새로운 부속 건물을 세웠다. 지금 샤를로트가 보고 있는 곳이 바로 그쪽이었다. 사냥터로 나가기 좋은 곳에 세워진 야트막한 사냥개 축사와 연회장, 그리고 온천으로 이어지는 회랑. 오늘 사냥할 은회색 늑대의 목덜미에 해당하는 곳.

저곳을 칠 것이다.

다시 불어온 바람에 깃발이 펼쳐지고 샤를로트의 짧은 머리카락도 흩날렸다. 흉갑과 견갑, 팔꿈치가리개와 전투 장갑을 갖추었지만 에투알의 전통대로 받쳐 입은 옷은 가볍다. 흰 윗옷과 바지, 장화, 세미-트랑샹 검. 붉은 망토가 살아 있는 듯 일어나 어깨를 휘감았다. 바람이 가리키는 곳, 저곳에 아버지가 있다. 적의 손아귀에 든 채.

샤를로트는 시선을 떼지 않고 숲 너머를 응시했다. 천 년을 이어온 대공 가문이 이 바람에 촛불처럼 흔들리고 있다.

오를리에 당도한 것은 사흘 전이었다. 아노마라드에서 집결한 에투알 삼십여 명과 함께 로사 알브로 들어갔다가 큰길을 피해 말을 갈아타가며 밤낮으로 달린 결과다. 오를리 근교의 관문에 이르자 과연 반역 도당의 가문에서 나온 이백여 명의 병사가 진을 치고 있어서 그들과 교전하지 않고는 들어갈 수가 없었다. 에투알을 반으로 나눠 절반은 군대를 교란하고 나머지는 공녀를 옹위하여 돌파하는 계획을 세웠을 때 뜻밖에도 마법사 몇 명이 가세해왔다. 나중에 듣자니 펠티에 부단장이 왕립 마법 학교에 들어가 설득한 결과라 했다.

마법사들의 도움으로 적들의 시야가 효과적으로 가려지자

조안느와 나제리온, 구스타브 셋만 거느린 샤를로트는 적진을 돌파해 말 그대로 성벽을 넘었다. 허겁지겁 뛰어나온 수도 방위대 지휘관은 오를리 출신답게 샤를로트 공녀의 얼굴을 알아보았다.

"성문 밖에서 반란군이 진을 치고 오를리를 봉쇄하려 하고 있다. 공녀의 명을 받들어 그들을 분쇄하라."

성문을 열고 나가는 수도 방위대에 조안느를 남기고, 이번에는 오를리 시내를 전속력으로 통과했다. 공녀의 도착 소식보다 먼저 궁전에 도달해야만 했기 때문이다. 궁전에 도착하고도 성문을 열게 하는 대신 익숙한 비밀 통로를 이용해 단숨에 내실로 들어갔다.

과연 첫날 대공의 명령서를 가져왔던 알베르 공의 부하들이 섭정의 명을 내세우며 궁전을 차지하다시피 하고 있었다. 그들은 무엇보다 대공가의 문서들과 편지들을 손에 넣으려 했는데 충성스러운 서기관들이 대공이나 공녀가 직접 와서 확인해주기 전에는 내줄 수 없다며 한 층을 막고 버티고 있었다. 그러던 도중 소리 소문 없이 샤를로트가 나타나자 그들은 유령이라도 본 듯 혼비백산했다.

"내가 있는 한 너희는 대공가의 양탄자 먼지조차 가져갈 자격이 없다."

샤를로트가 알베르 공의 부하들을 감옥에 가두라고 명하

자 그들은 대공의 명령서를 내세우며 항변했지만 샤를로트는 코웃음도 치지 않았다. 보아하니 그들이 첫 소식을 가져온 후 더이상의 전령은 오지 않았던 모양이었다. 알레망 단장이 겨울 궁전을 효과적으로 차단했기 때문일 것이다.

'대공이 필리프를 섭정으로 임명했다'는 소식 또한 귀족들끼리만 알았지 백성들에게는 발표되지 않은 상태였다. 그야 아직 샤를로트를 찾아내지 못했기 때문이다. 그런데 반란 도당은 샤를로트를 찾아내 죽이는 대신 다른 계획을 갖고 있었다. 위조된 명령서와 함께 나온 알베르 공의 편지에는 대공이 필리프와 샤를로트의 혼약을 명했음을 알리는 내용이 적혀 있었다.

대공 전하께서는 오랫동안 두 사람의 결합을 바라고 계셨기에 스무 살이 되어가는 공녀를 지금껏 정혼시키지 않았던 것이고…… 필리프는 기꺼이 이 혼인을 받아들여 대공가의 후손이자 공녀의 남편으로서 대공위를 잇는 것에 엄숙히 동의하였고…… 천 년 대공가의 피를 이은 두 사람의 결합은 대공 가문을 더욱 강하게 할 것이며…… 그들 사이에서 태어난 자손은 대공국에서 가장 고귀한 핏줄이 될지니……

상상도 못했던 발상이었지만 어찌 보면 제법 머리를 쓴 셈이었다. 만약 이게 진짜로 성사되었더라면 귀족들도 백성들도 별 반대 없이 필리프의 대공위 계승을 받아들였을 가능성이 컸다. 하지만 당사자인 샤를로트를 어떻게 설득할 작정이었을까? 무슨 신비한 계책이라도 갖고 있었단 말인가?

“어쩌면 대공 전하의 안전을 빌미로 연하를 협박할 작정이었는지도 모르겠습니다.”

그런 식으로 억지 혼약을 성사시켜서 필리프가 일단 대공이 되기만 하면 혼약쯤이야 도로 파탄나든 말든 문제가 아니고, 대공 또한 얼마든지 처리할 수 있다고 생각한 것일까? 나제리온의 말대로라면 완전히 불가능한 계책은 아니었던 것 같아 더욱 화가 났다. 생각해보면 펠티에 부단장은 편지에서 이 점을 쏙 빼놓고 언급하지 않았는데 너무 어처구니가 없어 차마 말을 못했던 것일지도 모른다.

샤를로트는 편지를 찢어버리는 대신 품에 쑤셔넣은 다음 말했다.

“최소 반년간의 구애 과정과 프러포즈 과정도 없이 다짜고짜 약혼 편지를 보내다니. 대공국의 예절이 언제 이렇게 흙바닥 신세가 되었지. 대공 전하께서 진실로 이런 편지를 보셨다면 재위 첫 즉결 처분의 영광을 안겨주셨을 것이다.”

다음날, 샤를로트는 새해 첫날 사탕과 은화를 흩뿌리곤 하는 궁전 발코니에 올랐다. 한밤중에 난 요란한 말발굽소리에

깼던 시민들이 무슨 일인가 하고 모여든 가운데 샤를로트는 직접 알베르 공의 반역을 공식화했다.

"대공 전하께서는 오 년 전부터 하나뿐인 후계자인 본인을 대공녀로 내정해두셨다. 알베르 공 일파는 전하의 뜻을 잘 알고도 감히 대공위를 찬탈하고자 그분을 해한 반역자들이다. 나는 오를란느의 대공녀로서 그들을 절대로 용서치 않을 것이다."

시민들은 크게 놀랐다. 무엇보다 대공이 소리 소문도 없이 이미 시해되었을지도 모른다는 소식이 오를리 시민들의 자존심을 건드려 격분을 불러일으켰다.

반역 도당의 명단이 벽보로 나붙자 생업을 팽개치고 뛰어나온 시민들 천여 명이 그자들의 저택으로 몰려가 돌을 던지고 일부는 불까지 질렀다. 또다른 사람들은 짚 인형을 만들어 반역자들의 이름을 쓴 나무판을 목에 걸고 나무에 매달았는데 그런 인형들이 시내 도처에 수십 개나 내걸렸다. 아이들은 막대를 들고 나가 인형을 때리고 찌르며 외쳐댔다.

"반역자를 죽여라!"

"대공 전하의 복수다!"

알베르 공 파벌에 속한 귀족들이 감히 밖에 나갈 엄두를 못 내는 가운데 샤를로트는 저녁에 귀족원을 소집했다. 평소라면 대공도 아닌 공녀의 소집에 쉽사리 응하지 않을 귀족들도 두려움을 느꼈는지 빠짐없이 참석했다. 샤를로트는 회의를 주재하며 자연스럽게 스스로를 섭정으로 칭했다. 귀족들은 낮 동안 시민들의 폭동에 가까운 분노를 보았기에 샤를로트가 섭정을 칭하더라도 기껏해야 절차에 대한 지적에 그쳤다. 그리고 예상대로 블라스 백작의 적극적인 지지가 샤를로트의 입지를 강하게 해주었다. 맏아들 부부가 겨울 궁전에 억류되어 있으니 분통이 터질 만도 했다.

만약 필리프가 샤를로트보다 먼저 오를리에 와 있었더라면 이야기는 달라졌을지도 모른다. 사람들은 이미 그를 섭정으로 부르기 시작했을 테고, 이것이 반역인가 아닌가를 놓고 그와 설전을 벌여야 했을지도 모른다. 하지만 겁이 나서였든 알레망 단장의 봉쇄가 효과적이어서였든 결국 오를리에는 필리프도 알베르 공도 와 있지 않았다. 없는 사람을 위해 눈앞에 있는 사람의 말을 부인하기란 어렵기 마련이다.

샤를로트는 비어 있는 필리프의 자리에 어처구니없는 약혼 편지를 놔두었다. 그리고 회의 도중 저들의 주장을 읊을 때마다 돌아보며 말을 건넸다. "그나저나 나와의 인연이라고는 일곱 살 때 발레에서 왕자 역 하겠다고 억지를 부리기에 걷어찬 것밖에 없는데 이런 주장을 하시는 이유는?" "더 할 말이 없으신가보군요."

조안느는 영리하게도 교전 도중 획득한 랑부아즈의 문장

깃발을 가져왔다. 샤를로트는 회의 도중 그 깃발을 펼쳐 보이며 말했다.

"이 깃발은 오를리가 은밀히 반란 도당에게 포위되어 있었음을 알리는 증거요. 그대들이 편안히 잠든 사이에 오를리가 불타버릴 수도 있었다는 사실을 알고 계셨소?"

이후 대공이 정말로 시해되었는가, 증거는 있는가에 대해 갑론을박이 벌어지긴 했지만 만약 그게 사실이라면 그자들은 반역자이며 모조리 처형해야 한다는 점에는 쉽사리 의견이 일치되었다. 그것이 샤를로트가 노린 효과이기도 했다. 대공의 시해라는 중대한 사안이 대두되자 '그들이 벌인 것이 정말로 반란인가?' '대공이 승하했을 경우 샤를로트에게 계승권이 있는 것은 확실한가?'와 같은 의문들은 파묻혀버렸다.

다음날, 샤를로트는 시민들의 열렬한 환송을 받으며 미르망드로 출진했다. 그러나 급히 모아들인 군대의 숫자는 오백여 명밖에 되지 않았다. 급하다고 수도방위군 본진을 외부로 빼면 또다시 무슨 일이 벌어질지 모르기 때문이다. 겉으로는 숙인 듯 보일지라도 오를리 귀족들의 속을 완전히 들여다보기란 어렵다.

샤를로트가 오를리를 장악하는 사이 지스카르가 거느린 군대는 먼저 미르망드로 가서 알레망 단장을 만났다. 샤를로트가 그들과 합류해 총 이천육백 명의 군대가 겨울 궁전을 포위한 것이 불과 다섯 시간 전의 일이다.

그간 반란 도당이 미르망드로 집결시킬 수 있었을 군대는 최대 이천 정도로 추정되었다. 숫자로는 이쪽이 유리한 듯하지만 이건 공성전이었다. 본래 공성전은 압도적 군세로 밀어붙여야 단번에 성공할 수 있다. 다시 말해 이대로는 불리한 전투였다. 오를리의 귀족들이 조만간 지원군을 보내겠다고 약속했지만 의미 있는 숫자가 모이려면 열흘은 걸릴 것이다. 반면 겨울 궁전 안에는 이천 명은커녕 오백 명을 먹일 군량도 없을 테니 포위한 채 기다리는 것도 방법일지 모른다.

하지만 그때까지 아버지가 살아 있으리라는 보장이 없다.

결행을 선택한 데는 에투알 예순두 명의 존재도, 겨울 궁전이 공고한 요새가 아니며 알레망 단장이 공략 지점을 파악해 두었다는 점도 영향을 미쳤다. 그러나 무엇보다 시간이 흐르면 간신히 밀어붙여둔 오를리의 정황이 뒤바뀔 가능성이 있었다.

일부 귀족들은, 만약 대공이 승하했다면 필리프와 샤를로트가 결혼하고 그런 식으로 정통성을 보완한 필리프가 대공이 되는 것도 괜찮지 않겠느냐고 생각하고 있을 것이다. 어쨌든 그들은 외부인의 핏줄이 섞인 샤를로트를 싫어하니까. 또는 새로운 내전을 일으켜 저들 일파가 대공위를 좌지우지할 기회가 아닐까 저울질하고 있을 것이다. 펠티에 부단장이 편지를 쓰던 당시에도 오를리 귀족들은 미르망드에서 온 소식을 뻔히 전해들었지만 군대를 이끌고 달려가는 대신 지금껏 미적대고만 있었다. 왜겠는가.

하지만 반란 도당이 대공의 뜻을 조작했거나 심지어 시해했음을 증명한다면 이야기가 달라진다. 그 점을 분명히 밝히려면 서둘러야 했다. 시간은 샤를로트의 편이 아니었다. 기다리다가는 아버지를 해친 원수들이 대공국과 함께 손에 넣을 전리품이 되고 만다.

"연하, 여기 계셨습니까?"

알레망 단장이 비탈 위로 올라왔다. 샤를로트가 돌아보자 먼저 절을 하고 곁에 와 섰다. 그가 샤를로트가 보던 쪽을 바라보더니 말했다.

"표적을 보고 계셨군요. 사냥감을 눈에 담는 것은 좋은 생각이십니다."

"급소를 한 번에 베어야 하는데."

"너무 걱정하지 마십시오, 연하. 아침이 끝나기 전에 승리를 손에 넣으실 것입니다."

문득 격세지감이 느껴졌다. 자신은 한때 에투알 수련병이었고, 에투알이 되는 것이 지상목표였는데.

수련병 시절, 단장은 딱 한 번 샤를로트의 승급 시험을 보러 왔다. 세번째 시험이었을 것이다. 연거푸 두 번을 최상위로 통과했다는 이야기를 들었기 때문인지, 아니면 그냥 한 번쯤은 봐둬야겠다고 생각했던 것인지 모르지만 결론적으로 그날 긴장한 샤를로트는 시험에 미끄러졌다. 장차 에투알이 되면 자신은 공녀가 아니라고, 에투알 규정을 문자 그대로 철저히 믿고 있던 어린 샤를로트에게 당시 에투알 단장이란 대공보다도 권위 있는 존재였다. 단장도 에투알이 될 때 작위 계승권을 포기하지 않았던가.

하필이면 단장이 보러 온 날 실수를 하다니, 분하고 창피해서 밤잠도 못 이루던 기억을 떠올리자 쓴웃음이 났다. 지금은 단장이 일부러 샤를로트의 시험을 보러 갔음을 알지만 그때는 그냥 훈련소에 격려차 들렀다가 참관한 줄로만 알았다. 그 시험을 놓치지 않았더라면 오빠가 사라지기 전에 최종심을 통과해서 에투알이 되고, 잊지 못할 그날 밤 오빠 곁에 있었을지도 모른다고, 그런 생각을 하면서 무의미하게 자신을 괴롭힌 시절도 있었다. 최종심을 한 번에 통과하는 사람은 거의 없다는 걸 뻔히 알면서도.

그렇듯 한때 지고해 보였던 단장은 몇 시간 전에 샤를로트 앞에서 무릎을 꿇고 대공 전하를 제대로 지켜내지 못한 죄로 자신을 파면시켜달라 했다. 샤를로트가 에투알 수련병이 되던 무렵, 알레망 단장은 오를란느 최고의 검사이자 모든 에투알의 우상이었다. 영토 분쟁중인 렘므로 들어가야 하는 위험천만한 협상 임무에 자원해 성공시키기까지 한 뒤로는 시민들 사이에서도 이름이 드높았다. 샤를로트 역시 먼발치에서 보기만 해도 가슴이 두근거렸을 정도다.

그러나 자라고 보니 단장도 완벽하지 않았다. 겨울 궁전으로 행차하는 대공의 근위대에 에투알을 고작 세 명만 배속하다니.

대공이 명한 군대 개편 임무 때문에 전국으로 에투알을 흩어놨으니 숫자가 부족하기는 했으리라. 전 군대를 들쑤셔놨으니 사방에서 온갖 문제가 터졌을 테고, 거기에 몰두하는 사이에 귀족들 내부에서 은밀히 추진된 배신의 기미를 놓쳤을 수도 있으리라. 대공이 에투알을 다른 카드로 쓰고자 했을 때부터 근위 임무가 소홀해지는 것은 필연이었다. 누구를 탓하겠는가.

반면 그간 단장은 겨울 궁전을 잘 막아냈다. 수련병까지 합쳐 고작 이백 명도 안 되는 규모라 해도 반란군은 그들을 무시하고 오를리로 갈 수 없었다. 반란군이 저들이 시해자가 아니라고 주장하려면 대공 전하의 무사함을 확인하겠다고 요구하는 근위대 단장을 가로막을 근거는 없다. 그러므로 군대가 겨울 궁전을 비우는 순간 에투알이 진입해 대공을 구할 것이다. 그렇다고 먼저 맞싸우기에도 부담스럽다. 저들이 이기더라도 치명적인 피해를 입게 될 가능성이 너무 큰 상대였다.

그런 생각을 하면서도 샤를로트는 단장에게 이렇게 답했다.

"그건 내일로 미루겠소. 진창에 떨어진 에투알의 명예를 내일의 전투로 되찾으시오. 대공 전하를 구하지 못한다면 파면으로 끝날 일은 아닐 테니까."

"잘 알고 있습니다, 연하."

오늘 승리하더라도 어쩌면 파면은 불가피할 것이다. 샤를로트의 뜻 때문이 아니었다. 알레망 단장의 동생, 기 드 알레망 백작이 겨울 궁전에 있기 때문이다. 어느 편을 들었는지는 불분명하지만 저기 있다는 것만으로도 반역 도당일 공산은 컸다.

뼈아픈 일이다. 에투알이 되고자 포기한 백작 작위를 계승한 동생을 자기 손으로 끌어내리고 나면 알레망 가문은 어떻게 될까. 그런 생각을 해보지 않았을 리 없건만 단장의 얼굴은 동요 없이 침착하기만 했다. 샤를로트는 단장이 흥분하거나 화를 내는 모습을 한 번도 본 적이 없었다.

오십대에 가까운 알레망 단장은 이제 오를란느 최고의 검사로 불리지 않았다. 요즘 최고 수준에 이른 에투알은 공개적인 대결을 피하고 우열을 가리지 않아서 누가 최고의 검사라는 얘깃거리도 사라졌다. 이제 샤를로트도 그 이유를 안다. 진짜 실력자는 나제리온처럼 표면적으로 은퇴해 브릴랑테가 되었겠지. 어쩌면 알레망 단장 시절에도 이미 그랬을지 모른다.

“내게 파견했던 나제리온 아르노 말인데.”

샤를로트가 고개를 돌리자 단장이 공녀를 보았다. 지금 묻는 것이 적절할까 싶기도 했지만 지금보다 더 나은 기회가 올지도 알 수 없었다. 단장은 죄인 된 입장이고 중대한 전투를 앞두고 있는 지금.

“네, 연하.”

“브릴랑테가 맞소?”

이미 알고 있었지만 나제리온의 입장을 생각해 한 질문이었다. 잠시 사이를 두고 단장의 고개가 끄덕여졌다.

“그렇습니다.”

“모든 브릴랑테가 그처럼 은퇴자요?”

“반드시 그렇지는 않습니다.”

“누가 브릴랑테인지 내게 밝힐 수 있소?”

이번에는 망설임이 길었다. 결국 단장이 고개를 숙여 보이며 말했다.

“송구하오나 연하, 그건 어렵습니다. 저는 그걸 차기 단장에게만 전할 수 있습니다. 에투알의 오랜 전통입니다. 어쩌면 결성 당시부터 내려오는 규칙일 것입니다. 브릴랑테의 정체는 외부에 노출되어서는 안 됩니다.”

“그대들이 섬겨야 하는 대공 가문조차 외부인이 되는 거요? 그렇게 듣자니 에투알의 본질은 어쩌면 근위대가 아닐지도 모른다는 생각까지 드는군."

빈정거림에 가까운 말이었으나 단장은 의외로 고개를 끄덕였다.

"그럴지도 모릅니다. 아니, 최초에는 아니었던 것이 확실합니다."

생각지도 못한 대답에 샤를로트의 눈에 의혹이 어렸다. 공녀로서도, 한때 에투알의 일원으로서도 처음 듣는 이야기였다.

"그럼 최초에는 무엇이었기에?"

"최초에도 무언가를 지키고 있었습니다만 그건 대공 가문이 아니었습니다."

"그렇다면 뭘 지켰소?"

"......"

샤를로트가 몸을 돌려 쏘아보자 숲 너머를 보던 단장이 담담하게 말을 이었다.

"머지않아 말씀드릴 날이 올 것 같습니다."

"지금은 안 된다는 거요?"

"그렇습니다."

샤를로트의 목소리가 날카로워졌다.

"그럼 머지않아 그런 날이 오는 이유는? 그대나 내가, 또는 우리 사이에 뭔가가 바뀌기라도 한다는 거요? 아니면 차기 단장은 그대보다 입이 가벼운 자로 고르라는 의미인가?"

"그런 뜻은 아닙니다. 저도 분명히는 모릅니다만 어떤 때가…… 다가오고 있는 것 같습니다. 우리 모두가 오랫동안 대비해온 일이 벌어질 날이. 그때가 되면 비밀이 저절로 베일을 벗을 것입니다. 가장 먼저 연하께 모든 것이 알려질 것입니다. 송구하오나 조금만 더 기다려주십시오."

샤를로트는 숨을 깊이 들이쉬었다가 삼켰다. 더 다그쳐도 소용은 없겠지. 아니, 하지 않는 편이 나으리라. 단장으로서 어쩌면 최후가 될 전투를 앞둔, 그 상대가 친동생이 될지도 모를 발레리 드 알레망을 이 순간 몰아붙여서 서로 감정이 상하는 것은 어리석다. 모든 건 전투가 끝난 뒤에, 단장이 유임될지 바뀔지도 결정된 후에.

꼭 묻고 싶은 것이 하나 더 있었지만 역시 억눌렀다. 그간 로랑 카스티유가 자신의 일거수일투족을 단장에게 보고했는지 아닌지. 나제리온은 명령 핑계를 댈 수 있겠지만 단장은 대답을 피할 수 없을 것이다. 눈앞에 반란군을 둔 지금은 더더욱 그렇다. 이건 오랜 전통에 속하는 비밀도 아니다.

그럼에도 불구하고 묻지 않았다. 어느 때보다도 상 프루아에 이르러야 할 지금 진실을 알게 된 자신이 냉정을 지킬 수 있을지 확신이 없었다.

"십 분 뒤, 출진하겠소."

"명을 받들겠습니다."

알레망 단장이 먼저 내려가고 나자 샤를로트는 다시 겨울 궁전 쪽을 보았다. 희붐한 안개 속에서 윤곽이 조금 더 드러난 그 성을. 저 성만큼이나 자신의 운명도 안개 속에 있다.

펠티에 부단장의 편지를 받은 밤 이후 켈티카에서 로사 알브로, 다시 오를리로, 마침내 미르망드로, 검을 내려베듯 대공국을 가로질러 내달려 왔다. 이제 그 검 끝이 저곳을 내려치면 새벽의 고요는 유리처럼 깨어질 것이다.

아침나절 볕이 겨울 궁전의 긴 남쪽 낭하를 얼마나 따사롭게 비추는지 안다. 줄지어 난 길쭉한 창들이 바닥에 격자무늬를 그리는 그곳에서 어린 시절, 몇 번 뛰어올라 그랑 주떼를 할 수 있는지 세며 내달리곤 했다. 바닥을 딛고 날아오를 때마다 새가 된 듯 기쁘고 벅찼던 그곳에서 곧 검을 휘두르게 된다. 같은 볕을 받으며 피를 뿌리게 된다. 다시는 그곳에서 춤을 추지는 못하리라. 다시는……

역적들을 베고, 반란을 평정하고, 아버지의 생사를 확인하고…… 어쩌면 자신은 정오의 종이 울리기도 전에 마흔한번째 오를란느 대공이 되어 있을지도 모른다. 조금도 실감나지 않지만 인정해야만 했다. 그것이 그리 낮은 가능성이 아님을.

그러고 나면 자신은 어떻게 될까.

할일이 많으리라는 건 안다. 제대로 인정받기까지 기나긴 싸움이 남아 있음도 안다. 아이언페이스와의 싸움 또한 이제 시작이었다. 그러나 이 순간 샤를로트의 마음은 그런 것들이 아닌 다른 미래로 날아갔다.

그때 자신 곁에는 누가 있을까.

어머니 가문인 양 마음을 기댔던 에투알은 자신이 생각했던 것 같은 존재가 아니었다. 가장 믿었던 로랑에 대한 마음을 유보하자 다른 가신들도 몇 걸음씩 멀어진 듯했다. 거기에 아버지까지 없다면…… 오를리 귀족들의 말처럼 자신은 정말로 혼자였다. 끝없이 분투하지만 누구의 사랑도 받지 못했다. 누구에게도 마음을 터놓지 못한 채 살아가야 할 미래가 보이는 듯했다. 그래, 아버지가 그랬듯이. 아버지의 삶을 지금에야 이해한다. 그건 전략적 선택이 아니었다. 다른 길이 없었던 것이다.

아니, 이런 생각도 이겼을 때나 누리게 될 사치였다. 진다면, 예상치도 못했던 곳에서 모든 것이 끝나는 셈이다. 그뒤에 무슨 일이 벌어지든 알 필요도, 준비할 필요도 없다. 아무 생각도 할 필요가 없다. 미래의 무게를 견딜 필요도 없다.

그런 생각을 하자 두려우면서도 동시에 들떠서 가슴이 두근거렸다. 승리했을 때 닥쳐올 미래가 춥고 기나긴 터널이라면, 끝은 손 뻗으면 닿는 곳에서 유혹적으로 발그레하게 반짝이고 있었다.

하지만, 그전에 한 번만 그곳으로…… 켈티카로 돌아가봤으면.

심볼리온 심의회를 떠올렸다. 지금쯤은 다 끝났을 테지. 아르님 소공작, 그리고 네냐플 교수들과 계획한 대로 잘 진행됐다면 로랑이 그 녀석의 신병을 넘겨받았을 것이다. 그런 다음 어디든 안전한 곳으로 보내줬겠지. 네냐플이나, 자기 집이나, 그 밖에 어디든 가고 싶다는 곳으로. 그렇게 원하던 보수도 두둑이 받아서.

실은 잘 상상이 되지 않았다. 왠지 그애는 켈티카에 있는 망한 카페 3층의 탐정 사무소로 돌아가 애지중지하는 의자에 비스듬히 드러누워 있을 것만 같다. 그리고 자신은 다시 한번 도시락 바구니를 들고 그곳으로 돌아갈 것만 같다. 이제 날씨도 풀리고 있으니까 넷이서 블루엣 강변으로 소풍을 나가도 좋으리라. 포도주 한 병과 잔 네 개, 그리고 아이스크림도 챙겨서, 봄볕을 가릴 챙 넓은 모자를 쓰고서.

저도 모르게 새어나오려는 미소를 짓눌러 없앴다. 그런 일은 있을 수 없었다. 아버지가 살아 있더라도 마찬가지다. 이런 일을 겪은 아버지를 두고 오를리를 떠날 수 있을까. 아버지는 이제야말로 자신이 대공녀가 되어 곁에 머물길 바랄 것이다. 또한 방적소 지하에서 온 반지가 자신의 손에 있음을 잊어선 안 된다.

막시민에게는 자유를 주었다. 그애한테 그게 가장 어울리니까.

하지만, 어쩌면 그애는 다시 켈티카로, 자신에게로 돌아가겠다고 하지는 않았을까……

샤를로트는 생각을 떨치려 머리를 흔든 다음 비탈을 내려갔다. 준비를 마친 군대가 샤를로트가 오기만을 기다리고 있었다. 수련병이 가져온 회색 말에 올라 대열을 향해 나아갔다. 말을 탄 에투알이 맨 앞줄에 도열하고 오른쪽 끝에 마법사들이, 그 뒤로 보병이 섰다. 알레망 단장과 나제리온, 조안느, 구스타브도 그곳에 있다. 한 바퀴 돌며 그들 모두와 눈빛을 나눈 다음 한가운데 멈추어 섰다.

"대공국 오를란느의 운명이 오늘 그대들에게 달려 있다. 사리사욕을 채우고자 천 년이나 이어온 이 나라를 뒤흔드는 탐욕스러운 자들을 대공 전하의 유일한 후계자인 나, 샤를로트 비에트리스 드 오를란느는 용서치 않을 것이다. 주위를 보라. 당당하고 용기 있는 이들의 모습을 보라. 그대들처럼 충성된 신하를 낳은 위대한 대공국을 함께 구하자. 지리멸렬하게 겁에 질린 저들보다 우리는 압도적으로 강하고, 반드시 승리한다. 반역 도당을 남김없이 섬멸하라."

사람들은 흩날리는 붉은 망토에 감싸인 샤를로트와 눈 속에 담긴 횃불을 보고 있었다. 단호하게 선봉에 서고, 물러서지 않을 것을 다짐하는 공녀를 대하자 혹시나 의혹을 품었던 병사들의 무기를 쥔 손에도 힘이 들어갔다.

에투알들은 특히나 남다른 감회를 느끼며 샤를로트를 바라보았다. 한때 에투알 수련병이었던 소녀는 이제 그들을 이끌며 승리를 요구하는 자였다.

뒤쪽 대열에 서 있던 지스카르는 남몰래 미소를 지었다. 공녀의 연설은 지배자로서 전투를 독려하기보다 동료로서 격려하는 말에 가까웠다. 볼수록 가까이에서 관찰할 가치가 있는 존재다.

샤를로트가 검을 잡았다. 높이 뽑아들었다.

"대공국의 영광을 위해!"

수많은 목소리가 구릉을 메우며 답한다.

"대공국의 영광을 위해!"

흙먼지를 일으키며 달려나갔다. 뒤따르는 말발굽소리를 들으며 속력을 높였다. 비탈을 한달음에 내려가 적의 급소로 뛰어들기 위해.

동시에 머릿속으로는 진실을 아프게 되씹었다. 인정할 수밖에 없다. 죽음을 각오한 이 순간 가장 후회가 남는 건 오빠를 구하지 못한 것도, 방적소 지하에 갇혔던 사람들과 한 약속도, 아이언페이스에게 하지 못한 복수도 아니었다.

왜 가장 자신을 괴롭히는 것일까.

망한 카페 3층의 탐정 사무소로 다시는 돌아가지 못한다는 사실이.

(7권에 계속)

룬의 아이들 – 블러디드 6

1판 1쇄 2023년 9월 18일
1판 3쇄 2024년 7월 24일

지은이 전민희

책임편집 박을진 | **편집** 임지호 | **일러스트** UK Nakagawa
표지디자인 이혜경디자인 | **본문디자인** 이원경
저작권 박지영 형소진 최은진 서연주 오서영
마케팅 정민호 서지화 한민아 이민경 안남영 왕지경 정경주 김수인 김혜원 김하연 김예진
브랜딩 함유지 함근아 고보미 박민재 김희숙 박다솔 조다현 정승민 배진성
제작 강신은 김동욱 이순호 | **제작처** 한영문화사(인쇄) 경일제책(제본)

펴낸곳 (주)문학동네 | **펴낸이** 김소영
출판등록 1993년 10월 22일 제2003-000045호

주소 10881 경기도 파주시 회동길 210
문의 031-955-1918(편집) 031-955-2696(마케팅) 031-955-8855(팩스)
전자우편 elixir@munhak.com | **홈페이지** www.elmys.co.kr
인스타그램 @elixir_mystery | **X(트위터)** @elixir_mystery

ISBN 978-89-546-9910-5 04810
978-89-546-5354-1 (세트)

엘릭시르는 출판그룹 문학동네의 장르문학 브랜드입니다.